U0083206

中國學術思想 研究輯刊

九 編

林 慶 彰 主編

第 13 冊

《詩經》吉禮研究

季 旭 昇 著

《詩經·周南》詩篇研究
——對人的肯定與祝福

鄭 岳 和 著

花木蘭文化出版社

國家圖書館出版品預行編目資料

《詩經》吉禮研究　季旭昇　著／《詩經‧周南》詩篇研究——
對人的肯定與祝福　鄭岳和　著—初版—台北縣永和市：花
木蘭文化出版社，2010〔民99〕
目 2+140 面＋目 2+72 面；19×26 公分
（中國學術思想研究輯刊　九編：第 13 冊）
ISBN：978-986-254-279-8（精裝）
1. 詩經　2. 研究考訂
831.18　　　　　　　　　　　　　　　　99014364

ISBN - 978-986-254-279-8

中國學術思想研究輯刊
九　編　第十三冊　　　　　　ISBN：978-986-254-279-8

《詩經》吉禮研究
《詩經‧周南》詩篇研究——對人的肯定與祝福

作　　者　季旭昇／鄭岳和
主　　編　林慶彰
總 編 輯　杜潔祥
出　　版　花木蘭文化出版社
發 行 所　花木蘭文化出版社
發 行 人　高小娟
聯絡地址　台北縣永和市中正路五九五號七樓之三
　　　　　電話：02-2923-1455／傳眞：02-2923-1452
網　　址　http://www.huamulan.tw 信箱 sut81518@ms59.hinet.net
印　　刷　普羅文化出版廣告事業
封面設計　劉開工作室
初　　版　2010 年 9 月
定　　價　九編 20 冊（精裝）新台幣 33,000 元

《詩經》吉禮研究

季旭昇　著

作者簡介

季旭昇，臺灣師範大學國文系學士、碩士、博士，本校助教以迄教授，現任職玄奘大學中語系教授。碩士論文《詩經吉禮研究》、博士論文《甲骨文字根研究》、教授升等論文《詩經古義新證》，又著有《說文新證》、《上海博物館藏戰國楚竹書讀本》，及其它單篇論文多篇。研究專長為：詩經、甲骨文、金文、戰國文字、三禮。

提　　要

　　《詩經》為周代之詩歌總集，周人民性務實，不尚譸張，因此《詩經》雖不免誇飾，然大體出於生活實錄，其冠婚喪慶、揖讓進退，均為周禮之實錄，可以補正三禮之闕誤。本書探討《詩經》中有關郊、雩、宗廟時享禮之詩篇及其相關禮制，因詩補禮，引禮探詩，足為說詩談禮之助。篇中附〈論郊禘〉糾正鄭玄混淆郊禘之別、〈詩經建旗考〉指出「旂」為旗幟之通名而非專名、〈王國維釋樂次補疏〉補正王國維〈釋樂次〉之疏誤，均頗有新義。

目

次

第一章　總　論

　　《論語・季氏篇》孔子曰：「不學詩，無以言；不學禮，無以立。」《詩》
與《禮》爲周代士人修身應世之必備科目，而周代除昏禮凶禮外，行禮用禮
率皆有詩，二者關係原極密切。降及後代，世遷禮改，周禮已不復通行，而
《詩經》與《周禮》之關係仍密不可分，何則？《周禮》散佚不全，後世莫
窺全豹，而《詩經》中尙保存許多有關周禮之資料，可據以補充禮文之不足。
又詩有爲行禮而作者，故《詩經》中涉及周代禮儀者不在少數，其不爲行禮
而作者，如變風、變雅等篇，爲周代社會之忠實記錄，仍不免與周代之風俗
禮制有關，是以欲研究周代禮俗者，不能不參酌《詩經》：欲研究《詩經》者，
亦宜熟悉周禮，《孔子家語》論禮篇云：「詩禮相成。」即此之謂乎？據此，
本書之作，其旨有二：借《詩經》之資料以補充探討周代文化之重心──禮，
此其一：借禮學之探討以幫助研究周代最寶貴之文學遺產──《詩經》，此其
二。茲請先述其一：

　　中國自昔號稱禮義之邦，上自天子、下至士民；內之則格致誠正、外之
則修齊治平，莫不彬彬然以禮相尙，〈曲禮〉云：「道德仁義，非禮不成；教
訓正俗，非禮不備；分爭辨訟，非禮不決；君臣、上下、父子、兄弟，非禮
不定；宦學事師，非禮不親；班朝治軍、涖官行法，非禮、威嚴不行；禱祠
祭祀、共給鬼神，非禮不誠不莊。」人道經緯、萬端規矩，無禮不貫；登降
揖讓、言動視聽，非禮不行，禮之爲用，亦云宏已！

　　原夫禮之所起，其來甚古：堯典釐降二女，以嬪于京，是嘉禮也；舜典
肆類上帝、禋于六宗，是吉禮也；又三載四海，遏密八音，是凶禮也；賓于
四門、群后四廟，是賓禮也；甘誓用命賞于祖、弗用命戮于社，是軍禮也，

－1－

此皆夏朝以上禮之明見於尚書者也，不可謂不古矣！蓋人類本群聚而居，生死相繫，非禮則不足以彰君臣上下之別，嚴尊卑男女之防，故自人類初闢榛狉，始離草昧，既有組織，形成國家以來，即當有禮。惟夏朝以上，年代敻遠，典籍湮滅，其禮之大略已難考知。商代自甲骨出土之後，殷禮已漸可考知，惟卜辭所載，率皆祭祀之事，未能兼該百禮，故無法據以考知殷禮之全貌。周家既興，特為尊禮，周公創制之、孔子闡揚之，五經之教，光及百代；千年之下，同蒙其澤，雖秦火之後，文獻頗有殘闕，然漢興以來，購求不遺餘力，山巔水湄，垣隙之間，載籍漸次出焉。且秦漢之際，口耳傳經，心受意旨，儒家之微言大義亦未嘗亡也，故後世學者言禮，多以周禮為尚，即以其禮義精微、禮文可考也。

維周禮之成立，係經長時間之演變改革，非一朝一夕之功，《禮記·明堂位》云：「周公踐天子之位，以治天下，六年，朝諸侯於明堂，制禮作樂」者，恐制其大略而已，《尚書·雒誥》明云：「王肇稱殷禮，祀于新邑……在十有二月，惟周公誕保文武受命惟七年。」此成王七年祭於雒邑，猶用殷禮，故知明堂位謂成王六年周公制禮作樂，當非全面制訂也。現存三禮，皆記周制，而所述多有不同，雖傳聞或有差誤，亦周禮迭經更改也，皮錫瑞《經學通論·論三禮皆周時之禮不必聚訟當觀其通》云：「《禮記》云：『三王異世，不相襲禮。』是一代之制度，必不盡襲前代，改制度、易服色、殊徽號，禮有明徵。而非後代之興必變易前代也，即一代之制度亦歷久而必變，周享國最久，必無歷八百年而制度全無變易者，……三禮皆周人之書，所記皆周時之禮，其所以參差抵牾者，由於歷代久遠，漸次變異，傳聞各異，記載不同，非必上兼夏殷、而下雜秦漢也。」皮氏此言頗為通達合理，彼謂一代之制度歷久而必變，亦最得周禮之實，故本書之作，以探討周代實制為主，於周代諸禮必上稽其濫觴，下覘其流變，不以一時一地之成說定制，而抹殺周禮八百年之承啟因革焉。

周禮既有因革流變，而今存三禮之中，《儀禮》雖記周代之制，然僅存十七篇，又多為士禮，殘缺泰甚；《禮記》本為補苴禮經、闡發禮義之記文，非述禮之經，且文出多手，輯於漢世，難免雜有秦齋學者之譌傳；《周官》雖多取材於周世之制，然已經戰國儒生之重組，並非周代禮制之實錄（拙作「九旗考」以周官旗制為例，於此略有說明，參《中國學術年刊》第五期），是以後世學者探討周禮，除以此三禮為根據外，尚須參酌其他周代典籍，始能備

見周禮之大概，現存周代典籍之中可供補苴三禮者，大致可分二類：易、書、詩為一類；春秋、諸子為一類。前者為西周初年至春秋中葉之資料，而以詩經最重要，蓋易斷占筮、書載典謨，其內容範圍不廣，且二者皆成於周初，時代所裹有限，惟詩經上自后稷創業之艱辛，下訖陳靈公之荒淫，或采自閭巷謳歌，或取之廟堂獻作，時間、內容所涵蓋最廣，最能反映西周初年至春秋中葉之政治社會；後者為東周之資料，而以《春秋》最重要，蓋諸子之作旨在發揮義理，與社會禮俗之關係較疏，且其成書多在戰國之世，其時諸侯變法創制，逸於軌範，已難為典要，惟《春秋》經記東周初二百四十二年間天子、諸侯得失之事，與禮之關係極為密切，公穀二傳闡釋經文，發揮微言大義，左傳博采國史，補足春秋史略，均有助於後世學者探討春秋時期之周禮。孟子云：「王者之迹息而詩亡，詩亡然後春秋作。」《詩》與《春秋》相提並論，即以二者時代相連，同為反映周代政治社會之重要文獻也。今《春秋》禮學之研究，已有周師一田之《春秋吉禮考辨》在焉，且其《春秋嘉禮考辨》亦已大致完成，其體製嚴謹，考辨精微，於東周前期禮學之研究，貢獻至大。旭昇不敏，自負笈師大國文系，即於詩學一道，頗有興趣，其後采芹師大國文研究所，選修周師之三禮研究、三傳研究等課程，深感獲益良多，又閱《春秋吉禮考辨》等作，慕其宏深雅潔，遂興效顰之意。於是敢不揣譾陋，踵其步武，以「詩經禮學」為研究方向，冀於西周時期禮學實況之探討，亦能獻其芻蕘之綿力焉。

　　據《詩》談禮，首須知《詩》，《禮記‧仲尼燕居》云：「不能《詩》，於禮謬。」可以喻此，昔皮鹿門《經學通論》嘗謂《詩》有八難，其說多重在三家之異、毛鄭之別、詩序之真譌、漢宋之門戶等，此固學所不可不留意者，然除此之外，《詩經》尚有難明者二：一曰詩有重奏復沓之法，同一詩旨演唱三遍，為避免文辭完全相同，故往往於二、三章更動數字，其實文義並未改變，如〈鄘風‧干旄〉云：

　　　　孑孑干旄，在浚之郊，素絲紕之，良馬四之，彼姝者子，何以畀之？
　　　　孑孑干旟，在浚之都，素絲組之，良馬五之，彼姝者子，何以予之？
　　　　孑孑干旌，在浚之城，素絲祝之，良馬六之，彼姝者子，何以告之？

此詩三章文義、句法均相同，惟韻字不同，首章云：「良馬四之」者，《毛傳》：「御四馬也。」是此詩謂彼姝者子乘此四馬之車，在浚之郊也，二章謂在浚之都、良馬五之，三章謂在浚之城、良馬六之，皆換韻而已，非實筆也，否

則此姝者子忽而建旟、忽而建旌、忽而駕四、忽而駕六，竟不知其胡爲乎在浚矣！《毛傳》注二章云：「驂馬五轡。」王肅云：「古者一轅之車駕三馬則五轡，其大夫皆一轅車。夏后氏駕兩，謂之麗；殷益以一騑，謂之驂；周人又益一騑，謂之駟，本從一驂而來，亦謂之驂。經言驂，則三馬之名。」（孔疏引）據此，王肅以「良馬五之」爲一駕三馬也。案：周代有無駕三之制，學者之說不同，俱見孔穎達疏引。今姑無論周代有無駕三之制，詩之「良馬五之」皆不必以駕三說之，竹添光鴻《毛詩會箋》云：「明乎古有駕三之制，則毛義自可通……然詩之辭不必如此拘說，曰五、曰六，並是變文諧韻，凡是類皆以首章爲正，而後章唯轉韻反覆詠歎耳！果如二氏說，大夫亦得駕六馬乎？即以轡言之，亦豈一人而有時駕二馬，有時駕三馬，有時駕四馬乎？將有三人，而一則駕二馬，一則駕三馬，一則駕四馬乎？均不可通矣！」竹添氏謂反覆詠歎之詩皆當以首章爲正，甚是，此旨不明，以趁韻爲實筆，則將誤解詩義，又何從而得周禮之實乎？

此外，詩經又有起興之法，起興之文句與本詩之關連極少，如〈召南‧小星〉云：

　　嘒彼小星，三五在東，肅肅宵征，夙夜在公，寔命不同。
　　嘒彼小星，維參與昴，肅肅宵征，抱衾與裯，寔命不猶。

此詩寫小臣勞於公事，夙夜在公，不遑將息也，《韓詩外傳》一云：「家貧親者不擇官而仕，故君子橋褐趨時，當務爲急，傳曰：不逢時而仕，任事而敦其慮，爲之使而不入其謀，貧焉故也，詩曰：夙夜在公，寔命不同。」據此，小星爲小臣勞於公事之詩也，嘒彼小星者，此小臣中夜勞苦不得休息，仰首見此小星，遂以起興也，此外別無深意。「三五在東」即「維參與昴」，即「嘒彼小星」，王引之《經義述聞》云：「《文選‧任昉‧宣德皇后令》注引《論語比考讖》曰：『吾聞帝堯率舜等升首山，觀河渚，乃有五老游渚，飛爲流星，上入昴。』又引注曰：『入昴宿則復爲星。』據此，則漢以前相傳昴宿五星，故有降精爲五老之說。其參之三星，則《唐風‧綢繆》傳、《史記‧天官書》已明著之，蓋參之爲言猶三也……三五舉數也，參昴著其名也，其實一而已矣！」三即參，五即昴，參昴爲二十八宿之二，是「小星」者，比於日月爲小之謂，非比於他星爲小也。此韓詩之說也，與毛詩不同，毛傳：「小星，眾無名者。」鄭箋：「眾無名之星隨心、噣在天，猶諸妾隨夫人以次序進御於君也。」毛鄭謂小星爲無名之星，以喻眾妾，案：詩之二章明云「嘒彼小星，

維參與昴」，是此小星名為參、昴，非無名之星也。毛鄭以興為比，以小星為妾；義實難通，姚際恆《詩經通論》評之云：「此篇章俊卿以為小臣行役之作，是也。今推廣其意言之：山川原隰之間，仰頭見星，東西歷歷可指，所謂戴星而行也，若宮闈永巷之地，不類一也。肅、速同，疾行貌，若為婦人步屧之貌，不類二也。宵征云者，奔馳道路之辭，若為往來宮闈之辭，不類三也。嬪御分期夕宿，此鄭氏之邪說，若禮云妾御莫敢當夕，此固有之，然要不離宮寢之地，必謂見星往還，則來于何處？去于何所？不知幾許道路，露行見星，如是之疾速征行？不可通一也。據鄭氏邪說，謂八十一御女，九人一夜。按夜，陰象也，宜靜；女，陰類也，尤宜靜，乃於黑夜群行，豈成景象？不可通二也。前人之以為妾滕作者，以抱衾與裯一句也，予正以此句而疑其非，何則？進御于君，君豈無衾裯，豈必待其衾裯乎？眾妾各抱衾裯，安置何所？不可通三也。」姚氏之論，辭氣或過於疾厲，然會此六義而觀之，毛傳鄭箋實不可從。以小星喻妾，以興為比，此其致誤之由也。

　　皮氏詩之八難，益以重奏複沓、起興二難，是詩有十難，此十難不明，則詩之本旨原義亦不易尋獲。惟詩雖難知，並非不全不可解。吾人生當今日，學術崇尚自由，今古漢宋之異，傳箋注疏之別，已不足為學者之羈勒，是皮氏八難之說，實不必過慮也。兼之近代學術昌明，文學理論日趨賅備，社會知識日趨發達，凡此皆有助於《詩經》文學技巧之解析、《詩經》時代背景之瞭解。吾人但逕取《詩經》本文，審其文辭，體其旨義，參以後世傳箋注疏之說，佐以近代之文學理論、社會知識，則於詩三百不難登門入室、窺其堂奧；《詩經》禮學之研究亦不致榛狉遍野、茫無蹊徑矣！

　　其次，談禮者固不可不參酌《詩經》，談《詩》者亦不可不略通周禮。蓋禮既為周人生活之軌範、行事之準則，而《詩》三百所述皆周人之生活、行事，與禮實密不可分，然則周禮不明，《詩》義何由而彰乎？以例言之，前人談周代旗制，多以《周官》九旗之說為依據，而不悟《周官》九旗本戰國儒生理想之制，與《詩經》建旗多所不合，據《周官》九旗之制以說《詩經》，實皆滯礙難通，如〈小雅・無羊〉：「牧人乃夢：眾維魚矣，旐維旟矣！」各家之說如下：

　　△鄭箋：「牧人乃夢見眾相與捕魚，又夢見旐與旟。」

　　△朱子《詩集傳》：「眾、謂人也。旐、郊所建，統人少；旟、州里所建，統人多，蓋人不如魚之多，旐所統不如旟所統之眾，故夢人乃是魚……

旐乃是旟。」

△戴震《毛鄭詩考正》：「二句雖皆以維字爲辭助，不拘於對文，詩中如此類甚多。蓋言夢而見魚之眾有，又見旐與旟耳。」

△馬瑞辰《毛詩傳箋通釋》：「此詩二維字皆當訓乃，螺乃魚矣，謂螺化魚；旐乃旟矣，亦謂旐易以旟。」

△俞樾《群經平議》云：「眾維魚矣猶言維眾魚矣，旐維旟矣猶云維旐旟矣！」

△高本漢《詩經注釋》：「〈斯干〉有相似的夢兆：維熊維羆，維虺維蛇。對照之下，分明顯示這裡的兩句就是『維螺維魚，維旐維旟』的省略。」

以上各說之中，鄭玄、戴震以「眾維魚矣，旐維旟矣」二維字異訓，有違文法之常則，恐非正解，其餘四家，朱子「夢人乃是魚」之說稍嫌怪誕；馬瑞辰破眾爲螺，缺乏佐證；高本漢謂爲「維螺維魚，維旐維旟」之省略，亦失之無徵；俞樾之說雖似平正，然「眾魚」與「旐旟」仍不相稱。蓋以上諸家皆從周官之說，以「旐旟」爲二旗，故於此章均不得其解。其實《詩經》時代以旐爲旗帛之通名（此猶左傳時代以旗爲旗帛之通名），「眾維魚矣，旐維旟矣」意謂「牧人所夢眾而群聚者乃爲魚也，彼所夢見之旗幟乃爲旟旗也」，其句法與「吉日維午」、「我馬維駒」、「崧高維嶽」相同，皆「維」上爲通名、大名，「維」下爲專名、小名，而專名、小名皆包含於通名、大名之中（參第二章第三節〈閟宮〉篇後附〈詩經建旗考〉，頁28）。依此解也，非唯〈小雅〉牧人之夢可占而明之，即《詩經》他篇之旟旐亦無不文從字順矣！由此觀之，談禮者固不可不參酌《詩經》，談《詩》者亦不可不略通周禮也。昔姚際恒嘗譏鄭玄以禮注《詩》，其實並不知《詩》，亦不知禮。姚氏之論雖失之過苛，然並非無的放矢，蓋禮之範圍甚廣，經禮三百、曲禮三千，已足眩人耳目，而殷周秦漢，代不同禮；周魯晉宋，國不同制，兼之秦火之後，典籍散亡，古禮之詳，已難盡考。鄭玄雖高才博學、六經淹貫，然以禮注《詩》，仍不免有所差失，其較著明者，如：以〈小星〉爲「諸妾隨夫人以次序進御于君」、以〈子衿〉爲「國亂、人廢學業」、以〈葛屨〉爲「魏俗使未三月婦縫裳」、以〈素冠〉爲「時人恩薄禮廢，不能行三年之喪」、以〈鳧鷖〉爲燕「四方百物之尸，天地之尸，社稷山川之尸，七祀之尸」、以〈噫嘻〉爲「孟春祈穀于上帝、夏則龍見而雩」，凡此或承《毛傳》之說、或沿《詩序》之誤，皆鄭玄以禮注《詩》之較不爲後世信服者，以朱子《詩集傳》、姚氏《詩經通論》辨

之已詳，此不贅述。鄭玄以下，唐宋諸儒於《詩經》禮學殊少發明、明何楷《詩經世本古義》、清姚際恆《詩經通論》、胡承珙《毛詩後箋》、馬瑞辰《毛詩傳箋通釋》、陳奐《詩毛氏傳疏》、王先謙《詩三家義集疏》等，於《詩》中禮制解說特詳，然皆隨文釋經，未能匯觀五禮。此外，《詩經》禮學之專著有顧棟高之《毛詩類釋》、包世榮之《毛詩禮徵》、朱濂之《毛詩補禮》。顧著稍嫌簡略，不如其《春秋大事表》之詳博；包著排比資料，較少考辨；朱著一以毛傳、鄭箋、孔疏為準，尟有新義，是詩經禮學之研究，猶有待後人之努力將事也。近代學術昌明，甲骨、金文之學日益發達，殷周禮制之承啟遷變，亦漸次大白於世，兼之民俗學、社會學日趨縝密，使吾人對殷周之社會環境、禮儀民俗之了解更加深刻，取此近代學術研之成果以研究《詩經》，必有大裨益於詩義之解析，是《詩經》禮學之作，此其時矣！

　　本書之作，以五禮為綱，於每一禮儀皆先探其源流、考其禮義、辨其儀節，然後羅列有關詩篇於後，以期詩禮相成、彼此發明。惟禮學範圍甚廣，典章制度、車服名物，無不兼賅，並非五禮所能盡納，隨文解說，往往有繁花傷本、汗漫冗蕪之患；而典章名物，舊說之不愜人意者，又不能不稍加辨解，故以附論之型式附於各篇之後，附論之內容皆以與《詩經》有關之禮制名物（如〈詩經時令考〉、〈詩經建旗考〉）、或了解詩義所必須參考者（如〈論郊禘〉、〈王國維釋樂次補疏〉）為限，庶免喧賓奪主、強枝折幹之譏。

　　〈祭統〉云：「禮有五經，莫重於祭。」鄭玄注：「禮有五經，謂吉禮、凶禮、賓禮、軍禮、嘉禮也。莫重於祭，謂以吉禮為首也。」吉禮為五禮之首者，吉禮為祭天神、地祇、人鬼之禮，而天地大神、群公先祖皆在於是，〈郊特牲〉云：「萬物本乎天，人本乎祖。」故知五禮以祭為首者，非為諂神阿鬼，乃為推本重始、敬天畏祖也。是以本書之作，亦以吉禮為首。又禮學範圍太廣，欲盡研五禮，非惟力有不逮，且易失之浮濫，是以本書之作暫以吉禮為限，其餘四禮之研究，則惟有俟諸來日。

　　本書名為《詩經吉禮研究》，內容以詩三百之與吉禮有關，舊說紛歧不一，有待考辨者為主，而非排比詩文、羅列傳說，故是編所及，惟有郊、雩、時享三禮，不求賅備焉。又本書之作，一以周師一田之《春秋吉禮考辨》為據，不為無根之學。周師之作考辨深入、結論精審，使本書得利不少，而其體製嚴謹、言必有據，則尤所忻服焉。本書於舊說之可疑者，固必窮其源委；而於舊說之可信者，亦不故持異議，務期於古禮真象之追求，不致損及傳統文

化之遭遞，此則周師之殷殷教誨也。又本書之作，蒙汪師雨盦、王師關仕，或贈以寶笈，或借其藏書，惠而好我，敦勉再三。感此隆誼，謹誌於斯，中心藏之，何日忘之。

第二章　郊　禮

第一節　前　論

　　周代天子有祭天之禮，其名爲郊，《禮記‧郊特牲》云：「郊之祭也，迎長日之至也，大報天而主日也。」即此郊天之祭，其時在周正孟春冬至之日，〈郊特牲〉云：「周之始郊日以至」是也；其地在國之南郊，〈郊特牲〉云：「兆於南郊，就陽位也。……於郊，故謂之郊」是也；其壇於《禮記》名泰壇，〈祭法〉云：「燔柴于泰壇，祭天也」是也；於《周禮》名圜丘，〈春官‧大司樂〉云：「冬日至，於地上之圜丘奏之」是也。祭之日，王被袞、戴冕，璪十有二旒；乘素車，旂十有二旒，龍章而設日月（〈郊特牲〉文），祭用騂犢，燔柴于泰壇（〈祭法〉文），燔訖，於壇下掃地而設正祭（〈禮器〉文），配以后稷，所以大報本反始，敬之至也（〈郊特牲〉文），此爲周代郊天之祭。

　　周代天子又有祈穀之祭，以其亦行於郊，故得與圜丘祭天同名爲郊。《左傳‧襄公七年》：「夫郊祀后稷，以祈農事也。」即此祈穀之郊。其與圜丘之郊不同者有二：一爲目的不同，圜丘之郊主爲報天，祈穀之郊主爲祈農，一報一祈，自有不同。二爲祭時不同，圜丘郊必在冬至之日，祭有定時；祈穀之郊則在夏正孟春之辛日，早晚不一。《左傳‧桓公五年》：「凡祀：啓蟄而郊，龍見而雩。」啓蟄即驚蟄，爲夏正正月之中氣（西漢末劉歆作三統厤，始改驚蟄爲二月節，說見《禮記‧月令》「蟄蟲始振」下孔穎達疏）。《呂氏春秋‧孟春紀》亦云：「孟春之日，天子乃以元日祈穀于上帝。」謂孟春之日者，與《左傳》「啓蟄而郊」合；謂乃以元日者，明此祭日須卜也，故《禮記‧郊特

－9－

牲》云：「郊之用辛也。」謂祈穀之郊當卜用啓蟄以後之辛日而行之也（祈穀卜用辛日，說詳周師一田《春秋吉禮考辨》第二章第二節之二──魯之郊期），此為周代祈穀之郊。

　　以上二郊本皆天子禮，〈曲禮〉下云：「天子祭天地、祭四方、祭山川、祭五祀，歲徧；諸侯方祀，祭山川、祭五祀，歲徧。」〈王制〉亦云：「天子祭天地，諸侯祭社稷。」據此，諸侯不得祭天地，自無祭天之二郊。惟魯以周公之勳勞，獲賜郊、社、大嘗禘之禮，《禮記・祭統》云：「昔者周公旦有勳勞於天下，周公既沒，成王、康王追念周公之所以勳勞者，而欲尊魯，故賜之以重祭，外祭則郊社是也，內祭則大嘗禘是也。」（〈明堂位〉之說略同）故諸侯之中唯魯得歲行郊禮，又《孔子家語》以為魯只有祈穀之郊，無圜丘之郊；鄭玄以為魯行圜丘之郊，而與周天子祭不同時；王肅則以為魯兼有圜丘、祈穀二郊，與周天子同。今核考經傳，探其曲直，竊以為王肅之說獨得其實，詳參本章三之（3）〈閟宮〉後附〈論魯郊兼有圜丘祈穀二祭〉之說，頁 41。

　　《詩經》中有關郊祭之詩篇雖不多，然以報祈二祭，自古難有定論，遂令〈周頌〉諸篇，迄今率無達詁。茲於〈昊天有成命〉論天地合祀之非，於〈噫嘻〉駁周正改建不改時月之說，於〈思文〉辨陳奐襲用鄭玄周禘即郊說之誤，於〈閟宮〉考魯兼有報祈二郊之禮，雖不免掇拾前人餘緒，然裒集整理，綜其條貫，因《詩》說禮，引禮解《詩》，或亦可為《詩經》研究之一助也。

第二節　圜丘郊天有關詩篇研究

　　《詩經》中有關圜丘郊天之詩惟〈昊天有成命〉一篇，《毛詩・序》謂「郊祀天地也」，牽合天地於一祭，與周代文獻所載不合，其說非也。

一、昊天有成命

　　　　昊天有成命，二后受之。
　　　　成王不敢康，夙夜基命宥密。
　　　　於緝熙，單厥心，肆其靖之。

《毛詩・序》：「〈昊天有成命〉，郊祀天地也。」蔡邕《獨斷》云：「昊天有成命，一章七句，郊祀天地之所歌也。」毛、魯二家同說，孔穎達疏云：

〈昊天有成命〉詩者，郊祀天地之樂歌也，謂於南郊祀所感之天神，於
北郊祀神州之地祇也。

如序、疏之說，則〈昊天有成命〉爲郊祀天地之樂歌矣！然其中猶有不可解
者三：

（一）序所謂郊祀天地，爲一禮乎？爲二禮乎？依孔疏南北分郊、天地
異神、其意當以郊天、祀地爲二禮，然而二禮同用一詩，似非〈周頌〉之義，
且即便二禮同用一詩，序亦當謂：「〈昊天有成命〉，郊天、祀地之所歌也。」
天地分紋，始爲文從字順。序不然者，似以郊天祀地爲一禮也，故《毛詩李
黃集解》卷三十七引李君弼、蘇東坡說，以爲〈昊天有成命〉言郊祀天地，
此乃合祭天地之明文。然天地合祀，於周代文獻俱無此說，李、蘇二氏據《詩
序》言周禮，證據似嫌薄弱，詳說下文。

（二）周郊有二，然無論爲圜丘之祭，或祈穀之祭，皆但郊天而已，未
有一併祀地者也，《禮記・祭法》云：「燔柴於泰壇，祭天也；瘞埋於泰折，
祭地也，用騂犢；埋少牢於泰昭，祭時也；相近於坎壇，祭寒暑也。」天、
地、時、寒暑之祭法、祭皆不同，其非合祭明矣！《周禮・春官・大司樂》
云：「凡樂……冬日至於地上之圜丘奏之，若樂六變，則天神皆降，可得而禮
矣；凡樂……夏日至於澤中之方丘奏之，若樂八變，則地示皆出，可得而禮
矣！凡樂……於宗廟之中奏之，若樂九變，則人鬼可得而禮矣！」此明言祭
天以冬至，於圜丘；祭地以夏至，於方丘，二禮截然不同，其可合爲一祀乎？

天地合祀之說，首倡於王莽，《漢書・郊祀志》載平帝時王莽奏云：

祀天則天文從，祭墬（顏師古注：古地字也）則墬理從。……天墬合祭，
先祖配天，先妣配墬，其儀一也。天墬合精，夫婦判合，祭天南郊，則
以墬配，一體之誼也。

案：王莽以祖比天、以妣比地，因夫婦判合，形同一體；故謂天地合精，理
應同祀。此齊東之語，非詩書之訓也，其不合於周禮，尤爲顯然。故後人於
天地之祀，多不然其說，黃以周《禮書通故》第十二云：

匡衡、張譚說：「祭天於南郊，就陽之義；瘞地於北郊，即陰之象」（旭
昇案：見《漢書・郊祀志》），師丹、翟方進等亦同是議。自王莽合祭天
地，蘇軾乃引《書・召誥》、《詩・昊天有成命・序》，以證合祭之說。
以周案：《周官・大司樂》冬日至于地上圜丘以禮天、夏日至于澤中方
丘以禮地，其禮、樂、時、地各不同，〈祭法〉云：「燔柴于泰壇，祭天
也；瘞埋于泰折，祭地也。」亦分別言之，天地分祀甚明。禮，祀天稱

郊,《詩序》云「郊祀天地」,則祀地亦有郊名。匡、張等祭地北郊之議,
可補禮文之闕。〈召誥〉「用牲于郊,牛二」,一帝牛、一稷牛。《詩序》
說天地二郊同歌一詩,與〈噫嘻〉春夏祈穀、豐年秋冬報同,並不得為
合祭天地之證。

案:黃氏此說辨天地不得合祀,〈召誥〉用二牛于郊乃一享天帝、一享配祭之
后稷,非一天一地,議論均極精當,足釋王莽以來天地合祀之疑。惟郊為祀
天之專名,黃氏據《詩序》而謂祀地亦有郊名,似嫌疏略。經傳祀地之名均
稱祭,《周禮・大司樂》「以祭地示」、〈祭法〉「瘞埋于泰折,祭地也」、〈曲禮〉
「天子祭天地」,俱無「郊地」之名。《禮記・郊特牲》稱郊祭「兆於南郊,
故謂之郊」,此後世之臆說,非郊之的解。

　　匡衡、張譚謂瘞地於北郊,直由《禮記》祭天於南郊敷衍而出,非別有
根據也。黃以周信之不疑,又引《詩序》「郊祀天地」,以為祀地亦有郊名,
此以天臆地、牽序補經,皆不可信從。

　　(三)〈昊天有成命〉全詩本贊頌文、武二后及成王之德,與郊祀天地無
涉,故《朱子全書・一・詩綱領》云:

　　〈昊天有成命〉中說「成王不敢康」,成王只是成王,何須牽合作「成
　　王業之王」(旭昇案:指文、武王,見鄭箋)?自序者恁地附會,便謂
　　周公作此以告成功,他既作周公告成功,便將成王字說穿鑿了。
　　又幾曾是郊祀天地?被序者如此說,後來遂生一場事端,有南北郊之
　　事。此詩自說昊天有成命,又不曾說著地,如何說到祭天地之詩?設使
　　合祭,亦須說幾句及后土,如漢諸郊祀詩祭某神便說某事。若用以祭地,
　　不應只說天、不說地。

朱子此說通明圓當,頗能指出《詩序》之謬。〈昊天有成命〉之詩謂文、武二
后膺受天之成命,此猶〈大雅・大明〉「有命自天,命此文王」,〈文王有聲〉
「文王受命,有此武功」,所頌者文、武二后耳,非頌天也。其下云「成王不
敢康,夙夜基命宥密,於緝熙、單厥心,肆其靖之」,亦但頌成王能繼續文、
武之德耳,與天地益無關涉。為此詩序者見首句為「昊天有成命」,遂以為此
詩為郊天之所歌,而不顧詩義本不頌天地也。又王莽以後,漢禮皆合祀天地,
為序者習於漢儀,遂併郊祀天地,合於一序,而不悟周家本不合祀天地也。《後
漢書・衛宏傳》謂宏從謝曼卿受學,因作《毛詩序》,說詩家或未肯信從,今
〈昊天有成命〉序引王莽偽禮以說詩,〈序〉有部分出於莽後經師所為,從可
知也。

第三節　圜丘郊天配以后稷有關詩篇研究

　　周代郊天必以后稷配享，其說見於以下各記：

　　△《國語‧魯語》：「有虞氏禘黃帝而祖顓頊、郊堯而宗舜；夏后氏禘黃帝而祖顓頊、郊鯀而宗禹；商人禘而祖契、郊冥而宗湯；周人禘嚳而郊稷、祖文王而宗武王。」

　　△《禮記‧祭法》：「有虞氏禘黃帝而郊嚳、祖顓頊而宗堯；夏后氏亦禘黃帝而郊鯀、祖顓頊而宗禹；殷人禘嚳而郊冥、祖契而宗湯；周人禘嚳而郊稷、祖文王而宗武王。」

　　△《禮記‧明堂位》：「魯君孟春乘大路、載弧韣，旂十有二旒，日月之章，祀帝于郊，配以后稷，天子之禮也。」

　　案：此條說者多以爲祈穀之郊、非也，說見下節。

　　△《孝經‧聖治章第九》：「孝莫大於嚴父、嚴父莫大於配天，則周公其人也。昔者周公郊祀后稷以配天、宗祀文王於明堂以配上帝。」

　　△《公羊傳‧宣公三年》：「郊則曷爲必祭稷；王者必以其祖配。」

　　以上五例皆主郊祀上帝，必以后稷配享，蓋配享之制，當起於周代以前，〈魯語〉、〈祭法〉謂有虞氏、夏后氏郊嚳、堯、鯀，即郊祀上帝，而以嚳、堯、鯀配享也。雖五帝以上年代夐遠、典籍湮滅，其詳已不可考徵，然殷商甲骨尙存，其中確有以先祖配天之例，如：

　　△甲辰卜㲉貞：下乙賓于帝？　　丙三、六

　　△貞：咸賓于帝？貞：咸不賓于帝？　　仝前

　　胡厚宣《甲骨學商史論叢‧初集‧殷代之天神崇拜》云：「下乙者，祖乙之別稱，咸即他辭之咸戊，即〈君奭〉之巫咸、《白虎通》之巫戊也。賓有配義，〈天問〉：『啓棘賓帝。』〈大荒西經〉：『開上三嬪於天。』可證。下乙賓于帝、咸賓于帝者，亦謂祖乙與咸戊德可以配天。是殷人對於先祖固有可以配天之觀念矣！」

　　此外，卜辭中先公先王與自然神並祀，以求年、求雨、禳災之例亦屢見不鮮，如：

　　△戊午卜宁貞，彭桼年于岳、河、夒。　　前七、五、二

　　△其桼年于示壬，于岳。　　拾二、九

　　△貞夒于上甲、于河，十牛。　　乙六八五

　　△卜桼雨，乙丑彭夒兕、岳。　　庫一一四一

以上諸條，示壬、上甲爲殷之先王；夒、兒之解釋各家不盡相同，然皆以爲殷之先公；岳、河爲山、川之神（即今之太岳山、黃河。說見屈萬里《書傭論學集・岳義稽古》及〈河字意義的演變〉二文），此人與鬼神祇合祀之例也。學者或拘於《禮記・郊特牲》「別事天神與人鬼」之說，以爲神鬼不當合祀，故謂岳、河亦爲殷之先公（參島邦男《殷墟卜辭研究》第三章第二節所引各家之說），徵諸卜辭通例，其說非是。蓋殷代之天神、地祇、人鬼之間，常有部份共通之神性，故可以合祀。周文既興，乃就此紛瀆之合祀現象加以改革，郊祀上帝必以后稷配，取其同爲生民之所出也，《禮記・郊特牲》云：「萬物本乎天，人本乎祖，此所以配上帝也，郊之祭也，大報本反始也。」周因於殷禮，又有損益，后稷配天特其一端耳。

《詩經》中與圜丘郊天后稷配享有關者爲〈生民〉、〈思文〉、〈閟宮〉等篇。其中〈生民〉一篇，《毛詩・序》謂爲后稷配天，而於經無所當，序說非也。

一、生 民

〈大雅・生民序〉云：

> 生民，尊祖也。后稷生於姜嫄，文武之功起於后稷，故推以配天焉。

此《毛詩・序》也，三家詩之說無考。〈前序〉謂「生民，尊祖也」，當得此詩之旨，蓋后稷爲周始封之祖，兩周八百年之基業，文武革命翦商之功烈，推其本皆起於后稷，故生民之詩詳述后稷生平而歌頌之，以見周人尊祖之旨。〈後序〉謂「后稷生於姜嫄，文武之功起於后稷」，乃推衍前序之說，末句遂謂其地位甚尊崇，周人推以配天焉。此句本爲虛說，乃作序者推崇后稷之辭，非謂〈生民〉詩中有此義也。然《禮記・表記》引此詩之末章「后稷肇祀，庶無罪悔，以迄于今」，鄭玄注云：「言祀后稷于郊以配天，庶幾其無罪悔乎，福祿傳世乃至於今。」則逕以此詩卒章爲後人祀后稷于郊以配天矣（鄭玄詩箋則以此末章爲后稷始郊祀上帝，說與〈表記〉注不同，蓋注禮在先，箋詩時遂更正之矣！參陳奐《詩毛氏傳疏》說）！實非詩義之所安，故後人多莫之遵從。〈生民〉之詩一共八章，尋繹首尾，無一句道及后稷配天之事，孔穎達疏云：

> 其言推以配天，結上尊祖之言，於經無所當也。

陳奐《詩毛氏傳疏》亦云：

> 篇中皆述后稷郊祀，至文武於南郊之祀。后稷配天，是序推言尊祖，非經義所有耳。

孔穎達《毛詩正義》例不破傳箋，陳奐《詩毛氏傳疏》亦信守《毛傳》，然皆以序之「推以配天」非經義所有，其說是也，故從之。

二、思　文

思文后稷，克配彼天，
立我烝民，莫匪爾極，
貽我來牟，帝命率育，
無此疆爾界，常陳于時夏。

《毛詩·序》云：「思文，后稷配天也。」蔡邕〈獨斷〉云：「〈思文〉，一章八句，后稷配天之所歌也。」是毛、魯二家皆以此為后稷配享之詩。蓋自周人言之，天地之大德曰生（《易·繫辭》語），故詩云「天生烝民」（烝民）、「天之生民」（小弁）、「天之牖民」（板），皆歸生養之德於天。而后稷亦能率育百姓、立我烝民，其德克配彼天，故周公推其德、頌其功，而於郊祭之時以之配天，以申報本反始之義也。

惟序謂此詩為后稷配天，而全詩但陳述后稷功德，而無一語道及郊天之事，故後人或疑此詩與郊天無關。如王靜芝《詩經通釋》云：「詩序謂后稷配天，而詩中無祀天之文，朱傳云：『言后稷之德，真可配天。』蓋疑序，而釋配天一語非指郊祀，但云后稷之德可配天而已；其說是也。詩序之作，或據孝經『昔者周公郊祀后稷以配天』，然詩中既無祀天之文，自可疑也。」旭昇案：以詩中無祀天之文，而疑〈思文〉非后稷配天之詩，其說恐難成立。何則？郊天自郊天，后稷配享自配享，二者自不相同。《尚書·召誥》：「用牲于郊，牛二。」孔傳：「以后稷配，故二牛，后稷貶於天，有羊豕，羊豕不見可知。」此祭天與配享用牲各別也。《爾雅·釋天》：「春祭曰祠……祭天曰燔柴。」郭注：「祠之言食。燔柴，既祭積薪燒之。」《周禮·春官·大宗伯》：「以禋祀祀昊天上帝……以肆獻祼享先王。」鄭玄注：「禋之言煙，周人尚臭，煙，氣之臭聞者……積柴實牲體焉，或有玉帛，燔燎而升煙，所以報陽也。……肆者，進所解牲體，謂薦熟時也；獻，獻醴，謂薦血腥也；祼之言灌，灌以鬱鬯，謂始獻尸求神時也。」此言天神與人鬼之祭法各別也，故祭天之牲玉必燔燎之，以歆饗上帝；祭人鬼之牲則分贈兄弟之國，《春秋·定公十四年》經：「天王使石尚來歸脤。」《穀梁傳》：「脤者何也？俎食也，祭肉也。生曰脤，熟曰燔。」《周禮·大宗伯》：「以脤膰之禮親兄弟之國。」鄭玄注：「脤

膰，社稷宗廟之肉。」是祭人鬼之牲俎，祭畢必分贈友邦賓客也。后稷配享
雖爲從天而祀，然天神、人鬼有別，其祭法自當不同也。又天神無尸、而人
鬼有尸（天地惟配享有尸，參陳壽祺《五經異義疏證》引孔廣林說），其祭儀
自然不同。《禮記‧郊特牲》云：「帝牛不吉，以爲稷牛。帝牛必在滌三月，
稷牛唯具，所以別事天神與人鬼也。」此言郊祭雖以后稷配享，而天神、人
鬼之禮仍當不同也。據此，祭天與后稷之詩樂亦當各別也。〈思文〉之詩既爲
后稷配天之所歌，則全詩唯頌揚后稷之功德，而無一語及天，正所以別事天
神與人鬼也，《詩序》之說，又奚疑乎？

　　此詩末句云：「常陳于時夏。」鄭玄箋：「陳其久常之功，於是夏而歌之。
夏之屬有九。」其意似以〈思文〉當九夏之一篇也，《周禮‧春官‧鐘師》：

> 凡樂事以鐘鼓奏九夏：王夏、肆夏、昭夏、納夏、章夏、齊夏、族夏、
> 祴夏、驁夏。

鄭玄注云：

> 杜子春云：「肆夏，詩也。春秋傳曰：『穆叔如晉，晉侯享之，金奏肆夏
> 三，不拜；工歌文王之三，又不拜；歌鹿鳴之三，三拜。』……肆夏與
> 文王、鹿鳴俱稱三，謂其三章也，以此知肆夏詩也。《國語》曰：『金奏
> 肆夏、繁遏、渠，天子所以享元侯。』肆夏、繁遏、渠，所謂三夏矣！
> 呂叔玉云：『肆夏、繁遏、渠，皆周頌也。肆夏，〈時邁〉也；繁遏，〈執
> 競〉也；渠，〈思文〉也。』」……玄謂：以〈文王〉、〈鹿鳴〉言之，則
> 九夏皆詩篇名，頌之族類也。此歌之大者，載在樂章，樂崩，亦從而亡，
> 是以頌不能具。」

　　案：鄭玄從呂叔玉之說，以爲肆夏、繁遏、渠即〈時邁〉、〈執競〉、〈思
文〉三篇，故其詩箋於〈時邁〉、〈思文〉二篇俱云「夏而歌之」，謂即九夏之
篇章，其說實非。九夏非歌詩，但爲引導尸、賓、主行步快慢之節奏音樂耳，
《禮記‧玉藻》：「趨以采齊、行以肆夏……在車則聞鸞和之聲、行則鳴佩玉。」
《大戴禮‧保傅》篇：「行中鸞和、步中采茨、趨中肆夏。」明肆夏與鸞和、
佩玉同功，所以爲步趨之節也，肆夏如此，其餘八夏自不例外，故經傳於九
夏皆云奏，不云歌，明其非詩，不可歌也。又杜子春、鄭玄皆以「金奏肆夏
之三」比之於「文王之三、鹿鳴之三」，因謂九夏亦詩篇名，不知金奏自金奏、
工歌自工歌，二者樂次不同，用途不同，金奏所以迎、送尸、賓、主之出入，
唯天下、諸侯之禮有之，故〈鄉飲酒禮〉、〈鄉射禮〉、〈燕禮經〉（記與經稍有
不同）於賓、主之入皆無金奏，然並不影響禮儀進行。若工之升歌，於燕、

飲、饗、射、相見禮中，所以樂賓，於大嘗禘、郊天、祭祖等禮中，則所以迎神，升歌爲周人行禮用樂之主要部份，除昏禮、喪禮外，周人行禮必有升歌一節，比金奏重要。杜、鄭二氏以金奏擬於升歌，實爲不倫（以上所論，詳參王國維〈釋樂次〉及拙作〈王國維釋樂次補疏〉），故王先謙《詩三家義集疏》云：

> 陳常于時夏，謂陳農政於中夏也。〈時邁〉詩「肆于時夏」，承上「我求懿德」言，謂布德於是中夏也。此詩「陳常于時夏」，承上「貽我來牟，帝命率育，無此疆爾界」言，謂徧布其農政，所以布利於是中夏也。《國語》芮良夫曰：王人者將導利而布於上下者也。末引詩「立我烝民」爲證，其導利之言實據詩「陳常于時夏」爲訓，箋說失之。

又鄭玄詩箋、禮注，於郊、禘二祭頗爲雜亂，清儒金鶚作〈禘祭考〉，以爲禘之大綱有二：一曰禘郊之禘、一曰禘祫之禘，全承鄭氏之說，而已混郊於禘矣。陳奐《詩毛氏傳疏》於詩〈思文〉篇下又發揮金氏之說，而逕謂禘即郊，郊禘二祭，至此泯然無別。推其致誤之由，皆昉自鄭氏，竊以爲學者於此不可不留意焉，謹撰〈論郊禘〉一文，附載於此，以爲學者說詩考禮之參考。

附：論郊禘

郊爲祭天之專名，本章前論已有說明。禘之一名，含有二義：一曰時禘。《禮記・祭統》：「凡祭有四時，春祭曰礿、夏祭曰禘、秋祭曰嘗、冬祭曰烝。」〈王制〉：「天子諸侯宗廟之祭，春曰礿、夏曰禘、秋曰嘗、冬曰烝。」此宗廟四時之祭，於夏曰禘也。二曰大禘。《禮記・大傳》：「禮不王不禘，王者禘其祖之所自出，以其祖配之。」（〈喪服小記〉說同）其祖之所自出，謂始祖也（見後文（1）〈圜丘之禘〉下辨說），此宗廟之大祭，惟天子及魯君得行之。三曰吉禘。《春秋・閔公二年》經：「吉禘于莊公。」周師一田《春秋吉禮考辨》第五章第一節云：「吉禘爲三年喪畢之專祭……是以每世一舉，除喪即吉，祭無常月……吉禘爲天子、諸侯之通制。或以爲天子始有，或謂魯所專行者蓋非。」以上三禘皆宗廟之祭，與祭天之郊截然有別，二者無虞混淆。惟自鄭玄注禮，以禘有郊天之義，遂令郊禘之別泯然不存，後人於郊禘之義或不能釐然區分矣！如陳奐《詩毛氏傳疏・思文篇》下云：

> 凡禘、郊、祖、宗四者皆天子配天之大祭，鄭康成以祭法之禘爲冬至圜丘之祭，郊爲夏正南郊之祭，而〈小記〉、〈大傳〉之禘則又謂禘即郊，祖即后稷，「以其祖配」即是后稷配天之義。宣三年《公羊傳》：「郊則曷爲必祭稷？王者必以其祖配。」此鄭本《公羊》作解，其說卓矣！金

鶚云：「《荀子》曰：『王者天大祖。』董子曰：『天地者，先祖之所自出。』〈郊特牲〉：『萬物本乎天，人本乎祖，此所以配上帝也。郊之祭也，大報本反始也。』此即（〈大傳〉、〈小記〉）『禘其祖之所自出，以其祖配』之注腳也，又是禘即郊之證——『萬物本乎天』，此『禘其祖之所自出』之注腳也：『人本乎祖，所以配上帝』，此『以其祖配』之注腳也。〈小記〉、〈大傳〉言禘，此言郊，是禘即郊之證也。」

陳奐此段文字頗不易解，蓋陳氏篤信鄭玄「禘即郊」之說，故委曲比附，極力牽合郊禘二祭。其所引金鶚之說，見《求古錄禮說・卷七・禘祭考》，其論點亦多同金氏之說，而金氏之說又全從鄭玄而來，今以金鶚「禘祭考」爲對象，評其郊禘之說，而鄭玄郊禘之淆亂亦從之而解，其餘承鄭玄之失者，均自鄶以下無譏焉！

金鶚〈禘祭考〉云：「禘之大綱有二：一曰禘郊之禘：一曰禘祫之禘，其目有五：一曰圜丘之禘、一曰方丘之禘、一曰南郊之禘、一曰北郊之禘、一曰明堂之禘。禘祫之禘，其目二有：一曰宗廟吉禘、一曰宗廟大禘。」其禘祫二目，大抵不差（參《春秋吉禮考辨・第五章・禘禮》）；其禘郊五目則全據秦漢以後傳注立說，無一得經典之實。以下本文據「禘祭考」之條目，摘其要點，其後加案以下，則爲筆者之評論也。

（1）圜丘之禘

《禮記・祭法》：「有虞氏禘黃帝、夏后氏禘黃帝、殷人周人禘嚳。」鄭注：「此禘謂祭天于圜丘也。」〈大司樂・圜丘〉一節，注亦云：「此禘大祭也。」……鶚案：鄭氏以禘爲祭天圜丘，帝嚳配之，此說最確。

案：《禮記・祭法》云：「有虞氏禘黃帝而郊嚳、祖顓頊而宗堯；夏后氏亦禘黃帝而郊鯀、祖顓頊而宗禹；殷人禘嚳而郊冥、祖契而宗湯；周人禘嚳而郊稷、祖文王而宗武王。」鄭玄注：「禘郊祖宗謂祭祀以配食也。此禘謂祭昊具天於圜丘也。祭上帝於南郊曰郊。祭五帝五神於明堂曰祖宗，祖宗通言爾，下有禘郊祖宗。《孝經》曰：『宗祀文王於明堂以配上帝。』〈明堂月令〉春曰其帝大昊、其神句芒；夏曰其帝炎帝、其神祝融；中央曰其帝黃帝、其神后土；秋曰其帝少昊、其神蓐收；冬曰其帝顓頊、其神玄冥。……郊祭一帝，而明堂祭五帝，小德配寡、大德配眾，亦禮之殺也。」鄭玄此注謂禘郊祖宗皆祀天之名，分所祀之天爲昊天、上帝、五帝五神，而黃帝、嚳、堯等爲祀此諸天神時配享之祖，又分圜丘、南郊爲二祭，並謂禘即祭昊天於圜丘，致使郊禘之別泯而不彰，神鬼二祭溷而無別。今考〈祭法〉此節，本爲說明

虞夏以下，各代諸祭皆沿襲前朝，獨於禘郊祖宗四祖必另爲更立，故〈祭法〉於禘郊祖宗之下徧舉天、地、時、寒暑、日、月、星、水旱、四方、百神之祭儀，最後總結之云：「七代之所更立者，禘郊祖宗，其餘不變也。」明〈祭法〉此節主謂各代更立先祖之不同耳，故禘郊祖宗雖四者並列，其意義自可不同。

經傳之祖、宗，皆指不毀之二祧廟，非祭祀之專名（說見（5）明堂之禘條）；經傳之郊皆謂祀天於南郊，鄭注不誤；經傳之禘則有三義：曰時禘、曰吉禘、曰大禘，皆宗廟之祭，非祀天之名，時、吉、二禘，較少轇轕，可以弗論；惟大禘之義，鄭說多誤，故不得不詳辨之，《禮記・大傳》云：

> 禮，不王不禘。王者禘其祖之所自出，以其祖配之。諸侯及其大祖。大夫、士有大事，省於其君，于祫及其高祖。

鄭玄注：

> 凡大禘曰祭。自，由也。大祭其先祖所由生，謂郊祀天也。王者之先祖皆感大微五帝之精以生，蒼則靈威仰、赤則赤熛怒、黃則含樞紐、白則白招拒、黑則汁光紀，皆用正歲之正月郊祭之，蓋特尊焉。《孝經》曰：『郊祀后稷以配天』，配靈威仰也，『宗祀文王於明堂以配上帝』，汎配五帝也。

孔穎達疏：

> 師說引河圖云：「慶都感赤龍而生堯。」又云：「堯赤精，舜黃、禹白、湯黑、文王蒼。」又元命苞云：「夏，白帝之子；殷，黑帝之子；周，蒼帝之子。」是其王者皆感大微五帝之精而生。云蒼則靈威仰，至汁光紀者，《春秋緯文耀鈎》文。

案：〈大傳〉此節主說天子、諸侯、大夫、士宗廟禮制之等差，大夫士卑，故于祫及其高祖；諸侯較尊，故及其大祖；天子最尊，故又推其太祖之所自出，謂及其遠祖也。《儀禮・喪服・齊衰不杖》章云：「禽獸知母而不知父；野人曰：『父母何算焉！』都邑之士則知尊禰矣：大夫及學士則知尊祖矣；諸侯及其大祖；天子及其始祖之所自出。」其義與〈大傳〉全同，而〈喪服〉篇所說全爲人鬼之事，無涉於天神之祭，由此可知，禘祭「其祖之所自出」爲人鬼，非天神也。鄭玄謂王者之先祖皆感於大微五帝之精以生，其說本於緯書，學者不稱，經書未言也。〈大雅・生民〉云：「厥初生民，時維姜嫄……履帝武敏歆；……載生載育，時維后稷。」〈商頌・玄鳥〉云：「天命玄鳥，降而生商。」此生民之神話，非實事也。否則如其說，周人當帝武敏，殷人

當禘玄鳥，而非靈威仰、汁光紀也。據《大戴禮・帝繫篇》，虞舜為黃帝八世孫、夏禹為黃帝四世孫，故虞、夏同禘黃帝。又周之始祖稷為帝嚳元妃姜原所生，商之始祖契為帝嚳之次妃簡狄所生，故商、周同禘嚳，此虞、夏、商、周四代始祖之所自出，於〈帝繫篇〉斑斑可考，舍此不從，而信讖緯之說，當為學者所不取也（《大戴禮・帝繫篇》之世次，歐陽修、崔述皆以為不可信，然彼等但從世數年壽為說，以為堯、禹同為黃帝四世孫，舜為黃帝八世孫，不當堯長於舜，而舜長於禹。不知古人多產，長子已為人父，而少子尚未出生者，比比皆是。累積數世，其差漸大，則堯、禹同為舜之四世從祖，又何足為奇乎？歐陽及崔氏說見崔東壁遺書《補上古考信錄》卷之下）。

《禮記・喪服小記》云：

> 王者禘其祖之所自出，以其祖配之，而立四廟，庶子王亦如之。

鄭玄注：

> 禘，大祭也。始祖感天神靈而生，祭天則以其祖配之，自外至者無主不
> 上。

案：〈喪服小記〉此節與〈大傳〉同義，鄭注亦與〈大傳〉注同，以為王者之先祖皆感大微五帝之精而生，故謂禘為祭此感生之帝。今既考知「王者先祖之所自出」即黃帝、帝嚳等，而非大微五帝之精，則禘祭自為王者祭其遠祖之祭也，非鄭玄〈大傳〉注謂於「正歲正月郊祭之」之圜丘之郊也。

惟鄭玄謂禘為祀天之祭，亦非鄭氏嚮壁虛擬者，實前有所承焉。蓋殷代之禘禮兼有祀天祭祖二義，其於甲骨刻辭猶可考見也，如：

△貞帝于王亥？　後上一九、一

△甲辰卜宁貞，帝于（王亥）？　後上二六、五

△癸未卜帝下乙？　乙四五四九

△帝于妣乙？　乙五七〇七

——以上禘先祖、先妣

△帝于東？　遺六一二

△癸丑卜帝東？癸丑卜帝南？　京四三四九

△己巳卜宁貞，帝于西？　乙二二八二

△帝于北，二犬？　存二、二五四

△貞帝于東方曰析，風曰劦。

　貞帝于西方曰彝，風……

辛亥卜丙貞，帝于南方曰因……

辛亥卜丙貞，帝于北方曰伏，風曰殳。　合二六一

△方帝？勿方帝？　林一、十一、一

——以上禘方帝

周師一田《春秋吉禮考辨》云：「此第二類卜辭中之帝，亦祭名無疑。惟卜辭曰東、曰西、曰北、曰東方、曰西方，所祭對象似爲五方之神。……又有曰方帝者，義即帝于方，謂帝于五方也……是則禘之爲祭，本有祭天神之義焉。」島邦男《殷墟卜辭研究》第三章云：「由於帝祀行於四方及地方，所以稱作方帝，至後世則稱之爲郊祀。」是殷禘本兼祭天神與人鬼，至周代則以禘禮祭遠祖，不再以之祀天。鄭玄以正歲正月祀昊天於圜丘說禘，當爲殷禮之遺義，而不悟其已非周禮矣。

（2）方丘之禘

〈大司樂〉夏日至澤中方丘一節，鄭注此亦禘大祭也。〈王制〉云：「祭天地之牛，角繭栗。」蓋祭地亦用犢也，而《國語》云：「禘郊不過繭栗」，則祭地亦禘也。《詩序》云：「昊天有成命，郊祀天地也。」〈祭法〉、《國語》言禘皆在郊上，郊兼天地，則禘亦必兼之。

案：周代祭地之禮，已難詳考，然郊無祀地之義，天地不當合祀，本章第二節「昊天有成命」條下論之已詳。〈王制〉云：「祭天地之牛，角繭栗」，其中包含祭地；《國語》云「禘郊不過繭栗」，其中不包含祭地，二者文義本自瞭然。又鄭玄〈大司樂〉注本無祀天之禘亦兼釋地之義，金氏誤解鄭注，故謂方丘亦禘耳。〈春官‧大司樂〉云：

凡樂圜鍾爲宮、黃鍾爲角……冬日至於地上圜丘奏之，若樂六變，則天神皆降，可得而禮矣！凡樂函鍾爲宮、大簇爲角……夏日至於澤中之方丘奏之，若樂八變，則地示皆出，可得而禮矣！凡樂黃鍾爲宮、大呂爲角……於宗廟之中奏之，若樂九變，則人鬼可得而禮矣！

鄭玄注：

此三者皆「禘，大祭也」，天神則主北辰，地祇則主崑崙，人鬼則主后稷。先奏是樂，以致其神，禮之以玉而祼焉，乃後合樂而祭之。〈大傳〉曰：「王者必禘其祖之所自出。」〈祭法〉曰：「周人禘嚳而郊稷。」謂此祭天圜丘，以嚳配之。

鄭氏此注之禘有二義：「禘，大祭也」，此《爾雅‧釋天》之文，鄭引之者，以此禘爲大祭祀之總名，《周禮》每言大祭祀，明同一祭禮而祀有小大、

儀有繁簡、物有豐薄之不同也。〈大司樂〉此節天神用樂六變、地示用樂八變、人鬼用樂九變，均極隆盛，故鄭注謂此三者皆大祭也，明此禘爲大祭之總名，此其一。鄭引〈大傳〉、〈祭法〉之禘，謂爲祭天圜丘者，與〈祭法〉鄭注合，明此禘爲祭天之專名，不包地示、人鬼之祭也。此其二。孫詒讓《周禮正義》云：「注云『此三者皆大禘也』者，明此三者爲最大之祭。……詒讓案：此天神之祭爲圜丘祭昊天，地示之祭爲方丘祭大地，人鬼之祭爲大祫。又天神有南郊祭蒼帝、地示有北郊祭后土，又有明堂合祭五天帝、五地示，人鬼有吉禘、大禘，五者亦通謂之禘，是禘爲諸大祭之總名也。」孫氏此說謂禘爲諸大祭之總名，最得鄭注〈大司樂〉之恉。金鶚誤解鄭注，以爲鄭注祀天之禘亦兼方丘祀地，其義非也。

（3）南郊之禘

〈喪服小記〉云：「王者禘其祖之所自出，以其祖配之。」鄭注：「禘，大祭也。始祖感天神靈而生，祭天則以祖配之。」〈大傳〉：「禮不王不禘，王者禘其祖之所自出，以其祖配之。」鄭注：「凡大祭曰禘，大祭其先祖所由生，謂郊祀天也。王者之先祖皆感太微五帝之精以生，蒼則靈威仰……皆用正歲之正月郊祭之。《孝經》曰：『郊祀后稷以配天。』配靈威仰也。」案：鄭氏以祖之所自出爲天，又以郊與圜丘分爲二祭，其說最確。……《爾雅・釋丘》云：「非人爲之邱。」……丘非人所築之壇甚明，〈祭法〉云：「燔柴於泰壇，祭天也。」此南郊之祭，壇之言坦也……其卑可知_{觀禮方明壇深
四尺其餘可知}，安得謂之丘乎？……泰壇必在南郊近城正南、泰折必在北郊近城正北，若圜丘、方丘取象天地，非人所爲，則無定處，但在南北二方，不必正南正北，亦不必在近郊，苟必近郊求之，安得有方圜之自然者乎？由此言之，郊壇與圜丘顯然不同地矣！況圜丘祭以冬日至……若郊祭則在夏正孟春……圜丘既用冬日至，則不卜日，而郊必卜日……〈郊特牲〉言周郊用辛日，若冬日至豈必辛乎？郊非圜丘明矣！

案：祀天之祭，鄭玄分之爲三：一爲冬日至祀昊天於圜丘，以嚳配，見〈祭法〉、〈大宗伯〉、〈大司樂〉注。一爲正歲正月（夏正孟春）祭上帝於南郊，見〈郊特牲〉、〈大傳〉、〈祭法〉注。一爲祭五帝五神於明堂，見〈大傳〉、〈祭法〉注。明堂之祭見下文（5）明堂之禘條，此姑不說。鄭氏圜丘、南郊必分爲二祭者，說者以爲其間有五不同：一曰祭玉不同、二曰祭牲不同、三曰祭樂不同（見〈郊特牲〉孔疏）、四曰祭地不同、五曰祭時不同（見金鶚〈禘

祭考〉，本文本條已節引其說）。孔疏所舉三不同，秦蕙田辨之已詳，《五禮通考》卷二云：「鄭氏所以分郊丘爲二者，孔疏：『〈大宗伯〉云蒼璧禮天，〈典瑞〉云四圭有邸以祀天，是玉不同。』考蒼璧、四圭非兩玉也，蒼言其色、璧言其質、四圭言其製，四圭，四面各一圭。蒼以象天之色，璧以象天之圓，四圭以象天之四時，尺有二寸以象天之十有二月，圭之本著于一璧，亦以象乾元統天也，本不必分爲二玉，又何緣爲兩祭之證耶？又徐邈曰：『璧以禮神，圭以自執，故曰「植璧秉圭」（旭昇案：《書經・金縢篇》文），非圓丘與郊各有所執。』……孔疏又云：『〈大宗伯〉牲幣各放其器之色，則牲用蒼。〈祭法〉云用騂犢，是牲不同。』楊信齋曰：『天道渾全、陰陽五行具備，不比五方偏主一色，遠望則其色蒼，純陽則其色赤，故〈說卦〉曰：「乾爲大赤。」周尚赤色，用騂犢，又何以蒼璧爲疑？』……孔疏又云：『冬日至圓鍾爲宮，祀天神乃奏黃鍾、歌大呂（旭昇案：皆〈大司樂〉文），是樂不同。』陸佃曰：『圓鍾，降神之樂也，故曰「凡樂圓鍾爲宮，冬日至于圓丘奏之，天神皆降」；黃鍾，祀神之樂也，故曰「乃奏黃鍾，以祀天神」，所用之樂雖不同，不害其爲同祭。』斯亦理之可信者，據此，則鄭注之所拘泥者可以盡破。」又金氏謂郊、丘不同地者，但據《爾雅》「非人爲之邱」，以爲郊壇人爲，圓丘非人爲，故不同。不知《爾雅》所云者丘，《周禮》所言者圓丘、方丘，著一方、圓，而已與《爾雅》不同矣！《說文解字》：「四方高，中央下，爲丘。」《史記・孔子世家》：「孔子生而首上圩頂，故因名曰丘。」《索隱》：「中低，而四旁高也。」四方高，中央低，此丘之本義也，圓丘、方丘象丘爲之，而方、圓其外，此必人爲之者，否則國之南有非人爲之地上圓丘，國之北有非人爲之澤中方丘，世上恐難有如此之巧合也！是郊、丘不同地，其說恐未可從。又金氏謂郊、丘不同時者，以鄭注謂郊在夏正孟春建寅之月，而丘在冬至建子之月，故不同耳。不知周郊有二，祈穀之郊用寅月辛日，故須卜日；報天之郊用子月冬至日，故不須卜日，〈郊特牲〉明云：「周之始郊日以至。」日以至，謂冬至日也，鄭玄誤以祈穀之郊爲報天之郊，故注〈郊特牲〉云：「此說非也！郊天之月而日至，魯禮也！三王之郊一用夏正，魯以無冬至祭天於圓丘之事，是以建子之月郊天，示先有事也。……周衰禮廢，儒者見周禮盡在魯，因推魯禮以言周事。」〈郊特牲〉明云周郊日以至，而鄭注必謂之爲魯郊，非周郊，疑經改傳，其可從乎？故知郊、丘不同時之說亦非也。以上郊、丘之五不同，既無一而是，則分南郊、圓丘爲二祭之說，當可棄之弗納矣！

（4）北郊之禘

董子謂「天地者，先祖所自出也」，是祖所自出，兼地而言，《孝經緯》
云：「后稷爲天地之主。」是「以其祖配」亦兼配地而言可知。

案：經傳從無北郊禘地之名目，金氏必謂北郊與方丘爲二者，以鄭玄分
南郊、圓丘爲二故也。今北郊、圓丘不當分爲二祭，既已論之如上；則南郊、
方丘不當分爲二祭，亦從可知也。

（5）明堂之禘

《孝經》云：「周公宗祀文王於明堂，以配上帝。」〈祭法〉言四代祖宗，
次於禘郊之下，鄭注謂「祖宗在明堂，周人祖文王而宗武王」、謂「祭
五帝五神於明堂，以文王、武王配之」即《孝經》「宗祀文王於明堂，
以配上帝」也，祖宗通言爾。

案：鄭玄〈大傳〉、〈祭法〉注並引《孝經》「周公宗祀文王於明堂，以配
上帝」，謂即祭五帝五神於明堂，而以文王、武王配，其說非也。五帝五神之
說出於《呂氏春秋‧十二月紀》，《呂氏春秋》所記多秦制，與周禮不盡相同。
《孝經》以文王配上帝，非配五帝五神，《周禮》有上帝、有五帝，二者絕不
相同，〈春官‧司服〉云：「王之吉服：祀昊天上帝則服大裘而冕，祀五帝亦
如之。」上帝與五帝各別可知。鄭氏謂明堂之祭爲祀五帝五神，本已不得《孝
經》之恉；況《孝經》之書晚出，其記載多不可盡信，《朱子語類》云：

（天地之性人爲貴，人之行莫大於孝），此兩句固好，如下面說『孝莫
大於嚴父、嚴父莫大於配天（則周公其人也，昔者周公郊祀后稷以配天，
宗祀文王於明堂以配上帝）』，則豈不害理，倘如此，則須是如武王、周
公方能盡孝道，尋常人都無分盡孝道也，豈不啓人僭亂之心？……向時
汪端明亦嘗疑此書是後人僞爲者。

《孝經》晚出，不合周制，於「宗祀文王於明堂以配上帝」一句，可得
二說焉：一曰宗非祭祀之名，蓋爲不毀之二祧廟之稱，《孔子家語‧廟制篇》
云：「古者祖有功而宗有德，謂之祖宗者，其廟皆不毀。」此當爲祖宗之正解，
《孝經》「宗祀」一辭不見於其他經傳，其義蓋非；鄭玄〈祭法〉注引《孝經》
此節以證祖宗爲祭名，亦非是。二曰明堂非祀上帝之處。明堂之制，歷代異
議最多，蓋周秦漢之際，明堂之意義迭有演變，後人不察，匯此不同時代之
演變爲一，遂使明堂兼具禘祭、宗祀、朝覲、耕耤、養老、尊賢、饗射、獻
俘、治麻、望氣、告朔、行政等功能（見惠棟《明堂大道錄》說），其說非也。
考明堂爲天子朝諸侯、施號令之所，明見於以下諸書：

△《逸周書·明堂位》第五十五：「（周公）乃會方國諸侯于宗周，大朝諸侯明堂之位：天子之位，負斧扆南面立；群公卿士侍于左右；三公之位，中階之前北面東上；諸侯之位，阼階之東西面北上；諸伯之位，西階之西東面北上；諸子之位，門內之東北面東上；諸男之位，門內之西北面東上；九夷之國，東門之外西面北上；八蠻之國，南門之外北面東上；六戎之國，西門之外東面南上；五狄之國，北門之外南面東上；四塞九采之國世告至者，應門之外北面東上，此宗周明堂之位也。明堂者，明諸侯之尊卑也，故周公建焉，而朝諸侯於明堂之位，制禮作樂，須度量而天下大服。」

△《禮記·明堂位》：「昔者周公朝諸侯於明堂之位……明堂也者，明諸侯之尊卑也。」旭昇案：《禮記·明堂位》之文與〈明堂解〉同，而文字較略，王夢鷗《禮記今註今譯》云：「似顛倒〈明堂解〉的原文而成。」

△《逸周書·大匡》第三十八：「勇如害上，則不登於明堂，明堂所以明道。」旭昇案：《左傳·文公二年》引周志略同。

△《孟子·梁惠王》下：「明堂者，王者之堂也，王如行王政，則勿毀之矣！」

△《荀子·彊國篇》：「若是，則雖為之築明堂於塞外，而朝諸侯，可矣！」

以上周代資料皆謂明堂為朝諸侯、行王政之所，無一謂為「宗祀文王」之所（《左傳·文公二年》杜注謂明堂為祖廟，蓋非），《逸周書·作雒》第四十八云：「乃位五宮：大廟、宗宮、考宮、路寢、明堂。」朱右曾《逸周書集訓》校釋云：「位，立也，古通用。宗宮，文王廟。考宮：武王廟。孔（晁）曰：路寢，王之所居，明堂，在國南者。」據此，周公所營雒邑有宗宮、有明堂，則周公祀文王當在宗宮，不在明堂也。《孝經》謂宗祀文王於明堂，以配上帝，鄭注引之以為明堂為祀五帝之所，皆與周制不合。夫祀天神當於郊外，始得上與天通，今祀上帝、五帝五神，不於國郊，而於宮室之中，遮天蔽日，天神何從而歆享之乎？以此知《孝經》明堂之祀非周代實制也。

秦漢以後，明堂之制又有二變：《呂氏春秋·十二紀》分明堂為「青陽、明堂、太廟、總章、玄堂」等五室十三堂，以與五行、十二月相配合，此當為受戰國以後盛行之五行學說影響所致，此為陰陽家一派之發展，而儒家一派則以明堂與祖廟相結合，如：

△《禮記·祭義》：「祀乎明堂，所以教諸侯之孝也。」

△〈樂記〉：「祀乎明堂，而民知孝。」

△〈明堂位〉:「大廟,天子之明堂。」

△〈周頌·我將·序〉:「〈我將〉,祀文王于明堂也。」

△《孝經·聖治章》:「宗祀文王,以配上帝。」

△《大戴禮·明堂篇》:「或以爲明堂者,文王之廟也。」

以上謂明堂爲祖廟者,殆無一爲周代文獻,其中《大戴禮》作游疑之辭,亦足證明此說於當時猶未爲定論也。然則鄭玄據此等資料謂明堂爲祀天之所,實亦不可信矣!

金鶚之禘郊五目,既無一而是,則周禘爲宗廟之祭,無祀天之義,已確然無可置疑,而鄭玄以下謂周禘即郊之說,亦可以不辯自明矣!

三、閟 宮

《毛詩·序》:「〈閟宮〉,頌僖公能復周公之宇也。」八詩共分八章,其第三章追述周公有大勳勞,獲成王特賜,故魯得有郊天之祭,配以后稷,及以天子禮樂祀周公之事,其詩云:

王曰:叔父!建爾元子,俾侯于魯,大啓土宇,爲周室輔。

乃命魯公、俾侯于東,錫之山川、土田附庸。

周公之孫,莊公之子,龍旂承祀,六轡耳耳,春秋匪懈,享祀不忒。

皇皇后帝,皇祖后稷,享以騂犧,是享是宜,降福既多。

周公皇祖,亦其福女,秋而載嘗,夏而楅衡,白牡騂剛,犧尊將將。

毛炰胾羹,籩豆大房,萬舞洋洋,孝孫有慶。

周公蒙成王特賜,因得有天子禮樂,又見於以下各記:

△《左傳·定公四年》:「周公相王室以尹天下,於周爲睦,分魯公以大路、大旂,夏后氏之璜、封父之繁弱、殷民六族:條氏、徐氏、蕭氏、索氏、長勺氏、尾勺氏,使帥其宗室,輯其分族,以法則周公、用即命于周,是使之職事于魯,以昭周公之明德。分之土田、陪敦、祝、宗、卜史、備物、典策、官司、彝器,因奄商之民,命以伯禽,而封於少皞之虛。」

△《禮記·祭統》:「昔者周公旦有勳勞于天下,周公既沒,成王、康王追念周公之所以勳勞者,而欲尊魯,故賜之以重祭:外祭則郊、社是也;內祭則大嘗、禘是也。夫大嘗、禘升歌清廟、下而管象、朱干玉戚以舞大武、八佾以舞大夏,此天子之樂也。」

△《禮記·明堂位》:「成王以周公爲有勳勞于天下,是以封周公於曲阜,

地方百里、革車千乘，命魯公世紀祀周公以天子之禮樂。是以魯君孟春乘大路、載弧韣、旂十有二旒、日月之章，祀帝于郊、以配后稷、天子之禮也。」

合此三記及閟宮而觀之，成王賞賜魯國之品目甚多（據〈祭統〉，則康王又續有賞賜），經傳各據一端，是以所述不盡相同。以禮考之，其中率多天子之制：大賞禘之用清廟、象，舞大武、大夏爲天子禮，明見於〈祭統〉；乘大路、載韣旂、祀帝于郊爲天子禮，明見於〈明堂位〉。革車千乘爲天子之軍制，《周禮・夏官・司馬・政官之屬》：「凡制軍：萬有二千五百人爲軍。王六軍，大國三軍，次國二軍，小國一軍。」〈小雅・信南山〉孔疏引《司馬法》云：「長轂一乘，甲士三人，步卒七十二人。」是兵車一乘需士卒七十五人，天子六軍共七萬五千人，恰有革車千乘。魯爲侯爵，《周禮・大司馬》賈公彥疏以爲當爲次國，建二軍，共二千五百人，合有兵車三百乘耳，今〈明堂位〉云革車千乘，〈閟宮〉之四章云公車千乘，皆天子之制也。

〈閟宮〉云「莊公之子，龍旂承祀，六轡耳耳」，與〈明堂位〉云「魯君孟春乘大路……旂十有二旒，日月之章，祀帝于郊」同義，蓋《詩》云龍旂、〈明堂位〉云旂十有二旒、《左傳・定公四年》云大旂，其實一也，皆成王特賜魯之天子之旗也（參後附：詩經建旗考）。惟此莊公承祀一節當兼郊天與四時宗廟之祭，孔疏以爲鄭箋但指宗廟之祭，其說非也！宗廟之祭不得云「六轡耳耳」，周代之內祭祀未聞以車馬臨之者，《周禮・巾車》：「玉路錫樊纓，十有再就、建大常，十有二斿，以祀。」當指外祭祀而言。故《禮記・明堂位》謂魯君郊天乘大路；〈郊特牲〉云郊祭之日，王「乘素車，旂十有二旒」；〈覲禮〉云「天子乘龍，載大旆，出拜日於東門之外」；《大戴禮・朝事篇》云「天子乘大路、建大常，率諸侯而朝日于東郊」；〈禮器〉「大路素而越席」，鄭玄注：「大路，殷祭天車也。」凡此皆外祭祀所乘用，內祭祀未聞以車馬臨宗廟者，故《五經異義》云：「古詩毛說以此『龍旂承祀』爲郊祀。」（〈閟宮〉孔疏引）其說甚是；〈閟宮〉此節之「龍旂承祀，六轡耳耳」冒下「皇皇后帝，皇祖后稷」而言，謂郊祀；「春秋匪懈，享祀不忒」冒下「周公皇祖，亦其福女」而言，謂宗廟之祭，前後呼應，如委承源，可謂文理井然。

《詩》云「皇皇后帝，皇祖后稷，享以騂犧，是饗是宜。」鄭玄箋：「皇皇后帝，謂天也。成王以周公功大，命魯郊祭天，亦配之以君祖后稷。」是鄭意以此章所述爲南郊祀天之祭也。此說自宋以後漸有非之者，《毛詩李黃集

解・卷四十一》云：「《春秋》書郊多矣！大抵以爲僭，《春秋》以爲僭，而《詩》乃以爲美，則知所美非美也。漢末群臣坐視社稷之亡，不以爲恤，乃作受禪碑，紀其姓名，以爲榮耀，與此詩所陳以僭爲美何異？」姚際恒《詩經通論》云：「此祈穀之郊，非多至之郊也。祈穀之郊，諸侯皆得行之。」陳奐《詩毛氏傳疏》云：「魯郊與周郊不盡同，魯南郊、祈穀爲一祭，故於郊爲祀后稷，而亦祈農事，在夏正正月，爲郊之正時。」案：宋太祖以陳橋兵變；黃袍加身，遂身居九五，踐阼爲王，故有宋一代於君臣之禮，守之最嚴，兼之道學復興，禮教觀念深入人心，故魯用天子禮樂，自宋人視之，直爲不可思議。是以《詩經》、《左傳》、《禮記》謂魯得有天子禮樂者，諸儒或謂魯僭、或謂載籍不可盡信，總之，必以爲諸侯不得用天子之禮樂也。〈閟宮〉之郊，《毛詩李黃集解》以爲魯僭，姚、陳以爲乃祈穀之郊者，其故在此。今考經傳謂魯得用天子禮樂，於史皆信而有徵，周師一田《春秋吉禮考辨》第二章第二節已有確辨，魯郊非僭，實已無可置疑。且魯只祈穀一郊之說，倡於《孔子家語》，漢以前從無是論，《孔子家語》本出於王肅之徒（《禮記・樂記》孔疏引馬昭說），其說不可盡信。又非天子不得祭天地，而南郊、祈穀皆郊天之祭，諸儒必謂魯不得有南郊祀天，而得有祈穀祀天，實亦甚爲無謂，然則〈閟宮〉之郊，當從鄭箋，以南郊祀天爲正也（參後附：〈論魯兼有圜丘祈穀二郊〉）。

附一：詩經建旗考

經傳建旗甚多，自來注疏家大率以《周禮・春官・司常》所掌九旗之制說之。考《周禮》九旗非周代建旗之實錄，而爲《周禮》作者刺取周代不同時、地之各種旗制，重加組織而成之政治理想，故其中所述雖有實際根據，然與其他經傳皆不能盡合，此於拙作〈九旗考〉中已有說明（參《中國學術年刊》第五期），茲據此說，進一步探討《詩經》之建旗實況。

《詩經》中與旗幟有關者有常、旂、旟、旐、旌、旄、旆等七種，其中常爲將軍所建，非天子旗名；旂非獨諸侯所建，實天子與諸侯所共有；旟非必州里所建；旐本旗之通名；旌、旄爲注羽、毛之旗；旆則爲旗之專名，此《詩經》建旗之大概也，茲爲說明如下（經傳建旗可供參考者亦一併附論）：

（1）常

《周禮・司常》云：「日月爲常。」又云：「王建大常。」〈夏官・大司馬〉亦云：「王載大常。」據此，常爲縿帛畫日月，而爲天子所建。故〈小雅・六

月〉云：

> 六月棲棲，戎車既飭，四牡騤騤，載是常服。
>
> 玁狁孔熾，我是用急，王于出征，以匡王國。

《毛傳》：「日月爲常。服，戎服也。」陳奐《詩毛氏傳疏》云：「日月爲常，《周禮・司常》文。〈司常〉云：『王載大常。』〈大司馬〉云：『仲秋教治兵，王載大常。……及致，建大常，庀軍眾。』詩言簡閱載常，正本〈大司馬〉爲訓。」是陳氏以爲毛傳謂詩「載是常服」爲王載大常也。然考〈六月〉之詩所述爲尹吉甫伐玁狁之事，非宣王親征也，故首章「王于出征，以匡王國」，鄭箋云：「于，曰。匡，正也。王曰：『今女出征玁狁，以正王國之封畿。』二章「王于出征，以佐天子」，鄭箋云：「王曰，今女出征伐，以佐助我天子之事。」六章「吉甫燕喜，既多受祉，來歸自鎬，我行永久」，鄭玄箋云：「吉甫既伐玁狁而歸，天子以燕禮樂之。」皆足以證明〈六月〉非宣王親征。陳奐亦持此說，《詩毛氏傳疏》云：「伐玁狁者，吉甫也。……正義從王肅、孔晁之徒，謂毛氏爲王自親征，誤矣！」既〈六月〉伐玁狁者爲尹吉甫，非周宣王，尹吉甫爲王卿士耳，焉得載此日月之常乎？鄭玄知毛傳之非，故改以常服爲戎服，箋云：「戎軍之常服，韋弁服也。」馬瑞辰《毛詩傳箋通釋》云：「此當以箋說爲允。《左氏・閔二年・傳》：『梁餘子養曰：帥師者有常服矣！』杜注：『韋弁服，軍之常也。』凡服其所常服者，謂之常服。兵事以韋弁服爲常服，猶殷士以黼冔助祭亦曰常服也，若傳以日月爲常，則于文王詩『常服黼冔』不通矣！」鄭、馬二氏以常服爲恒常之服，說實較毛氏爲允。

常之爲旗，首見於《國語・吳語》：

> 十旌一將軍，載常、建鼓、挾經、秉枹。

此常爲將軍所載，若據此說，當云「將軍載常」，始合周代實制。六月之「載是常服」若依此解，似亦可通，蓋尹吉甫爲宣王大將，帥軍征伐玁狁，自得建此將軍之常也，惟此常恐未必有日月之章也。

「王建大常」之說，除《周禮》外，僅又見於《大戴禮・朝事篇》：

> 夫子冕而執鎮圭——尺有二寸，藻藉尺有二寸，搢大圭、乘大輅、建大常——十有二旒、樊纓十有再就、貳車十有二乘，率諸侯而朝日於東郊。

惟此段文字已經秦漢學者更動，不盡爲周代原貌，蓋諸侯朝覲，天子必拜日於東郊，其禮本見於《儀禮・覲禮》：

> 天子乘龍、載大旆（旭昇案：大旆，宋相臺本作大旂，非，當從唐石經作旆）象日月、升龍降龍，出拜日於東門之外。

《儀禮》原作載大旂，而《大戴禮》作大常，恐即受《周禮》影響所改。遍觀周代典籍，皆無大常之制，故周禮「王建大常」之說，實於史無徵也。

（2）旂

《周禮・春官司常》云：「交龍爲旂。」又云：「諸侯建旂。」鄭玄注：「諸侯畫交龍，一象其升朝、一象其下復也。」〈夏官・大司馬〉亦云：「諸侯載旂。」據此，旂爲諸侯之旗，其緣帛繪交龍，以象升朝、下復也。〈商頌・玄鳥〉：

> 古帝命武湯，正域彼四方，方命厥后，奄有九有，
>
> 商之先后，受命不殆，在武丁孫子，
>
> 武丁孫子——武王靡不勝，龍旂十乘，大糦是承。

鄭玄箋：

> 交龍爲旂。糦，黍稷也。高宗之孫子，有武功、有王德於天下者，無所不勝服。乃有諸侯建龍旂者十乘，奉承黍稷而進之者，亦言得諸侯之歡心。十乘者，二王後，八州之大國。

此章說武丁之孫子——武王受命不殆、靡有不勝也。「龍旂十乘」本狀殷王車旗之盛美，「大糦是承」謂其能承祀先祖也，《玉篇・食部》引《韓詩》云：「大饎，大祭也。」（饎爲糦之異體）大祭當指殷王之大祭祀也。惟鄭玄囿於《周禮》「諸侯建旂」之說，故改謂「龍旂十乘」爲被殷王勝服之諸侯，謂「大饎是承」爲此諸侯奉承黍稷而進之殷王，其說不惟與上文文義不連貫，且於「大糦是承」之文法亦有所不通。魏源知其不通，故改謂武丁孫子非殷王，當指春秋時代之宋襄公，《詩古微・十七》云：「玄鳥，美襄公祀高宗也。武丁孫子謂襄公，上公交龍爲旗，龍旗（旭昇案：此二旗皆當作旂）十乘，上公之制。與魯頌『周公之孫、莊公之子，龍旗（旭昇案：當作龍旂）承祀』同義。箋謂孫子即武丁、於文不詞，於序『祀高宗』不合。」案：魏氏謂〈玄鳥〉美宋襄公，甚得詩義（王國維謂〈商頌〉爲宋人作，列證甚詳、參《觀堂集林・卷二・說商頌》），惟魏氏仍囿於周禮，謂襄公載龍旂爲用上公之禮，則其說猶未盡善也。夫此詩謂「武丁孫子——武王靡不勝，龍旂十乘，大糦是承」，則此載龍旂、承大糦者即武丁孫子，即武王也。《詩》既稱武王矣，猶復用周上公之制乎？《左傳・襄公十年》：

> 宋公享晉侯於楚丘，請以桑林。荀瑩辭，荀偃、士匄曰：「諸侯宋魯於是觀禮，魯有禘樂，賓祭用之；宋以桑林享君，不亦可乎！」

杜預注：「桑林，殷天子之樂名。宋，王者後；魯以周公故，皆用天子禮樂。」是宋、魯之君於春秋時代皆用天子禮樂，他國諸侯常往觀禮，不以爲

僭焉！〈玄鳥〉之詩既美襄公能承其先祖殷王之大祭，詩中又以武王稱之，則「龍旂十乘、大糦是承」皆用王禮明矣！《周禮》謂「諸侯建旂」，其義蓋非，周代之旂實爲天子與諸侯所共建，茲分天子所建、天子賜諸侯、諸侯所建三類，分別說明如下：

（甲）天子所建

（1）〈覲禮〉：「天子乘龍，載大旂，象日月、升龍降龍。」

（2）〈樂記〉：「龍旂九斿，天子之旌也。……所以贈諸侯也。」

（3）〈郊特牲〉：「祭之日，王被袞以象天……旂十有二旒，龍章而設日月，以象天也。」

（4）〈明堂位〉：「魯君孟春乘大路，載弧韣，旂十有二旒，日月之章，祀帝于郊，配以后稷，天子之禮也。」

（5）〈月令〉：「天子載青旂……天子載赤旂……天子載黃旂……天子載白旂……天子載玄旂。」

（6）〈巾車〉：「王之五路：金路，鉤樊纓九就，建大旂，以賓，同姓以封。」

（7）〈考工記〉：「龍旂九斿，以象大火也。鳥旟七斿，以象鶉火也。熊旗六斿，以象伐也。龜蛇四斿，以象營室也。弧旌枉矢，以象弧也。」

賈疏：「此已下九斿、七斿、六斿、四斿之旌旗，皆謂天子自建。知者，以此九、七、六、四不與臣下命相當也。」

案：以上諸條，除〈考工記〉外，皆明謂天子所建旂，而其名稱則有大旂、龍旂、旂、青旂、白旂、黃旂、赤旂、玄旂之不同。其繒帛之所繪，〈覲禮〉之大旂爲「日月、升龍降龍」、〈郊特牲〉之旂爲「龍章而設日月」，其餘龍旂皆當有升龍降龍，此皆天子所建，然則旂之畫交龍，必非如鄭玄〈司常〉注所謂之「諸侯畫交龍，一象其升朝、一象其下復」也！

（乙）天子賜諸侯

（1）〈左傳·定公四〉年：「分魯公以大路、大旂。」

（2）〈齊語〉：「賞（桓公）服大輅、龍旗九旒、渠門、赤旂。」

（3）〈閟宮〉：「龍旂承祀，六轡耳耳。」

（4）〈玄鳥〉：「龍旂十乘，大糦是承。」

（5）〈韓奕〉：「王錫韓侯，淑旂綏章。」

（6）毛公鼎：「錫女朱旂二鈴。」

（7）頌鼎：「錫女玄衣黹純、赤市朱皇、䜌旂攸勒。」

（8）盂鼎：「錫女鬯一卣、冂衣巿舄車馬，錫乃祖南公旂，用遵。」

以上皆天子所贈旂，據其名義，應可分為二類：大旂、龍旂為一類，赤旂、淑旂、朱旂、䜌、南公旂為一類。前者當為天子之制，蓋〈樂記〉云：「龍旂九旒，天子之旌也……所以贈諸侯。」，〈巾車〉云「大旂，以賓，同姓以封」，而諸侯獲賜大旂者，經傳唯有魯。魯獲此大旂，〈明堂位〉以之郊祀上帝，其名於〈閟宮〉則稱龍旂（〈閟宮〉「龍旂承祀」指郊天，上文已有說明），則此龍旂即大旂也。又〈商頌·玄鳥〉得以龍旂承祀者，當亦得之武、成之特賜，《禮記·郊特牲》云：「天子存二代之後，猶尊賢也。尊賢不過二代。」孔疏引鄭玄《駁五經異義》云：「所存二王之後者，命使郊天，以天子之禮祭其始祖受命之王，自行其正朔、服色。」此二代、二王謂夏、殷也，〈禮運〉：「杞之郊也，禹也；宋之郊也，契也，是天子之事守也。」是周得天下，封夏殷之後，使得以天子禮樂郊天祀祖也，宋襄得「龍旂十乘，大糦是承」者以此。凡此魯宋所載之龍旂當與天子之大旂同，其綝帛皆有龍章日月也（李黼平《毛詩紬義》云：「〈明堂位〉言日月而不言龍，此詩（旭昇案：謂〈閟宮〉）言龍而不言日月，皆各舉其一。」），以其為天子之制，故名大旂；以其有龍章，故名龍旂，其實二名通也。

既大旂、龍旂有龍章，則其餘赤旂、淑旂、朱旂、鷥旂恐不得有龍章，〈齊語〉周天子賞桓公龍旗與赤旂別，則旗之有龍者當著龍名，其餘不得有龍也。《爾雅·釋天》：「有鈴曰旂。」《說文·㫃部》：「旂，旗有眾鈴以令眾也。」〈周頌·載見〉：「龍旂陽陽。和鈴央央。」《毛傳》云：「和在軾前，鈴在旂上。」《左傳·桓公二年》：「錫鷥和鈴，昭其聲也。」杜注：「錫在馬額、鷥在鑣、和在衡、鈴在旂。」凡此皆旂上有鈴之證，然則旂之名當從《爾雅》，以「有鈴」為義也。鈴在段玉裁古韻十二部，旂在十三部，二部古韻極近，經傳多有合韻之例，故旂之或體又作斿，即從鈴省聲、兼義也，朱駿聲《說文通訓定聲·屯部第十五》屯下云：「字亦作斿，……《爾雅·釋天》釋文謂即旌字，非。」有鈴曰旂，此旂之本義也，故毛公鼎天子錫毛公朱旂二鈴，此二鈴即所以綴於朱旂之上也。〈齊語〉之龍旗、《儀禮·鄉射》記之龍旜，皆旗有龍章而不名旂者也，是亦旂不從交龍為義之反證。

（丙）諸侯所建

（1）〈小雅·庭燎〉：「夜如何其？夜鄉晨，庭燎有輝。君子至止，言觀

其旂。」

（2）〈小雅·采菽〉：「觱沸檻泉，言采其芹，君子來朝，言觀其旂。」

（3）〈魯頌·泮水〉：「魯侯戾止，言觀其旂。」

（4）〈周頌·載見〉：「龍旂陽陽，和鈴央央。」

（5）〈覲禮〉：「侯氏裨冕，釋幣於禰，乘墨車，載龍旂，弧韣乃朝。」

（6）又：「上介奉其君之旂，置于宮，公侯伯子男皆就其旂而立。」

（7）《左傳·桓公二年》：「三辰旂旗，昭其明也。」

（8）《左傳·僖公五年》：「丙之辰，龍尾伏辰，均服振振，取虢之旂。」

以上皆諸侯所建旂，《周禮》謂諸侯建旂，與此差合耳。〈魯頌·泮水〉言魯侯建旂，此旂為龍旂與否，未易判知。然祭統謂成王、康王賜魯以重祭，外祭則郊社、內祭則大嘗禘是也，《左傳·襄公十年》謂「魯有禘樂，賓祭用之」，則魯用天子禮樂，恐當限於郊社、嘗禘、賓祭等大祭祀，〈泮水〉為魯釋奠獻囚之小祀，恐不當用天子禮樂、惠周惕《詩說》卷下云：「此詩始終言魯侯在泮事，是克淮夷之後釋菜而儐賓也。釋奠、釋菜，祭之略者也，釋奠、釋菜不舞，詩言不及樂，故知為釋菜也。」據其禮不用樂，則此旂恐非天子之制也。又：〈覲禮〉侯氏得用龍旂者，此恐時有今古，禮有升降也，〈樂記〉云「龍旂九旒，天了之旌也……所以贈諸侯也」，蓋龍旂本天子之旌，然常以之贈諸侯，及諸侯得贈者既多，遂變而為諸侯之旗矣！夫兩周八百年，其禮非一成不變者，〈曲禮〉上云：「禮從宜，使從俗。」周禮之漸變，見之載籍者，本自不少，如：

（1）《禮記·檀弓》上：「孔氏之不喪出母，自子思始也。」

（2）又：「縣賁父曰：『他日不敗績，而今敗績，是無勇也。』遂死之。圉人浴馬，有流矢在白肉，公曰：『非其罪也。』遂誄之，士之有誄，自此始也。」

（3）又：「魯婦人之髽而吊也，自敗於臺駘始也。」

（4）〈郊特牲〉：「庭燎之百，由齊桓公始也。大夫之奏肆夏，由趙文子始也。」

（5）又：「大夫而饗君，由三桓始也。……天子下堂而見諸侯，由夷王下也。」

（6）〈玉藻〉：「玄冠紫緌，自魯桓公始也。……朝服之以縞，自季康子始也。」

（7）〈雜記〉下：「七月而禘，獻子爲之也。夫人之不命於天子，自魯昭公始也。」

（8）《論語・八佾篇》：「子貢欲去告朔之餼羊，子曰：『賜也！爾愛其羊，我愛其禮。』」

以上皆禮之漸變者也，龍旂本爲天子之旌，其後變爲諸侯之旗，當亦爲同一現象。〈周頌・載見〉亦得建龍旂者，〈載見〉爲諸侯觀王之詩，《毛詩序》云：「〈載見〉，諸侯始見武王廟也。」故得與〈觀禮〉同也。

（3）旟　旐

《周禮・春官司常》云：「鳥隼爲旟，龜蛇爲旐。」又云：「州里建旟、縣鄙建旐。」鄭玄注：「州里、縣鄙、鄉遂之官，互約言之。」鄭云互約言之者，賈疏以爲謂閭比照里，黨比照鄙，而族酇從黨鄙、比鄰從閭里也，如下圖：

鄉：州長旟　黨正旟　族師旟　閭胥旐　比長旐
遂：縣正旐　鄙師旐　酇長旐　里宰旟　鄰長旟

依此說，旟旐皆州長、縣正以下所建也，然〈大雅・江漢〉云：

　既出我車，既設我旟，匪舒匪安，淮夷來鋪。

《毛詩序》：「江漢，尹吉甫美宣王也，能興衰撥亂，命召公平淮夷。」案：本詩述宣王命召穆公虎平淮夷之事，召穆公出車征淮夷，詩人但美其州長、黨正所建之旟，而不頌美召穆公之車旗，寧有此事乎？又〈大雅・江漢〉云：

　四牡蹻蹻，旟旐有翩，亂生不夷，靡國不泯。

此詩傷西周末年之亂，此章云「四牡蹻蹻」，明是四馬駕一車，而「旟旐有翩」爲此車所建旗也，然則此車所建爲州里之旟乎？爲縣鄙之旐乎？抑一車而建二旗乎？依《周禮・司常》之制以說此詩，實滯碍不得其解，是〈司常〉之說實有可疑也。又〈小雅・無羊〉云：

　牧人乃夢：眾維魚矣！旐維旟矣！
　大人占之：眾維魚矣，實維豐年；旐維旟矣，室家溱溱。

鄭箋：「牧人乃夢見眾相與捕魚，又夢見旐與旟。」王引之《經義述聞》云：「上維字訓乃，下維字訓與。」言眾乃於漁，旐與旟也。陳奐《詩毛氏傳疏》云：「上維字訓其，下維字訓與，言眾其魚，旐與旟也。」其說與鄭箋、王氏《經義述聞》同義，皆以同篇相鄰二句之同字作不同訓解，依文法視之，似爲不妥，馬瑞辰《毛詩傳箋通釋》知其不可，故改其說云：「《春秋》有螽，《公羊》皆作蟓。文二年『雨蟓于宋』，何休解詁曰：『蟓，猶眾也。』此詩

眾當為螺及蠡之渻借。螺、蝗也,蝗多為魚子所化,魚子旱荒則為蝗;豐年水大則為魚,蝗亦或化為魚。玄應《一切經音義》引《毛詩蟲魚疏》云:『阜蠡、蝗也,今謂蝗子為蠡子,一名𧒁,云是魚子化。』《埤雅》云:『陂澤中魚子落處,逢旱日暴,率變飛蝗;若雨水充濡,悉化為魚。』是其證也。此詩牧人夢螺蝗化而為魚,故為豐年之兆。『眾維魚矣』與『旐維旟矣』二句相對成文,《爾雅》:『維、侯也。侯、乃也。』此詩二維字皆當訓乃,『眾乃魚矣』謂螺化魚,『旐乃旟矣』亦謂旐易以旟,蓋旟本以繼旐者也,《說文》:『旟,錯革鳥其上,所以進士眾。旟,眾也。』旟有眾義,故為室家溱溱之兆。傳云陰陽和則魚眾多,箋以為眾人相與捕魚,皆由不知眾乃螺之渻借爾。」案:玄應所引《毛詩蟲魚疏》,唐以前經籍志均不見著錄,考《隋書·經籍志》有陸璣著《毛詩草木蟲魚疏》二卷,唐玄應所引當即此書之渻稱。其說謂蝗子可以化而為魚,譸張為幻,前無所據,恐不可信。古人雖有鷹化為鳩、腐草為螢、爵化為蛤、雉化為蜃之說(俱見〈月令〉),然螺化為魚,漢以前俱無其說,《漢書敘傳》注引應劭《音義》云:「周宣王牧人夢眾魚與旟旐之祥而中興。」《漢書·藝文志》云「詩載眾魚、旟旐之夢,著明大人之占,目考吉凶。」此三家詩之遺說,皆不以眾為螺也。設漢以前有螺化為魚之說,四家詩何以俱無引之者?且螺化為魚固可據《毛詩蟲魚疏》為說,然旐化為旟又出於何典乎?牧人寱夢,可以無理;學者解經,必須有徵,馬氏釋詩二維字為乃,極為正確,然以囿於《周禮》九常之說,必謂旟旐為二旗,致用螺化為魚、旐化為旟以解經,使平實之經文,羼入神怪之謬說,不可從也。

以愚考之,旐乃旗之通名,非旗帛專名,牧人夢「旐維旟矣」,猶言「旗乃旟矣,《詩經》中此類句法甚多,如:

(1)〈皇皇者華〉:「我馬維駒。」(我馬乃為駒)

(2)〈吉日〉:「吉日維戊。」(此吉日乃為戊日)

(3)〈崧高〉:「崧高維嶽。」(此崇高之山乃為嶽山)

(4)〈何彼禯矣〉:「其釣維何?」(其釣具為何)

(5)〈碩人〉:「譚公維私。」(譚公乃其姊夫)

(6)〈十月之交〉:「番維司徒。」(番乃為司徒)

以上句型,皆「維」前為大名,「維」後為小名,而小名皆包含於大名之中,馬之種類甚多,而駒為其中之一種;良辰吉日甚多,而戊日為其中之一日是也。準此,《詩》云「眾維魚矣」,意謂「彼象多者乃為魚也」,「眾」為

形容詞作名詞用,與「崧高維嶽」之「崧高」同例;《詩》云「旐維旟矣」,意謂「牧人所夢見之旗幟乃爲旟旗也」,若依此解,「眾維魚矣,旐維旟矣」二句文法一例,文義平順,略無牽強之失,悠謬之病矣!《左傳》以旗爲通名,《詩經》無旗字,而以旐爲通名,時代各異,故用字不同也。《爾雅·釋天》云:「緇廣充幅、長尋曰旐。」據此,旐爲旗緇廣充幅、長尋之通名,於此旐之竿頭縣鈴曰旂(《爾雅》:有鈴曰旂);剝鳥皮毛置其竿頭曰旟(《爾雅》:錯革鳥曰旟)。經傳之旐旟依《爾雅》此義解之,無不文從字順,如:

(1)〈小雅·出車〉:「王命南仲,往城于方,出車彭彭,旂旐央央。」

(2)又:「我出我車,于彼郊矣!設此旐矣,建彼旄矣!彼旟旐斯,胡不旆旆!」

(3)〈小雅·采芑〉:「方叔戾止,其車三千,旂旐央央。」

(4)〈小雅·車攻〉:「之子于苗,選徒囂囂,建旐設旄,搏獸于敖。」

(5)〈小雅·無羊〉:「牧人乃夢,眾維魚矣,旐維旟矣!」

(6)〈大雅·江漢〉:「既出我車,既設我旟,匪安匪舒,淮夷來舖。」

(7)〈大雅·桑柔〉:「四牡騤騤,旟旐有翩。」

(8)〈鄘風·干旄〉:「孑孑干旟,在浚之都。」

(9)《禮記·月令》:「是月也,天子乃教于田獵,以習五戎,班馬政,命僕及七騶咸駕,載旌旐。」

(10)〈吳語〉:「左軍皆赤裳、赤旟。」

(11)《戰國策·卷十二·齊五》:「魏王說於衛鞅之言也,故身廣公宮,制丹衣柱,建九斿,從七星之旟,此天子之位也,而魏王處之。」

以上十一條,(1)〈出車〉之旂旐即旐旗,旟旐即旟旗;(9)〈月令〉之旌旐即旌旗,經傳中不乏此例,如《左傳·桓公二年》「三辰旂旗」之「旂旗」、《左定四年》分康叔之「旃旌」即旃是也。《周禮》謂「縣圖建旐」,於〈出車〉之南仲建旐、〈采芑〉之方叔建旐、〈月令〉之天子載旐皆不可通。又《周禮》謂「州里建旟」,然〈江漢〉謂「既出我車、既設我旟」,而江漢爲周宣王命召穆公平淮夷之詩;《戰國策》謂七星之旟爲天子之制,凡此皆可見《周禮》建旟與他經傳不合也。

(4)旌 旄

旌旄之制,舊說頗多混淆,《周禮·春官·司常》云:「析羽爲旌……旄車載旌。」鄭玄注:「全羽、析羽,皆五采繫之於旐旌之上,所謂『注旄於竿

首』也。九旗之帛皆用絳。」此注令後人疑惑者有二：（一）、旄之制究為注羽或注旄？羽屬禽，旄屬獸，二者絕不相同，鄭注全羽、析羽，而引注旄於竿首之說，似有羽旄兩可之意，故賈疏云：「此旛旄非直有羽，亦有旄，故鄭引《爾雅》注旄，以證旛旄，明其兩有，是以〈干旄〉詩云：『孑孑干旄……孑孑干旄。』鄭彼注云：『《周禮》孤卿建旃、大夫士建物，首皆注旄焉。』明干首旄羽皆有之。」（二）、旄之制究有縿帛與否？鄭注謂九旗之帛皆用絳，則其意以旄亦有帛也，然賈疏云：「按全羽析羽直有羽而無帛，而鄭云九旗之帛者，據眾有者而言。」又與鄭說不同矣！

旄與旄當為二物，旄為上古之舞具、旗幟，以牛尾製成，《呂氏春秋・古樂篇》：「昔葛天氏之樂，三人操牛尾，投足以歌八闋。」《周禮・春官宗伯第三》云：「旄人：下士四人，舞者眾寡無數。」鄭玄注：「旄，旄牛尾，舞者所持以指麾。」其作為旗幟之用，則見於以下諸條：

(1)《尚書・牧誓》：「王左仗黃鉞、右秉白旄以麾。」

(2)〈鄘風・干旄〉：「孑孑干旄，在浚之郊。」

(3)〈小雅・車攻〉：「建旐設旄，搏獸于敖。」

(4)〈小雅・出車〉：「設此旐矣，建彼旄矣！」

以上四條皆以旄為旗，〈牧誓〉之白旄於《逸周書》作大白，〈克殷〉第三十六云：「武王乃手大白以麾諸侯。」孔晁注：「大白，旗名。」〈鄘風・干旄〉之首章云「孑孑干旄，在浚之郊」，次章云「孑孑干旟，在浚之都」，三章云「孑孑干旌，在浚之城」，《毛傳》：「注旄於干首，大夫之旃也。鳥隼曰旟。析羽為旌。」是毛意以此三章為三旗也，蓋此三章言地則由郊而都、而城；言地則或旄、或旟、或旌，地既不同，旗當各異。惟傳以旄為「注旄於干首」，則旄與旃不異，然詩之三章又別有旃。則其說似非也。《尚書》之旄既為旗名，《詩經》時代直承其後，自當亦為旗名也。故《說文》云：「旄，幢也。」幢為漢旗之名（見《廣雅》），則《說文》亦以旄為旗之專名，非注旄之稱也（參後說）。

旌亦旗帛之名，據經傳建旌考之，旌當以羽為之，《周禮》「析羽為旌」得之；未聞以毛為之者，《爾雅・釋天》謂「注旄首曰旌」，恐非也。經傳建旌如下：

(1)〈鄘風・干旄〉：「孑孑干旌，在浚之城。」

(2)《儀禮・鄉射・記》：「君國中射則皮樹中，以翿旌獲，白羽與朱羽糅。」

（3）《左傳・桓公十六年》：「壽子載其旌以先。」

（4）《公羊傳・宣公十二年》：「莊王親自手旌，左右撝軍，退舍七里。」

（5）《左傳・成公十六年》：「石首曰：『衛懿公唯不去其旗，是以敗于熒。』乃納旌于弢中。」

（6）又：「欒鍼見子重之旌，請曰：『楚人謂夫旌，子重之旌也。』」

（7）《左傳・昭公七年》：「楚子之為令尹也，為王旌以田。」

（8）《國語・吳語》：「十行一嬖大夫，建旌、提鼓。」

（9）《逸周書・王會第五十九》：「其西天子車，立馬，乘六青、陰羽，鳧旌。」朱右曾注：「陰羽以飾蓋，鳧羽以為旌。」

（10）〈小雅・車攻〉：「蕭蕭馬鳴，悠悠斾旌。」

（11）《儀禮・鄉射記》：「旌各以其物，無物則以白羽與朱羽糅。」

（12）《禮記・曲禮》上：「武車綏旌，德車結旌，前有水則載青旌。」

（13）《禮記・檀弓》下：「銘，明旌也。」

（14）《禮記・樂記》：「龍旂九斿，天子之旌也。」

案：以上（1）至（9）之旌皆當為旗之專名，若依《爾雅》「注旄首曰旌」之說，（9）當建大常、（2）（4）（5）當建旂、（1）當建斾、（3）（7）（8）當建物、經傳棄常、旂、斾、物之名不用，而必就其注旄之稱而名之，恐無是理也，且（3）明云壽子之旌、（6）明云子重之旌、（7）明云王旌，則旌為旗名明矣！（10）（11）（13）（14）之旌似為旗之通名，〈車攻〉之「斾旌」即斾旗（參下文（5）斾條）；〈鄉射記〉之旌為通名，見賈公彥疏；〈檀弓銘〉又稱明旌、〈樂記〉稱龍旂為天子之旌，其為通名易知也。然則以上之旌皆旗名，非注旄之稱也。又旌以羽為之亦得二證焉；（2）〈鄉射記〉謂翿旌為白羽與朱羽糅；（9）〈逸周書〉謂天子建鳧旌，此皆旌用鳥羽之明見於經傳者也；《爾雅》謂「注旄首曰旌」，經傳乏徵，恐不可信。意者旄、旌之形制本極接近，旄注牛尾於竿首，旌注鳥羽於竿首，而其時代則稍有不同，旄之時代較早（唯見《尚書》、《詩經》），旌之時代稍遲（多見於《左傳》），其性質相近。春秋以後，旄漸少見，故時人或以「羽旌」名旄；羽旄者、其制似旄而注羽，非謂毛羽兼有也，如：

（1）《左傳・襄公十四年》：「范宣子假羽毛於齊而弗歸，齊人始貳。」杜注：「析羽為旌，王者旄車之所建，齊私有之，因謂之羽毛（旭昇案：通旄），宣子聞而借觀之。」

（2）《左傳・定公四年》：「晉人假羽旄於鄭，鄭人與之。明日，或旆以
　　　會，晉於是乎失諸侯。」杜注：「析羽爲旌，王者遊車之所建，鄭
　　　私有之，因謂之羽旌。」

（3）《孟子・梁惠王》下：「百姓聞王車馬之音，見羽旄之美，舉疾首蹙
　　　頞而相告曰：『吾王之好田獵，夫何使我至於此極也？』」

　　《左傳》之二羽旄，杜注皆謂爲析羽之旌，極是。旌、旄之制相近，於
此可以覘知。後世不察，見羽旄二字連文，遂謂旌之制兼有羽、毛，使旄、
旌二旗相混淆，考之經傳，其說恐非是也。

　　鄭玄〈司常〉注謂九旗皆有帛，《爾雅・釋天》「注旄首曰旌」，郭璞注：
「載旄於竿頭，如今之幢，亦有旒。」邢昺疏引孫炎注曰：「析五采羽注旄上
也，其下亦有旒繂。」是皆主旌必有繂帛者也；獨賈公彥〈司常〉疏以爲旞、
旌直有羽而無帛。二說不同，經傳無以考其是非。今案故宮博物院藏有春秋
晚期後半之青銅象嵌狩獵紋壺一件（圖甲）、美國華府弗里爾美術館藏有春秋
晚期後半之青銅狩獵紋鑑一件（圖乙），其上皆有旗，可供參考（二圖均摹自
河洛書局出版之《中華歷史文物》）。圖甲爲二軍交戰，所建旗皆二旄；圖乙
爲狩獵圖，右車駕二馬，左車駕四馬，駕二者所建旗曲柄一旄，駕四者則直
柄二旄。以時代而言，此二器皆春秋晚期之物，其時旄少旌多，且圖乙竿首
所注亦較近鳥羽，則此四旗或即旌也。《周禮》謂「旞車載旌」，鄭注云：「旞
車，木路也，王以田以鄙。」亦與圖乙合。此四旗皆直有羽而無帛，與賈說
合，然則鄭玄謂九旗皆有帛，其義非也。

圖甲　青銅象嵌狩獵紋壺

圖乙　青銅狩獵紋鑑

（5）斾

斾不在《周禮》九旗之中，然《詩經》、《左傳》多見，《爾雅·釋天》云：「繼旐曰斾。」鄭注：「帛續旐末爲燕尾者，義見詩。」其意謂斾（斾爲俗字，說見《正字通》）非旗名，而爲旗末之燕尾，義見詩者，謂〈小雅·六月〉「白斾央央」，《毛傳》：「白斾，繼旐者也。」《公羊傳·宣公十二年》何休注云：「繼旐如燕尾曰斾。」凡此皆謂斾非旗名，而爲繼旐之燕尾也。夷考經傳，其說似非，經傳建斾之例如下：

（1）〈小雅·六月〉：「織文鳥章，白斾央央，元戎十乘，以先啓行。」
（2）〈小雅·車攻〉：「蕭蕭馬鳴，悠悠斾旌。」
（3）〈商頌·長發〉：「武王載斾，有虔秉鉞。」《毛傳》：「斾，旗也。」
（4）《左傳·僖公二十八年》：「狐毛設二斾而退之。」杜注：「斾，大旗也。」
（5）《左傳·宣公十二年》：「晉人或以廣隊，不能進，楚人惎之脫扃，少進，馬還，又惎之拔斾投衡，乃出。」杜注：「斾，大旗也。」
（6）《左傳·定公四年》：「分康叔以大路、少帛、綪筏、旃旌。」阮元校勘記：「綪筏、鄭氏《禮記·雜記》注引作蒨斾，《詩·小雅》白斾央央，正義云：筏與斾，古今字也。」

以上六斾，毛傳、杜注皆明謂斾爲旗名，以此義解《詩經》、《左傳》，無不明白易曉：「白斾央央」謂白旗鮮明也；「悠悠斾旌」謂斾旗悠悠，旌當爲通名，此句若從《爾雅》「繼旐曰斾」，則直爲不可解，蓋詩云斾旌，不云斾旐，則此斾與旐無關明矣！「武王載斾」謂商湯載此大旗也。若不以旗名釋斾，則詩人頌美尹吉甫、周宣王、商湯車旗之盛，不頌其正旗，而專頌其旗之燕尾，天下恐無此等詩法也，故知詩經之斾皆當作旗名。《左傳》三例亦不例外：狐毛設二斾而退兵，設二隊後衛，各執大旗；以示後衛兵多，使敵不敢驟然追之也。晉人兵車翻墜，楚人去扃、拔斾、投衡，然後車輕馬便，乃可得出也。成王分康叔之綪筏即綪斾也，綪爲染赤之草，故杜以大赤之旗解之。然則經傳之斾皆當以旗名解之，故《說文》云：「斾，繼旐之旗也。」《釋名·釋兵》：「白斾，殷旌也，以帛繼旐末也。」皆以斾爲旗名，說實得之。

陳奐補胡承珙《毛詩後箋》於〈商頌·長發〉篇下云：「武王載斾，傳：『斾，旗也。』奐案：此經傳疑皆誤。斾當作伐，如詩〈六月〉『帛筏』、《左傳》『綪筏』、《爾雅》『繼旐曰筏』，今字皆改作斾，則此詩斾字本作伐，伐誤

爲筏，筏又改爲旆爾，箋云：『於是有武功、有王德、及興師出伐。』是鄭所據詩作伐，今本鄭箋『興師出伐』上亦誤『建旆』二字^{建旆即興師之誤，後人併竄。}，因又於毛傳增『旆、旗也』三字，不知『繼旐曰旆』，傳義見於〈六月〉。旗爲九旗之統稱，不得以繼旐之旆獨擅旗名明矣！釋文於旆下不云旗也，或唐初毛傳尚不誤。又按《說文》、《玉篇》引詩作『武王載坺』，〈考工記〉鄭注云：『畎土曰伐。』《說文》：『舌土謂之坺。』是坺、伐同也。《荀子・議兵篇》及《韓詩外傳・三》引詩作『武王載發』^{影元鈔本《韓詩外傳》作發，今刻本作旆，《漢書・刑法志》、《新序・雜事・三》亦作旆，皆後人依誤本毛詩改之也。}〈噫嘻〉箋云：『發、伐也。』是發、伐同也。伐、坺、發，其用字不同，而不爲旌旗之名則同，此可以訂今本經傳之誤。發、行也，以言出師也。」案：〈長發〉云「武王載旆，有虔秉鉞」，載旆與秉鉞對仗，皆建軍之事也，筆法甚佳，陳氏謂載旆當爲載伐，則武王先出伐，後秉鉞，於文爲不辭矣！陳氏說詩，夙祖毛義，獨於此章引《爾雅》以非毛傳，輾轉徵用三家遺詩之異文、假借，以疑經、非傳、改箋，大違說經之恉，斯固智者千慮之一失也。

附二：論魯兼有圓丘、祈穀二郊

郊本天子之禮，而魯以周公之故獲賜重祭，因之亦行郊禮。然魯郊爲圓丘報天乎？啓蟄祈穀乎？抑兼有二禮乎？先儒之說議論紛歧，莫衷一是。《孔子家語・郊問篇》云：

> 郊之祭也：迎長日之至也，大報天而主日、配以月，故周之始郊，其月以日至，其日用上辛。至於啓蟄之月，則又祈穀於上帝，此二者天子之禮也。魯無冬至大郊之事，降殺於天子，是以不同也。

孔穎達〈郊特牲〉疏云：

> 魯之郊祭，師說不同：崔氏、皇氏用王肅之說，以魯冬至郊天，至建寅之月又郊以祈穀，故《左傳》云：「啓蟄而郊。」又云：「郊祀后稷，以祈農事。」是二郊也。若依鄭康成之說則異於此也——魯惟一郊，不與天子郊天同月，轉卜三正，故《穀梁傳》云：「魯以十二月下辛卜正月上辛；若不從，則以正月下辛卜二月上辛；若不從，則以二月下辛卜三月上辛，若不從，則止。」故《聖證論》馬昭引《穀梁傳》以答王肅之難。是魯一郊則止，或用建子之月郊，則此云「日以至」、及宣年正月「郊牛之口傷」是也；或用建寅之月，則《春秋左傳》云：「郊祀后稷，以祈農事」是也，但春秋魯禮也，無建丑之月耳。

據此二記，魯郊之說一共有三：

（1）《家語》：魯惟有啓蟄之月祈穀之郊，無多至之月、上辛之日報天之

郊。

（2）鄭玄：魯郊始於日至之月，自子月至寅月皆可，日用上辛。周郊在寅月。

（3）王肅：魯以冬至郊天，至建寅之月又郊以祈穀。

以上三說之中，《家語》、鄭玄皆主魯惟有一郊，且與周郊不同時，故後人論魯郊，多從此二家，如萬斯大《春秋隨筆》於僖公三十一年條下云：

> 郊者，子月日至天子祭天之名也，寅月祈穀於上帝不名郊。魯諸侯，不得行郊，東遷後諸侯僭踰，僖公乃始行郊禮，後遂以爲常，故孔子歎之曰：「魯之郊禘非禮也，周公其衰矣！」（旭昇案：〈禮運〉文）先儒說魯郊不一……愚就《春秋》詳考：宣三年正月，郊牛之口傷，改卜牛，牛死，乃不郊，猶三望。是正月牛死即不郊而望也，使是年牛不死，即正月郊可知。正月而郊，日至之郊也，則鄭玄之言爲是。

此以魯郊在冬至之月，從鄭玄之說也。若說詩家——尤其清朝以後學者——多從《家語》之說，以爲魯惟有祈穀之郊，如姚際恒《詩經通論·閟宮篇》下云：

> 或謂僖公始僭郊祀之禮，以后稷配，及以天子禮樂祀周公，悉邪說！「皇皇后帝、皇祖后稷，享以騂犧，是饗是宜」，此祈穀之郊，非冬至之郊也。祈穀之郊，諸侯皆得行之。

陳奐亦以爲魯無冬至之郊，惟有孟春祈穀之郊，禮下于天子也。陳氏補胡承珙《毛詩後箋·閟宮篇》下云：

> 〈明堂位〉注曰：「昊天上帝，魯不祭。」《太平御覽·禮儀部》五經異義引賈逵說曰：「魯無圜丘、方澤之祭者，周兼用六代之禮樂，魯用四代，其祭天之禮亦宜損于周，故二至之日不祭天地也。」……魯爲侯國，損于天子，故春秋之郊皆爲祈穀，以后稷配天，故亦謂之郊。桓五年《左傳》：「凡祀，啓蟄而郊。」又襄七年《傳》：「孟獻子曰：夫郊祀后稷，以祈農事也。是故啓蟄而郊、郊而後耕。」蓋祀后稷謂配天也，祈農事謂祈穀也。魯合報、祈爲一祭，又在夏正正月，爲郊之正時，與周郊不同。

案：陳氏謂魯行祈穀之郊，論證極爲詳細，魯有祈穀之郊，殆已無可置疑，惟陳氏从賈逵之說，以爲魯無圜丘之祭，則猶有可議者，茲舉以下四事，以證魯有圜丘之郊：

（1）〈明堂位〉之說

《禮記·明堂位》云：

魯君孟春乘大路、載弧韣、旂十有二旒、日月之章，祀帝于郊，配以后
稷，天子之禮也。季夏六月，以禘禮祀周公於大廟。

鄭玄注：「孟春、建子之月，魯之始郊日以至。大路，殷之祭天車也。……
天子之旗畫日月。……季夏，建巳之月也。」據鄭注，〈明堂位〉此節之孟春、
季夏皆謂周正。魯於周正六月禘周公，先儒皆信之不疑，然則此節以孟春祀
帝於郊當為周正正月也。周正正月郊天，非圜丘之郊乎？且魯君郊天之車服，
與周天子完全相同，〈郊特牲〉載周天子郊祭之車服云：

祭之日，王被袞以象天、戴冕、璪十有二旒，則天數也。乘素車，貴其
質也。旂十有二旒，龍章而設日月，以象天也。

鄭玄注：「設日月畫於旂上，素車、殷路也。」據鄭注，此素車即〈明堂
位〉之大路，皆殷路也（金鶚《求古錄禮說補遺》「郊乘大路解」一文言之甚詳）；
此龍章而設日月之旂即〈明堂位〉之旂十有二旒、日月之章（前文〈詩經建旗
考〉（2）旒條下已有說明）。魯君郊天之車服與周天子同，前錄陳奐引賈逵說，
謂「魯祭天之禮宜損於周」，考之經傳，實未見其損也。且諸侯不得祭天地，而
圜丘、祈穀實皆祭天，獨謂魯行圜之郊為僭，行祈穀之郊則非僭，恐無是理也。

（2）〈雜記〉之說

《禮記・雜記》下云：

孟獻子曰：「正月日至可以有事于上帝；七月日至可以有事于祖。」七
月而禘，獻子為之也。

鄭玄注：「記魯失禮之所由也。孟獻子、魯大夫仲孫蔑也。魯以周公之故，
得以正月日至之後郊天、亦以始祖后稷配之。孟獻子欲尊其祖，以郊天之月
對月禘之，非也。魯之宗廟猶以夏時之孟月爾。〈明堂位〉曰：『季夏六月，
以禘禮祀周公於太廟。』」案：此節說魯禮之失，言孟獻子用七月夏日至禘祖，
以與正月多日至郊天相對，作記者因為此章，以譏其變古亂常也。然記文但
譏七月而禘為非，不譏正月郊天，故知魯有正月圜丘郊天之祭也。

（3）〈春秋〉之說

《春秋・宣公三年》經云：

春，王正月，郊牛之口傷，改卜牛，牛死，乃不郊，猶三望。

此條記魯宣公三年正月，郊牛傷，於是扱稷牛，卜以為郊牛，不幸此稷
牛又死，已無在滌之牛可用，乃不郊。柳興恩《穀梁補注》云：「前牛傷、後
牛死，並在正月。」牛死、不郊，此皆於正月已成定讞，惟猶三望行於何時、

經、傳、注俱無明文。以理推之，若望於四月（如僖公三十一年）、五月（如成公七年），皆與正月相去一季，《春秋》經無事尚空書四時首月，此不容不繫以時，是此條「猶三望」與牛死、不郊、時間相承也，萬斯大《春秋隨筆》云：「宣三年正月，郊牛之口傷，改卜牛，牛死，乃不郊，猶三望。是正月牛死即不郊而望也，使是年牛不死，即正月郊可知。」顧棟高《春秋大事表・十五・郊》序引霞峰華氏云：「魯以諸侯而郊，已爲非禮，其末流之失，抑又甚焉，或僭用日至之郊——宣三年……之改卜牛在春王正月是也。」是宣三年之郊爲冬至郊天，前人早有論及。惟此圜丘之郊乃常祀恒事，禮常祀不卜、《春秋》恒事不志，故經傳尠有道及，春秋經亦僅此一見耳。

（4）西漢師說

魯惟祈穀之郊，倡於《孔子家語》，世謂傳本《孔子家語》爲王肅之徒所造，不可盡信，《漢書・藝文志》顏師古注已明謂《漢志》《家語》非唐時《家語》矣！今考西漢以前儒者、載籍，皆不謂魯所行者爲祈穀之郊，如：

△《公羊傳・僖公三十一年》：「魯郊何以非禮？天子祭天，諸侯祭土。」
何休注：「郊者所以祭天也，天子所祭莫重於郊，於南郊者、就陽位也。」
△《穀梁傳・哀公元年》：「郊自正月至于三月，郊之時也。夏四月郊，不時也；五月郊，不時也……卜免牲者……昔嘗置之上帝矣，故卜而後免之。」
△《春秋繁露・郊事對第七十一》：「臣湯問仲舒：『天子祭天、諸侯祭土，魯何緣以祭郊？』臣仲舒對曰：『周公傳成王，成王遂及聖，功莫大於此。周公聖人也，有祭於天道，故成王令魯郊也。』」

以上各家皆以魯郊祭天祀上帝，並無魯惟祈穀之郊之說，是西漢師說皆以魯有圜丘之郊也。合以上四證以觀之，魯有圜丘之郊，殆已無可置疑。魯行南郊報天之祀，既已論之如上；其有祈穀之郊，又明見於《左傳》，然則魯兼有圜丘、祈穀二郊，信而有徵矣！

第四節　祈穀之郊配以后稷有關詩篇研究

周代天子有祈穀之祭，見於《禮記・月令》孟春之月：

是月也，天子乃以元日祈穀於上帝。

鄭玄注：「謂以上來郊祭天也，《春秋傳》曰：『夫郊祀后稷，以祈農事，

是故啓蟄而郊、郊而後耕。』案:《禮記·月令篇》全用夏正（參鄭注），此孟春之月於周正爲三月，於二十四節氣爲立春、啓蟄（即驚蟄。西漢以前啓蟄爲正月中氣，雨水爲二月節，西漢末劉歆三統厤始互易。説見〈月令〉孟春之月孔疏），與《左傳》「啓蟄而郊」合。云以元日者，謂卜用辛日也，《禮記·郊特牲》云:「郊之用辛也。」即此祈穀之祭。鄭注謂「以上辛日郊祭天」者，襲《穀梁傳·哀公元年》「轉卜三正」之説。其實祈穀之郊限用辛日，不限上辛也（參周師一田《春秋吉禮考辨》第二章第二節二之（2）「祈穀郊用辛日」説），此周天子祈穀之郊也。

魯以周公之故獲賜重祭，故亦行祈穀之郊，説見《左傳·桓公五年》:

凡祀:啓蟄而郊、龍見而雩。

又見於襄公七年《傳》:

孟獻子曰:「吾乃今而後知有卜筮。夫郊祀后稷，以祈農事也，是故啓蟄而郊、郊而後耕。今既耕而卜郊，宜其不從也。」

杜預注:「啓蟄、夏正建寅之月。耕謂春分。」案:此二記皆爲春秋經書魯郊雩失時而發，故知所説爲魯禮。此云「郊祀后稷，以祈農事」，故知其爲祈穀之祭，以后稷配，而得名爲郊也。杜注耕謂春分，知祈穀之郊當在啓蟄之後、春分之前行之也。此爲魯君所行祈穀之郊。

《詩經》中祈穀郊詩有〈周頌·噫嘻〉、〈臣工〉二篇。祈穀之郊而以后稷配之者，學者或以〈周頌·思文〉、〈魯頌·閟宮〉當之，恐非是。二篇分析已見本章第三節，學者必以爲祈穀配享者，其意蓋主魯唯有祈穀之郊、無圜丘之郊，此説之非是，已見〈閟宮篇〉後附論，茲不贅述。

一、噫 嘻

噫嘻成王，既昭假爾，
率時農夫，播厥百穀，
駿發爾私，終三十里，
亦服爾耕，十千維耦。

《毛詩序》曰:「噫嘻，春夏祈穀於上帝也。」蔡邕《獨斷》説同。鄭玄箋云:「月令『孟春祈穀於上帝』，夏則『龍見而雩』是與？」其意以爲序「春夏祈穀於上帝」兼含二事，春謂〈月令〉孟春祈穀之郊，夏謂《左傳》龍見而雩之雩，故孔疏申之云:「必知雩祭亦是祈穀者，〈月令〉:『仲夏大雩帝，以祈穀實。』是雩爲祈穀之明文。」

案：啓蟄而郊，主爲祈穀；龍見而雩，主爲祈雨，二禮截然有別，未可混爲一談。雖雩祭祈雨之最終目的亦在求豐年多黍多稌，故〈月令〉云「大雩帝以祈穀實」，然此特連類及之，非謂大雩帝即祈穀之祭也。《五禮通考》卷二十一方觀承云：「祈穀在孟春、祈雨在孟夏（旭昇案：方氏從《左傳》「龍見而雩」杜注之說，不用《呂氏春秋》仲夏之說，參第三章雩禮），兩祈不同，而時亦異。〈噫嘻〉詩序謂春夏祈穀於上帝，乃騎牆之見，足徵小序之陋。若以祈雨即爲穀祈實，欲牽挽爲一，益復支離矣！」方氏此說分祈穀、祈雨爲二祭，極爲有見，惟牽挽穀、雨兩祭爲一者，乃鄭箋、孔疏，非《詩序》也。《詩序》謂「春夏祈穀於上帝」者，謂春夏之際也，於周正爲三、四月，於二十四節氣當啓蟄、雨水之時，與《左傳》「啓蟄而郊、郊而後耕」合。杜預《左傳》注云：「啓蟄、夏正建寅之月，耕謂春分。」是《左傳》郊期在啓蟄之後、春分之前也。古歷用恒氣法，一歲周二十四分之，每一節氣約得十五日小餘。周人以冬至日爲歲首，自冬至日至啓蟄爲六十日，自冬至日至春分爲九十一日，則自啓蟄至春分（不含）爲三十一日，必有三辛日。祈穀之郊皆卜用辛日，故自啓蟄至春分得有三卜，若四卜、五卜則爲過時而瀆矣！又古歷十九年爲一章，至朔分齊；四章爲一蔀；復得朔旦冬至。章、蔀之首必爲冬至日，其餘各年之冬至日則參差推移，皆不在歲首，故自啓蟄至春分之郊期皆未能恰在三月，而必跨於三、四月之間，此序所以謂「春夏祈穀」也。茲據清陳厚耀所推〈春秋長歷〉，參以杜預《春秋長歷》、顧棟高《春秋閏朔表》，列《春秋》經九郊之郊期表如下，以證祈穀之郊必在春、夏之際也：

郊年	冬至月日	啟蟄月日	春分月日	經　書	說　明
宣3	1、1	3、2	4、4	郊牛之口傷，改卜牛，牛死仍不郊，猶三望	譏不郊猶望（《左傳》說）
僖31	1、18	3、19	4、20	夏四月，四卜郊，不從，乃免牲，猶三望。	四卜郊爲以4月13日辛卯卜4月23日辛丑，已入春分，又不郊猶望，皆非禮，故《左傳》云：「四卜郊不從乃免牲，非禮也；猶三望，亦非禮也。」
成7	1、5	3、6	4、8	鼷鼠食郊牛角，改卜牛，鼷鼠又食其角，乃免牛，夏五月，不郊，猶三望。	4月8日春分，郊期止。五月不得郊，故云不郊。不郊猶望，非禮也。

郊年	冬至月日	啟蟄月日	春分月日	經　　書	說　　明
成10	1、9	3、10	4、11	夏四月，五卜郊，不從，乃不郊	郊期中3月11日辛巳、3月21日辛卯、4月1日辛丑，三日可以郊。五卜郊爲以4月11日卜4月21日，已逾郊期，故《穀梁傳》云：「夏四月，不時也。」
襄7	1、25	3、26	4、27	夏四月，三卜郊，不從，乃免牲。	此年初卜當以3月18日卜3月28日，則三卜當以4月8日卜4月18日，應未爲失時，然《左傳》云：「今既耕而卜郊，宜其不從也」是此年初卜已太晚，致三卜過時也（《左傳》孔疏說）。
襄11	1、9	3、10	4、11	夏四月，四卜郊，不從，乃不郊。	四卜郊者，以4月1日辛巳卜4月11日辛卯，已入春分，故《穀梁傳》云：「夏四月，不時也。」
定15	1、29	3、1	4、2	（正月）鼷鼠食郊牛、牛死，改卜牛。五月辛亥郊。	杜預〈長歷〉、顧棟高〈閏朔表〉皆於定14年12月閏，則冬至日在元旦前一日。陳氏以此年一月後一月無中置閏，今從之。五月郊，逾時久矣！
哀元	1、11	3、12	4、13	鼷鼠食郊牛角，改卜牛，夏四月辛巳郊。	4月6日辛巳，未入春分，猶可以郊。《穀梁傳》謂夏四月不時，非也。
成17				九月辛丑，用郊。	九月非郊天之時，故公穀二傳皆云：「用者，不宜用也。」

　　以上九郊，或不郊而望（僖31、宣3、成7），或卜筮再三瀆（僖31、成10、襄11），或初卜已太遲（襄7），或有司不謹，郊牛傷亡（宣3、成7、定15、哀元），或郊非其時（定15、成17），皆以有故而書，非盡爲失時也。三傳之中惟《穀梁傳》以爲四月非郊之正時，其義非是，周師一田《春秋吉禮考辨》第二章第二節二（1）之已有確論。是祈穀郊期本在三、四月之間，《詩序》謂「春、夏祈穀於上帝」，雖語欠明朗，然義實可通。後人不解此義，以序謂春夏爲二時二祭，遂欲牽挽〈祈穀〉、〈雩祭〉爲一，此致誤之由，非序之過也。

　　序謂本篇爲祈穀之詩，而篇首獨稱「噫嘻成王」者，何楷《詩經世本古義》云：「卜郊則受命于祖廟，而作龜于禰宮。〈郊特牲〉疏曰：『作龜于禰宮

者，先告祖受命，又至禰廟卜之也。』……愚所以定噫嘻之詩爲咏祈穀卜郊之事者，以篇中專言勸農，而章首有成王昭假之語，明以詩作于康王之世，乃主作龜禰宮而言。不然周自后稷以農事開國，即欲敕農官（旭昇案：〈噫嘻〉敕農官，朱《集傳》之說），何不於始祖之廟，舉始祖爲辭，而顧於成王何取乎？序及蔡邕《獨斷》皆云：『春夏祈穀於上帝之所歌也。』此說相傳，必非無本。今觀詩中雖言耕事，而絕無一語及祈穀者，唯首章二語以爲作龜禰宮，而與孟春祈穀相涉耳。」案：〈郊特牲〉云：「卜郊，受命于祖廟、作龜于禰宮，尊祖親考之義也。」何氏引以說詩，以爲篇首二句「噫嘻成王，既昭假爾」述作龜于禰宮之事，龜卜既吉，其下遂說及農耕之事也。此說協於詩、合於禮，頗能發前人之所未發，勝於舊義多矣！

　　郭沫若謂成王爲生稱、非謚號，因主此詩爲成王親耕前先行郊祭時，受命于祖廟，昭假先公先王之詩，「既昭假爾」之爾如字，謂先公先王也（參《文學遺產》117 期）。茲迻錄其語譯於次，以供參考：

噫嘻	啊！
成王既昭假爾	成王既已招請了您們（先公先王）來，
率時農夫	他率領著這些農夫，
播種百穀	開始農作物的播種，
駿發爾私	大規模地開發您們所有的土地，
終三十里	一直到了三十里的盡頭，
亦服爾耕	也從事您們所需要的工作，
十千維耦	二萬人在同時成對地勞動，

　　郭氏與何氏皆就〈郊特牲〉爲說，而一主「受命于祖廟」、一主「作龜于禰宮」，二說所以不同，蓋緣於對「成王」稱謂認定之不同。今案成王固可爲生稱（王國維《觀堂集林・卷一八・遹敦跋》有說），然亦可以爲死稱（〈周頌・執競〉「不顯成康，上帝是皇」必爲死稱），故何、郭二氏之說不妨同時並存也。董仲舒《春秋繁露・精華篇》云：「詩無達詁。」其此之謂歟！

二、臣　工

　　　　嗟嗟臣工、敬爾在公，
　　　　王釐爾成，來咨來茹。
　　　　嗟嗟保介，維莫之春，

亦又何求，如何新畬？

於皇來牟，將受厥明。

明昭上帝，迄用康年。

命我眾人，庤乃錢鎛，奄觀銍艾。

《毛詩序》：「〈臣工〉，諸侯助祭遣於廟也。」孔疏：「謂周公成王之時，諸侯以禮春朝，因助天子之祭。事畢將歸，天子戒敕而遣之於廟，詩人述其事而作此歌焉。」惟夷考經文，既無諸侯助祭之事，亦乏天子戒敕之辭。全詩但諄諄戒敕臣工、保介、囑以敬慎公事，以祈康年耳。故朱子《詩集傳》以此為戒農官之詩、姚際恒《詩經通論》以為耕耤之詩、魏源《詩古微》以為成王耕耤後受釐嘏祝之詩，屈萬里《詩經釋義》則謂此疑春日祈穀時所歌之詩……眾說紛紜，莫衷一是，細玩詩義，稽之禮文，則似以屈說最為近之。

篇首云「嗟嗟臣工」者，此天子戒敕其百官也，馬瑞辰《毛詩傳箋通釋》云：「臣工二字平列，猶官府之比，工與官雙聲，故官通借作工，《小爾雅》，『工，官也。』〈堯典〉『允釐百工』，《史記》作『信飭百官』，皆工即官之證，臣工蓋通指諸侯、卿、大夫言之，箋以臣為諸侯，工為卿大夫，非詩義也。」《詩》云「干釐爾成，來咨來茹」，謂王咨問臣工穀物豐熟之道也。「嗟嗟保介，如何新畬？」則為王咨問保介耕治新田及畬田之事也。「於皇來牟，將受厥明，明昭上帝，迄用康年」並「奄觀銍艾」，皆祈穀之辭也，故知此篇當為祈穀之詩。又《詩經》為周代文學，除民間農時物候、文士撫時道景外，其餘理當用周正，今本《詩經》除〈小雅·出車〉、〈四月〉有撫時道景之句，猶沿用夏正外，其餘雅頌諸篇、廟堂之作，率皆遵用周正（參下附：〈詩經時令考〉），本篇謂「維莫之春，亦又何求」，暮春為周正三月末，恰為祈穀之時，則此詩所述，舍祈穀外，抑又何求乎？姚氏、魏氏等以為耕耤之詩，雖亦可通。然周代耕耤在立春之日（參〈月令·孟春之月〉、《國語·周語》），於周正在二、三月間，似猶未可云「維莫之春」也，故本詩詩旨當以祈穀為允。

本詩為祈穀之所歌，然全篇歌上帝、祈康年不過三、四句，其餘皆敕臣工、令眾人之辭，是其名雖云祈穀於上帝，迄用康年；其實則多期勉於眾人，以奄觀銍艾也，〈表記〉云：「殷人尊神，率民以事神，先鬼而後禮，先罰而後賞；……周人尊禮尚施，事鬼敬神而遠之，近人而忠焉！」尊禮尚施、近人而忠，與〈臣工〉篇所表現者一致，周人之所以興，周文之所以可貴，其在斯之謂歟！

附：詩經時令考

夏、商、周三代正朔不同，周以子月為歲首、商以丑月為歲首、夏以寅月為歲首，合稱三正，此自昔學者言之鑿鑿，似非臆說妄造也。《尚書‧甘誓》：「有扈氏威侮五行、怠棄三正也。」《左傳‧昭公十七年》：「梓慎曰：火出，於夏為三月、於商為四月、於周為五月，夏得天數。」此謂夏、商、周之建朔不同，故其月數皆各差一月也。《逸周書‧周月篇》：「萬物春生、夏長、秋收、冬藏，天地之正，四時之極，不易之道，夏數得天，百王所同。其在商湯，用師于夏，除民之災，順天革命，改正朔、變服殊號，一文一質，示不相沿，以建丑之月為正，易民之視，若天時大變，亦一代之事。亦越我周王，致伐于商，改正異械，以垂三統。至於敬授民時、巡狩祭享，猶自夏焉，是謂周月，以紀于政。」此言商周政前代正朔，所以易民之視，示不相沿也。又言周雖改正，然「敬授民時、巡狩祭享」猶用夏正，此周代建正之「二正並行制」，故見於今日之周代文獻，其建正常呈夏、周混用也。

以上為三正說之犖犖大者，惟後世疑之者不乏其人，故本文先列舉三代建正不同之實例，以證明此三正確為三代所實際施行者。夏正之施行，可以〈夏小正〉之天象記錄為證。〈夏小正〉記錄星象甚多，而頗與〈月令〉不同。其所以不同者，〈月令〉為周末之天象，〈小正〉為夏代之星象，二者相去約二千年，日月東行、恒星西移，歲差每年約五十一秒，積二千年而差約三十度矣！古人不知有歲差，故知〈小正〉所記當為〈月令〉前二千年之天象也。惟〈月令〉之觀象猶欠精密，今以《漢書‧律歷志》所載洛下閎〈太初歷〉為依據，比較〈月令〉、〈夏小正〉之日躔、昏中星，以證明〈夏小正〉之天象皆夏代實錄，非周人所能偽造也：

月名	日 躔			昏 中 星		
	太初歷	月 令	夏小正	太初歷	月 令	夏 小 正
孟春	危 16 度	營室初度	奎 4 度	畢 10 度	參 偏東 6 度 應為畢 12 度	初昏參中 夏初當昏井 13 度中，初昏至昏約 10 度，則夏初昏參星過中 3 度。
仲春	奎 5 度	奎 7 度	胃 7 度	井 22 度	弧 即井 24 度	
季春	胃 7 度	胃 9 度	畢 12 度	張 2 度	星 偏西 4 度 當為張 4 度	參則伏 夏初日在畢 12 度，去參 6 度，故日沒後參即伏。
孟夏	畢 12 度	觜 2 度	井 15 度	軫 4 度	翼 偏西 6 度 應為軫 6 度	初昏南門正 夏初〈四月〉當亢 5 度中，故玄初昏南門（亢）正。

月名	日躔			昏中星		
	太初歷	月令	夏小正	太初歷	月令	夏小正
仲夏	井16度	井18度	柳9度	氐2度	亢 偏西4度 應爲氐4度	參則見初昏大火中 夏初五月日在柳9度,去參46度,故天將旦而參已見于東方,又此月昏尾7度中,故云初昏大火(房心尾)中。
季夏	柳9度	柳11度	張14度	尾7度	火 偏西9度 應爲尾9度	
孟秋	張18度	翼2度	軫12度	斗4度	建即斗6度	
仲秋	軫12度	角 偏東3度 當爲軫14度	氐4度	斗26度	牛2度	辰則伏參中則旦 此月日在氐4度去辰(房心尾)11度去參138度,故日沒後辰則伏,日將出而參已在中。
季秋	氐5度	房 偏東8度 當爲氐7度	尾10度	虛2度	虛4度	
孟冬	尾10度	尾12度	斗11度	危14度	危16度	初昏南門見 此月初昏東壁中,時南門(元)早已伏而不見矣。小正既云四月初昏南門正,則于十月當云旦南門中,不當云初昏南門見,文句必有譌誤。
仲冬	斗12度	斗14度	女8度	畢5度	壁7度	
季冬	女8度	女10度	危16度	婁11度	婁 偏西1度 應爲胃初度	

　　以上太初歷各月日躔相去皆爲一次(30度),昏中星去日度數夏多多少,春秋略等(可參考二十八宿圖自行推算,此圖爲據《漢書·律歷志》所載二十八宿所佔度數繪製,其一周天爲365度),所測尚稱準確,故可據之推求夏、周之日躔、中星。表中月令昏中星或偏東6度、或偏西9度(據太初歷校。太初歷去呂不韋時約一百三十年,歲差約2度),故知〈月令〉昏中星之觀測猶未臻極精密也。〈夏小正〉不知作於何時,今姑假設其作於夏初,據《漢書·律歷志》所載夏432年、商629年、周約839年、秦至太初142年,共2142年,歲差約30度,以此核校〈夏小正〉之天象,恰與戰國末年差一月,即戰國末所測孟春之天象,約略等於夏初季冬之天象。晉虞喜以前人不知有歲差(參《宋書·歷志下》祖沖之上表),設〈夏小正〉爲戰國時所造,造者必不知夏代天象與周不同。今〈夏小正〉之天象皆與代表戰國末之月令不同,而合於夏代(參表列說明),故知〈夏小正〉必爲夏代之實錄也。〈夏小正〉以孟春之月爲正月,此種歷法即謂之夏時,《論語·衛靈公篇》孔子云「行夏之時」者,即行此夏曆也。此曆以立春驚蟄爲正月孟春,其四時與自然農候之生長收藏最能配合,故《左傳》,〈逸周書〉皆云「夏得天數」。

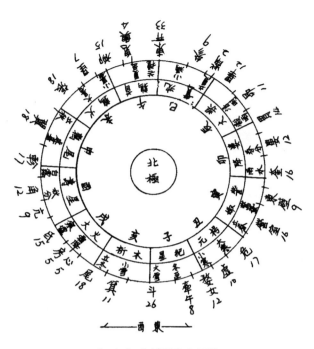

《二十八宿星次圖》

案：此爲太初曆之星次圖，故立春日在危16度。若夏初則立春日在奎4度，
與此圖稍有不同。又十二支之分配依《淮南子・天文篇》。

　　殷曆以夏正十二月爲歲首，亦有明證：《國語・周語》記武王〈克殷〉之
年月云：「昔武王伐紂，歲在鶉火，月在天駟，日在析木之津，辰在斗柄，星
在天黿。」《漢書・律歷志》釋之云：「師初發，以殷十一月戊子，日在析木
箕七度，故傳曰『日在析木』；是夕也，月在房五度，房爲天駟，故傳曰『月
在天駟』；後三日得周正辛卯朔，合辰（旭昇案：謂日月會合）在斗前一度，
斗柄也；故傳曰『辰在斗柄』；明日壬辰，晨星始見。癸巳武王始發，丙午還
師，戊午渡于孟津。孟津去周九百里，師行日三十里，故三十一日而度。明
日己未冬至，晨星與婺女伏，歷建星及牽牛，至於婺女，天黿之首，故傳曰
『星在天黿』。《周書・武成篇》：『惟一月壬辰旁死霸，若翌日癸巳，武王迺
朝步自周，于征伐紂。』序曰：『一月戊午，師度于孟津，至庚申，二月朔日
也。』」此武王伐紂之行程也，《漢書・律歷志》據劉歆三統歷推算，與〈周
語〉、〈武成〉皆合。蓋武王初發爲殷十一月戊子，渡孟津爲殷十二月戊午，
而序云一月戊午度孟津，是殷十二月爲周一月也。周曆以夏正十一月爲歲首，
故殷曆以夏正十二月爲歲首，從可知矣！

　　周正以夏十一月爲歲首，故其四時與寒煖多不相應，《論語・先進篇》云

「莫春者，春服既成」，周正暮春三月爲夏正初春正月，故云春服既成也；《孟子・滕文公篇》云「秋陽以暴之」，周正孟秋、仲秋爲夏正仲夏、季夏，故此秋陽實爲夏陽，炙熱可暴也。此外，《春秋》經記事全用周正，故三月大雨雪（隱八年）、春無冰（桓十三年）、冬大無禾麥（莊二十八年）等記載屢見不鮮，其四時節候皆與自然現象差二月者，周正以夏十一月爲歲首之故也。此於明張以寧之《春秋春王正月考》、清顧棟高之《春秋大事表》卷一時令表舉證已詳，本文無庸贅引其說。

惟周正以冬至爲春，以春分爲夏，以夏至爲秋，以秋分爲冬，乍思之實爲甚不合理，故後世學者不乏疑之者，胡安國春秋傳於隱公元年條下云：「案：左氏曰『王周正月』，周人以建子爲歲首，則冬十有一月是也。前乎周者，以丑爲正，其書始建國曰『惟元祀十有二月』（旭昇案：《古文尚書・伊訓》文），則知月不易也；後乎周者，以亥爲正，其書始建國曰『元年冬十月』（旭昇案：《漢書・高帝紀》文），則知時不易也。建子非春明矣！乃以夏時冠周月，何哉？聖人語顏回以爲邦，則曰『行夏之時』；作《春秋》以經世，則曰『春王正月』，此見諸行事之驗也。或曰：『非天子不議禮，仲尼有聖德而無其位，而改正朔，可乎？』曰：『有是言也，不曰春秋天子之事乎？以夏時冠月，垂法後世；以周正記事，示其無位不敢自專也，其旨微矣！』案：胡氏引〈商書〉、《漢書》以證周代雖以夏十一月爲歲首，然時名、月名並未更動，並非的證。其「夏時冠月」說尤其費解，其意似謂夫子作《春秋》，時月仍從夏正，而記事實從周正，日與事並不相應，以此爲天子作《春秋》之微旨。朱子於〈答林擇之書〉中評此說云：「若如胡傳之說，則是周亦未嘗改月，而孔子特以夏正建寅之月爲歲首，下所書之事卻是建子月事。自是之後，月與事常差兩月，恐聖人制作之意不如是之紛更繁擾，其所制作亦不如是之錯亂無章也。」是胡氏夏時冠月之說實非春秋之微旨，從可知也。

胡氏之說既息，蔡沈又從而簸揚其灰，蔡氏《書集傳》於〈泰誓篇〉下云：「漢孔氏以春爲建子之月，蓋謂三代改正朔必改月數，改月數必以其正爲四時之首。序言一月戊午，既以一月爲建子之月，而經又繫之以春，故遂以建子之月爲春。夫改正朔不改月數，于〈太甲〉辯之詳矣（旭昇案：與胡氏之說略同，故不引），而四時改易，尤爲無義，冬不可以爲春、寒不可以爲暖，固不待辯而明也……或曰：『鄭氏箋詩維莫之春（旭昇案：〈臣工〉篇），亦言周之季春，於夏爲孟春。』曰：『此漢儒承襲之誤耳，且〈臣工〉詩言：「維莫之春，亦又何

求？如何新畬？於皇來牟，將受厥明」，蓋言暮春則當治其新畬矣！今如何哉？
然牟麥將熟，可以受上帝之明賜。夫牟麥將熟，則建辰之月——夏正季春審矣！
鄭氏於詩且不得其義，則其考之固不審也！不然，則商以季冬爲春、周以仲冬
爲春，四時反逆，皆不得其正，豈三代奉天之政乎？』」案：蔡氏此論拘執于冬
不可以爲春、寒不可以爲暖，未必得其實。夫名無固宜，約之以命，即謂之宜。
故夏人約之以爲冬，周人命之以爲春，未必不可也。推胡、蔡二氏之說，皆忽
略人類文化之複雜現象，彼以爲王朝頒朔，天下理當一體遵從，殊不知方國之
異、朝野之別、時代之差，皆可影響正朔之推行也。宋爲殷後，得奉殷之服色、
正朔（〈郊特牲〉孔疏引鄭玄〈駁五經異義說〉），故用殷歷；晉居唐之故地，故
用夏歷（晉獻、惠間事見於《左傳》者，與經常差兩月，是晉用夏歷之證。參
杜預《春秋經傳集解・後序》、顧炎武《日知錄・四》），皆與周正不同，此方國
之異也；1975年湖北雲夢睡虎地秦墓竹簡出土，其中有「秦楚月名對照表」一
件，可爲周代「方國異歷」提供說明：

《秦楚月名對照表》

十月・楚冬夕	十一月・楚屈夕	十二月・楚援夕
正月・楚刑夷	二月・楚夏屎	三月・楚紡月
〈四月〉・楚七月	五月・楚八月	〈六月〉・楚九月
七月・楚十月	八月・楚爨月	九月・楚獻馬

此表每月上爲秦月名，下爲楚月名。據表以十月爲歲首，知秦以夏歷十
月爲歲首，而不改其月名也。秦十月當楚冬夕（即正月，據秦四月即楚七月
推知），則楚亦以夏歷十月爲歲首，而並其月名皆改之，然其正月名爲冬夕，
五月名夏屎，則其時名似未更改，據此表可知周代方國建朔並未統一，各國
歲首並不盡相同，其時、月之名或改或不改，亦極爲參差也。

三代之改服色、易正朔，此爲政治興革，可以人力更動者，故朝廷施政、
公卿行事，均須奉行當代正朔；然萬物春生夏長、秋收冬藏，此爲自然節候，
非人力所能改變者，故農夫依候操作，文人撫時道景，仍以夏正爲便，此朝
野之別也。又時間之先後亦有不同，改朔之初，民性戀舊，故仍習用舊歷，
未能一律從新；比及改之既久，約定俗成，百姓遂日用而不自知矣！此時代
之差也。周正改朔並時月皆改之，此有《春秋經》爲證，已無可置疑，其餘
經傳或遵從周正、或雜用夏歷者，皆繫于方國、朝野、時代之不同，未可一

概而論也！

《詩經》為周代之文學總集，理當遵用周正，然《詩經》非一人、一時、一地之作，其中自亦有方國、朝野、時代之不同。今檢審三百五篇之襲用夏正者，有〈唐風・葛生〉、〈豳風・七月〉、〈小雅・出車〉、〈四月〉等四篇而已，其內容皆稱述自然物候；其餘各篇則無不遵用周正，茲擇其要者論之如次：

（一）沿用夏正者

（1）〈小雅出車〉：「春日遲遲，卉木萋萋，倉庚喈喈，采蘩祁祁。」

案：此節敘述春景、農事，故仍沿用夏時。〈夏小正〉二月「采蘩。有鳴倉庚」，〈月令〉仲春之月「倉庚鳴」、季春之月「勸蠶事」，故知出車此節所述為夏正二、三月之事。若周正暮春始「東風解凍、蟄蟲始振」，猶未能卉木萋萋也。

（2）〈小雅四月〉：「四月維夏，六月徂暑，先祖匪人，胡寧忍予？秋日淒淒，百卉俱腓，亂離瘼矣！爰其適歸？冬日烈烈，飄風發發，民莫不穀，我獨何害？

案：此時「秋日淒淒」、「冬日烈烈」為夏正秋冬節候，毋庸贅論，惟「四月維夏、六月徂暑」二句，前人之說多有不同。《毛傳》：「徂、往也，六月火星中，暑盛而往矣！月令季夏之月「昏火中」（應為昏尾 9 度中，參前列三統歷——即太初歷與月令昏中星比較表。四月為幽王時詩，幽王時去呂不韋約五百餘年，歲差約 10 度，則恰為火初度中也），是毛意以此四月、六月為夏正孟夏、季夏之月也。張以寧《春秋春王正月考》云：「周之四月，夏二月也，春秋王正月，朱子以為周改正月為春，則此二月為夏矣！周之六月、夏四月也，徂暑者，言自此而往，以至於盛暑也……〈月令〉曰：『孟秋涼風至，天地始肅。』……則秋日淒淒、百卉俱腓指夏七月也。……〈月令〉『仲秋之月盲風至』，注：『盲風，疾風也。』朱子《集傳》亦曰：『發發，疾貌。』則冬日烈烈、飄風發發指夏八月也，然則此詩之秋冬亦周時也。」張氏此說以詩六月當夏正四月，訓徂為始，謂四月為暑之始，說猶可通；然謂「秋日淒淒，百卉俱腓」為夏正七月，則似過於牽強，月令「季秋之月，草木黃落」、孟秋七月當不至於百卉俱腓。又冬日烈烈與秋日淒淒句法相同，烈烈、淒淒皆狀氣，非狀日也，《毛傳》：「烈烈，猶栗烈也。」謂冬日寒氣栗烈也，〈豳風・七月〉：「二之日栗烈。」二之日謂夏正十二月也（參下（4）七月條），夏正八月仲秋似亦不得有此景象，故顧棟高《春秋大事表》云：「此篇毛、鄭及孔

疏皆主夏正說，而張氏以寧必欲強從周月周時，甚覺費力。」通觀全篇，〈四月〉之詩所从以夏月夏時為允。

（3）〈唐風・葛生〉：「夏之日，冬之夜。」

案：《毛傳》：「言長也。」其意謂夏季白晝最長、冬季夜晚亦最長，思祖悼亡，於此夏之日、冬之夜為最甚，則此夏、冬為夏時可知。

（4）〈豳風・七月〉

案：〈豳風・七月〉為周公陳王業之詩（《毛詩序》説），篇中多述農事，故頗用夏時，王先謙《詩三家集疏》引皮嘉祐云：「此詩言月者皆夏正，言一二三四日者皆周正，改其名不改其時。」是七月之詩兼用夏、周歷也。今仿胡廣《詩經大全》之例，列〈七月〉節候分佈圖於次，並稍加說明，以見其二正兼用之一斑：

周 正	節　　候	夏 正	節　　候
一之日	觱發。于貉，取彼狐狸，為公子裘。		
二之日	栗烈。其同。載續武功。言私其豵，獻豜于公。鑿冰沖沖。		
三之日	于耜。納于凌陰。		
四之日	舉趾，同我婦子，饁彼南畝，田畯至喜。其蚤，獻羔祭韭。	（二月）	春日載陽，有鳴倉庚，女執懿筐，遵彼微行，爰求柔桑。春日遲遲，采蘩祁祁，女心傷悲，殆及公子同歸。
		（三月）	蠶月條桑，取彼斧斨，以伐遠揚，猗彼女桑。
		四月	秀葽
		五月	鳴蜩。斯螽動股。
		六月	莎雞振羽，食鬱及薁。
		七月	流火。鳴鵙。在野。烹葵及菽。食瓜。
		八月	萑葦。載績，載玄載黃，我朱孔揚，為公子裳。其穫。在宇。剝棗。斷壺。
		九月	授衣。在戶。叔苴。采荼薪樗，食我農夫。築場圃。肅霜。
		十月	隕蘀。蟋蟀入我牀下，穹窒熏鼠，塞向墐戶，嗟我婦子，曰為改歲，入此室處。穫稻，為此春酒，以介眉壽。納禾稼，黍稷重穋，嗟我農夫，我稼既同，上入執宮功。晝爾于茅，宵爾索綯。滌場，朋酒斯享，曰殺羔羊，躋彼公堂，稱彼兕觥，萬壽無疆。

說明：

（1）一之日于貉，，取彼狐狸者，謂以周正正月取狐貉以製裘也。〈月令〉：
「孟冬之月，天子始裘。」周正正月於夏爲仲冬，較晚者，《毛傳》云：
「豳地晚寒。」

（2）二之日其同者，謂習射講武也。此在夏正季冬。〈月令〉：「孟冬之月，
天子乃命將帥講武習射御。」〈夏小正〉：「十一月王狩。」《周禮・大
司馬》：「中冬教大閱……遂以狩田。」豳最晚者，鄭箋云：「亦豳地晚
寒也。」又，二之日鑿冰沖沖者，取冰而藏之也，《周禮・天官・凌人》：
「正歲十有二月令斬冰。」〈月令〉：「季冬之月命取冰。」《左傳・昭
公四年》：「古者日在北陸而藏冰。」杜注：「謂夏十二月，日在虛、危。」
皆以夏正季冬取冰，與〈豳〉詩合。

（3）三之日于耜，謂始修耒耜，以備農耕，此在夏正正月。〈夏小正〉：「正月
農緯厥耒。」與《詩》合，〈月令〉：「季冬之月修耒耜、具田器。」較
詩早一月。

（4）四之日舉趾，田畯至喜，謂夏正二月舉足而耕，故田大夫甚喜之也。
古者先治公田，後治私田，此有田畯戒農，則此舉趾當謂服于公田也，
〈小雅・大田〉：「有渰萋萋，興雨祁祁，雨我公田，遂及我私……曾
孫來止，以其婦子，饁彼南畝，田畯至喜。」是先公後私之證也。〈夏
小正〉：「正月初服于公田。」傳：「古有公田焉者。古者先服公田，而
後服其田也」，此在正月，較詩早一月。

四之日其蚤，獻羔祭韭，謂開冰祭司寒也。〈月令〉：「仲春之月，天子
乃鮮羔開冰，先薦寢廟。」鄭玄注：「鮮當爲獻，聲之誤也。獻羔謂祭
司寒也，祭司寒而出冰，先薦寢廟。」《左傳・昭公四年》：「古者日在
北陸而藏冰，西陸朝覿而出之……其藏之也，黑牡秬黍以享司寒；其
出之也，桃弧棘矢以除其災……祭寒而藏之，獻羔而啓之。」杜注：「謂
二月春分獻羔祭韭開冰室。」謂夏正二月開冰，與《詩》同。

春日載陽、春日遲遲以下，皆謂夏正二月。〈夏小正〉：「二月采蘩，有
鳴倉庚。」〈月令〉：「仲春之月倉庚鳴。」《逸周書・時訓》解：「雨水
之日倉庚鳴。」《逸周書》之雨水爲二月節，此皆與《詩》「有鳴倉庚、
采蘩祁祁」同時。《毛傳》：「蘩，白蒿也，所以生蠶。」蠶初生須以柔
桑食之，故《詩》云「女執懿筐，遵彼微行，爰求柔桑。」鄭箋：「蠶

始生，宜穉桑。」明此章爲蠶始生時事，與下章「蠶月條桑」不同時，《周禮・天官・內宰》：「中春詔后帥外內有命婦，始蠶于北郊。」云中春始蠶，與詩爰求柔桑同，皆在夏正二月也，孔疏謂「春日遲遲」與「蠶月條桑」皆在三月，非是。

（5）蠶月條桑，謂夏正三月也。〈夏小月〉：「三月攝桑、妾子始蠶。」〈月令〉：「季春之月勸蠶事。」皆與《詩》合。

（6）四月秀葽，與〈夏小正〉四月秀幽、〈月令〉孟夏之月苦菜秀合。馬瑞辰《毛詩傳箋通釋》云：「《說文》：『葽，艸也，《詩》曰：四月秀葽。劉向說此味苦，苦葽也。』秀葽蓋即〈月令〉所云『苦菜秀』也。〈月令〉孟夏『王瓜生』、『苦菜秀』二者相連。幽、葽一聲之轉，據鄭箋引〈夏小正〉『王萯、秀葽』其是乎，是鄭君所見夏小正亦『王萯秀』、『秀幽』二句相連，王萯秀即〈月令〉王瓜生也，秀幽即月令苦菜秀也……何楷《世本古義》引邱光庭云『〈月令〉孟夏苦菜秀，今驗四月秀者，野人呼爲苦葽，正與《說文》引劉向說苦葽合。』此亦秀葽即苦菜之證。」

（7）五月鳴蜩者，傳云：「蜩、蟬也。」〈夏小正〉：「五月唐蜩鳴。」〈月令〉：「仲夏之月蟬始鳴。」〈時訓〉：「夏至之日蜩始鳴。」夏至爲夏正五月中，皆與《詩》合。

（8）七月流火，謂七月大火已過中而西流也。《爾雅・釋天》：「大火謂之大辰，大辰、房心尾也。」據太初歷，漢初孟秋之月昏斗四度中，〈七月〉爲周公陳王業之詩，周公時去太初約九百餘歲，歲差以 13 度計之，則周公時當昏斗 17 度中，此時房、心、尾已過中三十餘度矣（參本篇篇首附太初歷昏中星表及二十八宿圖）！《左傳・昭公三年》：「火中寒暑乃退。」杜注：「心以季夏昏中而暑退，季多旦中而寒退。」云季夏昏火中，則孟秋而西流，與《詩》合。

七月鳴鵙，與〈夏小正〉「五月鳩（同鵙）則鳴」、〈月令〉「仲夏鵙始鳴」、〈時訓〉「芒種之日鵙始鳴」皆不合者，鄭箋云：「豳地晚寒，鳥物之候從其氣焉。」孔疏引王肅說云：「蟬及鵙皆以五月始鳴，今云七月，其義不通也，古五字如七。」此疑詩七月爲五月之誤，惟乏徵信，恐難從也。

（9）八月萑葦者，《毛傳》云：「薍爲萑、葭爲葦，豫畜萑葦者，可以爲曲

也。」〈月令〉：「季夏之月命澤人納材葦。」孫希旦集解云：「萑葦之屬。」〈月令〉較《詩》早二月。

八月載績、載玄載黃者，與〈夏小正〉「八月玄校」、〈月令〉「仲秋之月命司服具飭衣裳」合，八月剝棗與〈夏小正〉「八月剝棗」合。

（10）九月肅霜與〈月令〉「季秋之月霜始降」合。

（11）十月塞向墐戶，入此室處者，寒氣凜冽，宜避之也。〈月令〉：「季秋之月乃命有司曰：寒氣總至，民力不堪，其皆入室。」較《詩》早一月。

十月穫稻較〈月令〉晚一月，〈月令〉：「季秋之月天子乃以犬嘗稻。」鄭玄注：「稻始熟也。」

十月爲此春酒，較月令早一月，〈月令〉：「仲冬之月乃命大酋，秫稻必齊、麴糵必時、湛熾必潔、水泉必香、陶器必良、火齊必得，兼用六物，大酋監之，毋有差貸。」

十月上入執宮功者，其時農事既畢，可以服國之勞役也。〈月令〉：「孟冬之月坏城郭、戒門閭、脩鍵閉、慎管籥、固封疆、備邊竟、完要塞、謹關梁、塞徯徑。」與《詩》同時。《國語·周語》中：「雨畢而除道、水涸而成梁……清風至而修城郭宮室，故《夏令》曰：『九月除道、十月成梁……營室之中，土功其始；火之初見，期於司里。』」韋昭注：「九月雨畢、十月水涸。清風至，建亥之初也。定謂之營室，建亥小雪中定星昏正于午，土功可以始也。」火之初見，韋昭未注，以月令季秋之月日躔氐7度推之，周初季秋之月當日躔房5度，則周初季秋之月將旦之時火（房心尾）初見於東方也。是〈周語〉之土功皆在九、十月也。《孟子·離婁》下：「歲十一月徒杠成，十二月輿梁成。」《孟子》此用周正，於夏正則爲九、十月。《左傳·莊公二十九年》：「凡土功：龍見而畢務，戒事也。火見而致用，水昏正而栽，日至而畢。」杜預注：「龍見謂今九月，周十一月，龍星角亢晨見東方。大火、心星，次角亢見者。水昏正謂今十月。」日至則在夏正十一月，是《左傳》之土功始於九月，終於十一月。〈周語〉、《左傳》、《孟子》始於九月者，以其農務畢於九月也，〈豳詩〉則農務畢於十月，故勞役亦始於十月，此節候寒煖，早晚不同之故也。

以上〈豳風〉七月之節候，凡以月記者，多述自然之農候，其與〈夏小正〉、〈月令〉、《逸周書》等合者八、不合者五，而不合者多爲人爲之操作，

而非自然之物候，如八月預畜萑葦（〈月令〉六月預蓄）、十月入此室處（〈月令〉在九月）、十月爲此春酒（〈月令〉在十一月），此皆可以隨時更革者，不必限定某月，故可以不同。其自然物候之不同惟七月鳴用、十月穫稻與〈月令〉不同，此豳地與秦地寒煖稍有不同也。其餘物候皆與〈夏小正〉、〈月令〉、《逸周書》同。〈夏小正〉、〈月令〉、《逸周書》用夏正，故知七月詩之以月記者，皆用夏正也。

此詩敘述農候皆用夏正，與《逸周書・周月》篇云「敬授民時，猶自夏焉」合，而詩之五章云「十月蟋蟀入我牀下……嗟我婦子，曰爲改歲」，明周公作此詩時周之正朔已改，以夏正十一月爲歲首，故婦子於十月而嗟改歲也。俞樾《群經平議》九云：「〈七月〉篇或言日、或言月，王介甫詩說因有陽生言日、陰生言月之說（旭昇案：此說實昉自孔穎達正義），殊近穿鑿。蓋前人徒以陰陽爲言，而未推其紀數之異也。一之日、二之日、三之日、四之日，以周正紀數也；四月、五月、六月、七月、八月、九月、十月，以夏正紀數也。公劉徙豳，當有夏中葉，則其俗必循用夏正；周公作詩，陳后稷先公風化之所由，故即本豳人之俗以立言，篇名〈七月〉，其曰七月流火、九月授衣，皆夏正也。至夏正之十一月，在周爲正月，周公在周言周，故變其文曰一之日，以周正紀數，而又不與豳俗之用夏正者混而無別，正古人立言之善也。」俞氏此說辨〈七月〉兼用二正之故，議論精覈，最得〈七月〉一篇之詩旨。

周公作〈七月〉，旨在陳述農業，故全詩主用夏正之時、月，後人不達此恉，或因此疑周正本不改時月，或逕謂周正並不改歲，方玉潤《詩經原始》云：「章氏潢曰：『七月流火之詩，周公訓告成王而作也。注云『夏七月也』，蓋火心星退于七月，萬古不易，雖欲不謂之爲夏正，不可得也。但以七月流火爲夏之七月，則三百篇凡所云時日皆當謂爲夏正，而詩即謂之爲夏詩斯可矣！如以周之詩詠夏之時，此章歸諸邠公，猶近似也。然則二月初吉、四月維夏、六月徂暑、六月棲棲、十月之交，將以爲夏之時乎？抑周之時乎？要皆因周正建子之說誤之也。非周正不建子也，特改歲于建子之月，以易乎朝會之期耳。而其時與月未之改也。春不可以爲夏、秋不可以爲冬，天固不能改乎時與月，而聖人曆象日月星辰，敬授人時，雖欲改月與時，以令臣民，而有不能也，曾謂武王、周公有是事哉！且不必他有所證，試即〈七月〉一章觀之，三月日于耜、四之日舉趾、春日載陽、蠶月條桑……十二月中，天時人事，恐前乎周而唐虞夏商、後乎周而秦漢唐宋莫不然也，曾謂周而獨不

然乎？……知周特改歲于十一月，而未嘗改月與時。』案：此說謂周改歲不改月，頗有見……然愚謂周不惟不改時與月，且並不改歲，蓋改建于孟春之月耳。天時首孟春，萬古不易；斗柄指辰，隨時變更。周孟春斗未指子，而遽建子，故不得爲時之正。若改正于仲冬，不獨時令不合，即農功亦錯，何以敬授人時耶？」旭昇案：周代改正于仲冬，時月之名皆隨之而改，然敬授人時仍用夏時夏月，農功不致差錯，此於《逸周書・周月》篇言之已詳，章氏潢據〈七月〉之詩沿用夏時夏月，遂謂周正改歲不改時月，其失與胡安國《春秋傳》、蔡沈《書集傳》同，前文已有辨解，茲不贅述。方氏玉潤以爲正月斗柄指某位，即謂之建某，夏代斗在寅位，故謂之建寅；周代斗未指子，故不得云建子。又據此以爲改建者，斗柄所指逐年改變耳，非謂改歲也。此說創自方氏，然恐非三代建朔之實情也，請以下列三事證之：夏初正月日在奎 4 度（參頁 66 附表），夏代享國約 432 年，歲差約六度；商代享國約 640 年（均據董彥堂《中國年曆總譜》、香港大學出版），歲差約九度。周初至夏初斗建所移不過十五度，固不得謂斗建已自位移自子位；即商初至夏初斗建所移不過六度，亦不得謂斗建已自寅位移自丑位也。設商初斗柄實未指丑位，而商人遽謂建丑；商初斗柄實未指子位，而周人遽謂建子，則其作用何在？經傳俱無此說，實方氏未之深考，厚誣古人也，此其一。唐、虞、夏、商觀象，皆以昏旦中星，未聞以斗建者，故〈堯典〉以鳥、火、虛、昴正四時；〈夏小正〉以大火、南門識月候，俱無斗建之說。況斗杓之星距北極只二十餘度，必以北極爲天頂，而後可以定其所指之方位。今中土所處在斗杓之南，仰而觀之，斗杓與北極並在天頂之北，其斗杓所指方位原難清楚，故古人觀象授時皆以二十八宿等明白可見者爲據，未有以遙遠難測之一斗杓爲準也，此其二。斗建之說始於《逸周書・周月》篇，本爲據斗杓所指方位以說明周代曆象之一方式，〈周月〉篇云：「惟一月，既南至，昏昴、畢見……是月斗柄建子，始昏北指……日月俱起于牽牛之初……閏無中氣，斗指兩辰之間。萬物春生夏長、秋收冬藏，天地之正、四時之極，不易之道，夏得天數，百王所同。其在商湯……以建丑之月爲正。」斗建之說原本於此，設〈周月〉篇斗建之說可從，則同篇謂斗柄建子爲周正月、斗柄建寅爲殷正月，自亦可從。〈周月〉篇不知作於何時，然篇中謂一月「日月俱起於牽牛之初」，當爲周初天象（太初曆仲冬之月日在斗 12 度，去牽牛之初有 15 度，已逾千年之歲差，則〈周月〉篇係據太初曆前一千年——約殷末周初之天象資料而作）。〈周月〉

篇云周正建子，謂斗柄指子位——昏時北指之月爲歲首也；云殷以建丑之月爲正者，謂以斗柄指丑位——昏時指向正北偏西30度之月爲歲首也。當時人猶不知有歲差，則〈周月〉篇北斗所指之子位、丑位自當從周初之北斗方位而言，不得以〈周月〉篇時未有之歲差觀念加乎其中也，此其三。由是觀之，方氏以歲差說〈周月〉篇之斗建，以倡三代不改歲之說，恐爲對〈周月〉篇之誤解。然則〈豳風・七月〉兼用夏、周二正，殆無可疑也。

（二）遵從周正者

（1）〈唐風・蟋蟀〉：「蟋蟀在堂，歲聿其莫。」

案：〈豳風・七月〉云「九月在戶，十月蟋蟀入我牀下。」此云「在堂」，則已在戶內矣！是爲夏正九、十月之候。夏正九、十月而云歲莫，是此詩所奉者爲以夏十一月爲歲首之周正也。

（2）〈豳風・七月〉：「十月蟋蟀，入我牀下。嗟我婦子，曰爲改歲。」

案：此與〈唐風・蟋蟀〉同義。

（3）〈小雅・采薇〉：「采薇采薇，薇亦作止，曰歸曰歸，歲亦莫止。……
采薇采薇，薇亦剛止，曰歸曰歸，歲亦陽止。」

案：《爾雅・釋天》：「十月爲陽。」此詩首章云「歲亦莫止」，三章云「歲亦陽止」，則是以十月爲歲暮也。

（4）〈小雅・出車〉：「六月棲棲，戎車既飭，維此六月，既成我服。」

案：本篇描寫宣王於六月出征，北伐玁狁，張以寧《春秋春王正月考》云：「周六月，夏四月也。盛暑非玁狁入寇之時。」顧棟高《春秋大事表》之一云：「此係張氏新說，非毛鄭舊說也，然極有理。六月盛暑，北蕃弓矢俱脫，故歷代書防秋。則此云夏之四月者較是。」張、顧二氏謂六月爲夏四月，甚是。然此詩爲宣王北伐，而二氏皆自玁狁盛暑不入寇說之，似理欠周嚴。考〈采薇〉爲北伐玁狁之詩，而其末章云「昔我往矣，楊柳依依」，楊柳依依爲春末景象，〈采薇〉以此時出征，北伐玁狁，則六月之北伐玁狁亦當以夏四月爲近是。

（5）〈小雅・十月之交〉：「十月之交，朔月辛卯，日有食之，亦孔之醜……
爗爗震電，不寧不令，百川沸騰，山冢崒崩。」

案：鄭箋：「周之十月，夏之八月也，八月朔日，日月交會而日食。」張以寧《春秋春王正月考》云：「八月雷乃收聲之時，而震電見焉，亦爲變異，此詩亦周正也。」〈月令〉：「仲秋之月，雷始收聲。」仲秋爲夏七月，過此不

當再有雷電，而詩於夏八月云爗爗震電，此所以爲變異也。若夏正十月，水已成冰，未有於此時爗爗震電者，阮元《揅經室集》「《詩‧十月之交》四篇屬幽王說」推定「十月之交，朔月辛卯」爲周幽王六年十月辛卯，則此詩之用周正，信而有徵矣！

（6）〈小雅‧小明〉：「我征徂西，至于艽野，二月初吉，載離寒暑。……昔我往矣，日月方除，曷云其還，歲聿云莫。……昔我往矣，日月方奧，曷云其還，政事愈蹙，歲聿云莫，采蕭穫菽。」

案：此詩作者以「日月方除、日月方奧」之時始發，於「二月初吉」至於艽野，而至歲暮猶未得歸也，其時月敘述甚明，惟鄭玄箋「二月初吉」云：「我……乃以二月朔日始行。」箋「昔我往矣，日月方除」又云：「昔我往至于艽野以四月。」令人不知詩人之徂西究以二月抑四月，張以寧《春秋春王正月考》云：「周二月、夏十二月也，言自我之徂西，至于艽野之地，其時十二月朔旦。已歷多夏寒暑，尚未得歸，此心之所以憂而且苦也。……二章、三章乃追敍其始發時也。日月方除，除者、除舊佈新之謂；日月方奧，奧與厥民隩（旭昇案：〈堯典〉文，謂仲冬時也）之義同，周以十一月爲歲首，民寒而聚居於隩，我之始往亦自謂其時即歸，至今歲將暮而尚未得歸，至九月采蕭穫菽，以爲卒歲之用也。蓋小明大夫以夏十一月始發徂西，以十二月至于艽野，至明年之九月尚未得歸，經歷逾年之久，所以憂也。此詩首尾相應，次序甚明，與周正合。」張氏說解此詩，時序分明，則謂此詩用周正，當可從也。

（7）〈周頌‧臣工〉：「嗟嗟臣工，敬爾在公，王釐爾成，來咨來茹。嗟嗟保介，維莫之春，亦又何求——如何新畬？於皇來牟，將受厥明，明昭上帝，迄用康年。命我眾人，庤乃錢鎛，奄觀銍艾。」

案：屈萬里《詩經釋義》謂「此疑春日祈穀時所歌之詩」，甚是（參第二章第四節之（2））！此詩於莫春之際呼問保介如何整治新田、畬田，則此莫春爲周正暮春三月可知，〈夏小正〉：「正月農緯厥耒、初服於公田。」夏正月爲周暮春三月，此時初服農事，正與詩合。若謂詩之莫春爲夏三月，此時農事已開始多時，禾苗已盛，天子於此時始呼問保介如何整治新畬，毋乃太晚乎？蔡沈《書集傳》據「於皇來牟，將受厥明」，而謂「夫牟麥將熟，則建辰之月、夏正季春審矣！」恐非詩義。此詩爲祈穀之歌，故篇中有虛、實二種筆法：

實　　　筆	虛　　　筆
嗟嗟臣工，敬爾在公。王釐爾成，來咨來茹。	
嗟嗟保介，維莫之春。亦又何求——如何新畬？	於皇來牟，將受厥明。明昭上帝，迄用康年。
命我眾人，庤乃錢鎛，	奄觀銍艾。

　　本篇之實筆，皆於當時實際命臣工、保介、眾人所從事者；而虛筆則為祈穀之禱辭，故云「將受」、云「迄用」、云「奄觀」，皆明其非當時實事也。蔡氏以「於皇來牟」為「牟麥將熟」以證明此孟春為夏時，因謂周正改歲不改時者，皆由於虛實不分也。《禮記・仲尼燕居》云：「不能詩，於禮繆。」得無慎之乎！

第三章 雩禮

第一節 前論

《禮記‧月令》：「仲夏之月，令有司為民祈祀山川百源，大雩帝，用盛樂，乃命百縣雩祀百辟卿士有益於民者，以祈穀實。」鄭玄注：「雩，吁嗟求雨之祭也。」《左傳‧桓公五年》：「龍見而雩。」杜預注：「萬物始盛，待雨而大，故祭天，遠為百穀祈雨也。」是雩為周代求雨之祭也。

周因於殷禮，而有損益，雩禮自不例外。甲骨文中雩禮多見，其字或作無（舞之初文）、或作霖、或作疊，而皆為求雨之祭，如：

（1）王無，允雨？　　人三〇八五

（2）勿無河？亡其雨？　　乙六八五七

（3）無岳，雨？　　人二二六〇

（4）乎無于靐？勿乎無于靐？于●●無？　　乙八〇八一

（5）癸丑卜凹貞，乎多老無。王占曰：其屮雨？甲辰雨。丙午亦雨。　　前
　　　七、三五、二

（6）壬申卜，多囧無，不其从雨？　　存一、一〇四一

（7）王其乎戌霖，盂又雨？　　粹一、三八五

（8）卜甲申無楚言？　　粹一三一五

（9）膚霖二田疅盂，又大雨？　　粹九六八

（10）叀免疊，彰，又雨？　　甲七一三

（11）方疊，耄年，又大雨？　　甲八八五

-65-

以上無、霧、靈，皆爲求雨之祭，自文字學言之，「無」爲「霧」之初文，以其爲求雨之祭，故加形符「雨」而成「霧」，二者當爲一字，無（舞）與雩之關係極爲密切，《爾雅·釋訓》：「舞，號雩也。」郭注：「雩之祭，舞者吁嗟而請雨。」釋文引孫炎云：「雩之祭有號有舞。」是無（舞）爲雩之祭儀也。以聲音而言，無、雩同屬段玉裁古韻第五部，則殷之無、霧或即周之雩也。

靈當即《說文》之翌，《說文》：「翌，樂舞，㠯羽擂自翳其首，㠯祀星辰也。从羽王聲，讀若皇。」此讀若之皇，當即甲文之靈。《周禮·舞師》：「教皇舞，帥而舞旱暵之事。」鄭注引鄭司農云：「皇舞，蒙羽舞，書或爲翌。」案：名爲舞（無）師，教皇（靈）舞，或作翌舞，以舞旱暵之事，則無、皇、靈、翌皆求雨之祭可知。殷代名靈，周代音轉作翌，翌从王聲，古音在殷氏十部、爲紐。雩古音在殷氏五部、爲紐。雩與翌雙聲，於韻爲陰陽對轉，則雩則翌一韻之轉耳。據此，求雨之祭於殷代或名無、霧，或名靈，而於周代則名之曰雩。

殷雩於何時，卜辭難以考定；周雩則分常雩、旱雩兩種：常雩在周正六月，《左傳·桓公五年》：「龍見而雩。」杜預注：「龍見，建巳之月蒼龍宿之體昏見東方。」案：蒼龍、謂二十八宿中之東方七宿角、亢、氐、房、心、尾、箕也。太初歷孟夏之月日躔畢 12 度，周初去太初近千年，以歲差 13 度計之，則周初日躔參 2 度，參 2 度去蒼龍之尾箕 11 度爲 189 度。孟夏昏時日躔去昏中星爲 114 度，昏中星去東方以 90 度計，合之已得 204 度（以上日星度數參頁 67 附太初歷日躔、昏中星表及二十八宿圖），則周初孟夏建巳之月昏時龍尾已過東方 15 度矣！杜注龍見而雩，謂建巳之月蒼龍之體昏見東方，甚是。周雩在夏正建巳之月、周正六月，此其明證也。〈月令〉：「仲夏之月大雩帝。」較《左傳》晚一月者，鄭注云：「雩之正，當以四月……此月失之矣！」杜預《春秋釋例》卷三云：「〈月令〉之書出自呂不韋，其意欲爲秦制，非古典也。」〈月令〉全抄自《呂氏春秋》十二紀首，其制與周不盡相同，論周雩當以《左傳》「龍見而雩」在夏四月爲正，杜說是也（金鶚《求古錄禮說·四·龍見而雩解》謂蒼龍七宿畢見當在仲夏之月，與〈月令〉合。然其說據漢元嘉歷推得、又不計歲差，元嘉歷去周初約一千二百年，歲差已逾 17 度，是金氏所說實爲漢末天象，與周初不合）！周代又有旱雩，因旱而祭，禮無定時，春秋經二十一雩，其中秋雩二十見，冬雩唯一見。周正秋季七、八、九月，當夏正五、六、七月，時值酷暑，歷久不雨則禾槁矣！斯時而旱，即斯時而

雩，以爲百穀祈雨，此旱雩之義也。

殷雩所祭之神祇甚多，例（11）之方、例（2）之河、例（3）之岳、例（10）之兔皆是。周雩與殷同，〈月令〉：「命有司爲民祈祀山川百源；大雩帝、用盛樂；乃命百縣雩祀百辟卿士有益於民者。」祀山川百源與殷祀河岳同義；大雩帝與殷方靈同義（方當即方帝，其餘殷雩未明言祀何神者，恐即祀上帝）；祀百辟卿士與殷兔靈同義（兔爲殷先公，說見陳夢家《卜辭綜述》第十章），是殷、周之雩祭皆兼祀天神、地祇、人鬼也，此即〈大雅・雲漢〉所謂「靡神不宗」是也。

雩之主祭者，於甲骨文爲殷王，例（5）「王占曰：其山雨」可證。於周則分爲三階段：「祈祀山川百源」命有司爲之；「大雩帝」天子主之；「祀百辟卿士」命百縣諸侯爲之。諸侯不得祭天地，故不得有大雩帝。除魯外，諸侯惟得祀其境內山川而已（參周師一田《春秋吉禮考辨》第三章第一節之二）。

卜辭雩者有多老（例（5））、多田（例（6）），島邦男《殷墟卜辭研究》第四章云：「多田、多亦在右舉之辭中皆言奭，因此兩者可能都擔任祭祀之職。」陳夢家《卜辭綜述》第17章則以多老、多田、戍（例（7））爲舞人（即雩人）；《周禮》雩者有舞師、司巫、女巫等，〈地官・舞師〉：「教皇舞，帥而舞旱暵之事。」〈春官・司巫〉：「國大旱，則帥巫而舞雩。」〈春官・女巫〉：「旱暵則舞雩。」《禮記・檀弓・下》云：「歲旱，穆公召縣子而問然，曰：『天久不雨，吾欲暴尪則奚若？』曰：『天則不雨，而暴人之疾子，虐，毋乃不可與！』『然則吾欲暴巫而奚若？』曰：『天則不雨，而望之愚婦人，於以求之，毋乃已疎乎！』」（《左傳・僖公二十一年》亦載此事而辭義大致相同）是以女巫求雨，周代本有此俗也。此外掌雩事者尚有大祝、小祝、稻人。〈春官・大祝〉：「國有天菑，彌祀社稷，禱祠。」鄭注：「天菑，疾癘水旱也。」〈小祝〉：「將事侯禳禱之祝號，以祈福祥，逆時雨，甯風旱。」〈地官・稻人〉：「旱暵共其雩斂。」

卜辭雩之所在，不易考知，然已知者或于亳、或于車（例（4））、或于楚言（例（8））、或于薑田、孟田（例（7）（9）），則殷雩當不限一地。周雩之所在，經傳亦無明文，《論語・先進》篇：「浴乎沂，風乎舞雩。」是魯於沂水之旁有舞雩之所也。《左傳・莊公十年》：「自雩門竊出。」杜注：「雩門，魯南城門。」是魯雩在城南，故名此南門爲雩門也。酈道元《水經・泗水注》：「沂水北對稷門，亦曰雩門，門南隔水有壇，高三丈，曾點所欲風舞處也。」

是魯雩于南城門外沂水旁，當無可疑。鄭玄〈月令〉注云：「雩帝，謂爲壇南郊之旁。」是鄭意以爲周天子行雩。祭亦在國之南效也，其壇名雩宗，〈祭法〉：「雩宗，祭水旱也。」鄭注：「宗當爲禜，字之誤。禜之言營也，雩禜、水旱壇也。」〈大雅·雲漢〉：「自郊徂宮……靡神不宗。」宮爲郊外祭水旱之宮壇，即〈祭法〉之雩禜是也（參下文〈雲漢〉篇説明，頁 68）！然則周雩當在國之南郊，祭有定所，與殷雩不同也。

第二節　詩經中之雩詩之研究

《詩經》中無常雩所歌之詩篇，惟有〈大雅·雲漢〉一篇描寫周天子因旱而雩之事，敘述沈痛，其情如見，爲三百篇中不可多得之偉構。他如〈周頌·噫嘻〉、〈絲衣〉，論者或謂爲常雩之詩，衡諸詩義，説恐非是，茲分別述之如下：

一、雲　漢

> 倬彼雲漢，昭回于天，王曰嗚呼！何辜今之人？天降喪亂，饑饉薦臻，靡神不舉，靡愛斯牲，圭璧既卒，寧莫我聽？
>
> 旱既大甚，蘊隆蟲蟲，不殄禋祀，自郊徂宮，上下奠瘞，靡神不宗。后稷不克，上帝不臨，耗斁下土，寧丁我躬。
>
> 旱既大甚，則不可推，兢兢業業，如霆如雷，周餘黎民，靡有孑遺。昊天上帝，則不我遺，胡不相畏？先祖于摧。
>
> 旱既大甚，則不可沮，赫赫炎炎，云我無所，大命近止，靡瞻靡顧。群公先正，則不我助，先祖父母，胡寧忍予？
>
> 旱既大甚，滌滌山川，旱魃爲虐，如惔如焚，我心憚暑，憂心如熏，群公先正，則不我聞，昊天上帝，寧俾我遯？
>
> 旱既大甚，黽勉畏去，胡寧瘨我以旱？憯不知其故。祈年孔夙，方社不莫，昊天上帝，則不我虞，敬恭明神，宜無悔怒。
>
> 旱既大甚，散無友紀，鞫哉庶正！疚哉冢宰！趣馬師氏、膳夫左右，靡人不周，無不能止，瞻仰昊天，云如何里？
>
> 瞻仰昊天，有嘒其星，大夫君子，昭假無贏，大命近止，無棄爾成。何求爲我，以戾庶正，瞻仰昊天，何惠其寧？

《毛詩序》：「〈雲漢〉，仍叔美宣王也。宣王承厲王之烈，內有撥亂之志，遇

災而懼，側身修行，欲銷去之。天下喜於王化復行，百姓見憂，故作是詩也。」
《北堂書鈔・天部》引《韓詩》注云：「宣王遭旱仰天也。」與毛詩同義，而
說較簡潔。蓋此詩為宣王遭旱，仰天祈雨之詩，自「王曰鳴呼」以下，皆宣
王之禱辭，而二章云「耗斁下土，寧丁我躬」，謂與其耗斁下土，寧使災害當
我之身（《集傳》或曰之說）；末章云「何求為我，以戾庶正」，謂非求為我，
乃欲以安定眾官之長也。即此四句，已使宣王「以天下為一家，以中國為一
人」之仁愛胸懷躍然紙上矣！《毛詩序》謂美宣王，孰云不宜？

　　本篇為旱雩之詩，而全篇所祀之神祇甚多：一章云靡神不舉；二章云靡
神不宗、后稷不克、上帝不臨；三章云昊天上帝、先祖于摧；四章云群公先
正、先祖父母皆是也。此與卜辭、月令之兼祀天神、地祇、人鬼合。曰上帝、
曰昊天上帝，即〈月令〉之「大雩帝」也；曰后稷、曰先祖父母、曰群公先
正，即〈月令〉之「百辟卿士有益於民者」也。〈月令〉有「命有司祈祀山川
百源」，而《詩》無之者，祈祀山川百源為雩前之禱，命有司祈之；本篇皆述
宣王祈雨之辭，故不及山川百源也。詩之二章云：「上下奠瘞，靡神不宗」，
瘞為祀地之祭儀（《爾雅・釋天》：「祭地曰瘞薶。」），是〈雲漢〉之雩非不祭
地祇也。

　　雩祭之所在，經傳皆無明文，惟本篇可以知其端倪，詩之次章云：「不殄禋
祀，自郊徂宮，上下奠瘞，靡神不宗。」鄭箋：「宮，宗廟也。為旱故絜祀不絕，
從郊而至宗廟，奠瘞天地之神，無不齊肅而尊敬之。」孔疏申之云：「既祀天於
郊，又從郊而往至于宗廟之宮，以次而祭。……以言祭事而云宮，故知宮為宗
廟也。祭郊祭廟不以同日為之，而云自郊徂宮，為相因之勢者，明其不絕之意
也。」案：詩云「自郊徂宮」，則雩祭在郊可知。圜丘郊天、南郊祈穀皆於南郊
祀上帝，而以后稷配享，未聞別祀此配享之后稷於宗廟者；雩祭以祀上帝為主，
山川百源、百辟卿士為從，則此山川百源、百辟卿士似當從帝於郊祀之，不當
既祀天於郊，而又祭百辟卿士於廟也，故陳奐《詩毛氏傳疏》云：「箋以郊宮為
二，宮為宗廟，徂宮為從郊而至宗廟。不知此章不及宗廟，董仲舒引此詩二章
在郊祀篇可證（旭昇案：見《春秋繁露・郊祀》第六十九）。」據陳氏之意，郊
宮不當分之為二，其說甚有見地，故馬瑞辰《毛詩傳箋通釋》云：「劉台拱謂宮
即『王宮祭日』之類、《周禮》所謂壇墠宮，其說是也。」案：王宮謂祭日之宮
壇也，宮即壇。《禮記・祭法》：「王宮，祭日也……雩宗，祭水旱也。」鄭玄注：
「王宮、日壇。王，君也，日稱君。宮、壇，營域也。雩禜，水旱壇也。」是

祭水旱當有壇，其壇於〈祭法〉名雩宗，於〈雲漢〉或即名宮，「自郊徂宮」謂自郊往水旱壇也，非謂往宗廟，《詁經精舍課藝》七集卷四茹稷之〈祭五祀或於廟或於宮中兩義不同說〉一文云：「宮與廟禮本不同，而宮與郊義實相通，據《周禮・司儀》『宮旁一門』鄭注云：『宮，謂壝土以爲牆處。』《儀禮・覲禮》：『爲宮方三百步。』注云：『宮謂壝土爲埒，以象墻壁也。』《禮記・祭法》：『王宮，祭日也。』注云：『宮，壇，營城也。』然則鄭云祭于宮中，蓋即祭于壇壝中也。壇壝不得立于廟內，故鄭注〈大宗伯〉云：『在四郊也。』且即〈宮正〉注核之，益見祭于宮中即祭于壇壝中。」茹氏此說謂宮與廟不同，議論極精，而宮在四郊一語，尤足爲〈雲漢〉之詩添一註腳。則「自郊徂宮」爲自郊往祭壇，而非往宗廟，殆無可疑矣！

《左傳・莊公二十五年》：「凡天災有幣無牲。」若據此義，旱暵亦爲天災，似不當用牲，然〈雲漢〉之首章云「靡愛斯牲」，是有牲也，與《左傳》不同者，《左傳》之凡例往往指特定之時代、區域、事物，未可以通該一切，故杜預注云：「天災，日月食、大水也。」明《左傳》此凡唯限日月食及大水，不可通指一切天災也。昭公十八年宋衛陳鄭天火爲災，《左傳》云：「晉之邊吏讓鄭曰：『鄭國有災，晉君大夫不敢寧居，卜筮走望，不愛牲玉，鄭之有災，寡君之憂也。』」既云不愛牲玉，是此禳天火有牲也。《禮記・祭法》：「埋少牢於泰昭、祭時也；相近於坎壇、祭寒暑也；王宮、祭日也；夜明、祭月也；幽宗，祭星也；雩宗，祭水旱也；四坎壇，祭四方也。」鄭玄注：「凡此（旭昇案：謂泰昭）以下皆祭用少牢。」是雩祭有牲，牲用少牢也。雖此〈雩宗〉爲常雩，〈雲漢〉爲旱雩，其名稍有不同，然詩云「靡愛斯牲」，明其與常雩同，皆當有牲也。

雩祭之用牲玉，頗有異說，或主雩祭不燔牲、或主不埋玉。詩云：「上下奠瘞。」《毛傳》：「上祭天，下祭地，奠其禮、瘞其物。」奠謂置之於地、瘞謂埋之於土，然奠埋何物，毛未明言。〈祭法〉：「燔柴于泰壇，祭天也；瘞埋于泰折，祭地也，用騂犢。」孔疏云：「燔柴于泰壇者，謂積薪于壇上，而取玉及牲置柴上燔之，使氣達于天也；瘞埋于泰折祭地也者，謂瘞繒埋牲，祭神州地祇于北郊也。」是祭天當燔牲玉，祭地當埋繒牲也。〈郊特牲〉孔疏引《韓詩內傳》說云：「天子奉玉升柴，加于牲上。」此謂祭天之燔牲玉也，雩祭所祀有天神、地祇，《毛傳》亦謂詩之上下爲祭天地，則雩祭當有燔柴、瘞埋也，故孔穎達〈雲漢〉疏云：「禮與物皆謂爲禮事神之物，酒食牲玉之屬也。

天言奠其禮，見燔其物；地言瘞其物，亦奠其禮也。」是孔疏以為〈雲漢〉雩祭祀天當燔牲玉、祀地當瘞牲玉也。詩之首章云「圭璧既卒」，明此圭璧既祭之後遂燔之、瘞之，故有既卒之歎也。

　　孔疏之說，後人或有疑之者，金鶚《求古錄禮說》「燔柴瘞埋考」云：「祭天地之禮，燔瘞惟有幣帛，無玉亦無牲也。古人祭用玉帛禮神，猶朝覲執玉帛以為摯，帛則受而玉必還（旭昇案：受幣還玉，見《儀禮·聘禮》，非〈覲禮〉），是知禮神之玉不燔瘞矣！且玉亦豈可燔之物哉！燔燎取其升煙，玉不受火，燔之無謂……全體之牲亦非可燔，燔之而臭穢上聞于天，不敬大矣！……〈雲漢〉詩『上下奠瘞，靡神不宗』，其上文云『靡神不舉、靡愛斯牲，圭璧既卒』，別奠瘞于牲玉，是奠瘞為幣帛，非牲玉矣！」陳奐《詩毛氏傳疏》云：「《梁書·許懋傳》引毛傳云：『上祭天，下祭地，奠其幣，瘞其物。』案：此與今本作『奠其禮』不同，幣謂帛也，奠其幣但以帛為奠，知祭天燔玉與牲之說誣也！物，毛物，謂牲體也，祭地而瘞其物，則知埋玉之說亦誣也。」是金、陳二家皆以為雩祭不當燔牲、燔玉、埋玉也。

　　以上二說不同，夷考其實，當以孔疏為是，蓋金、陳二氏以為牲玉不可燔、圭璧不可埋，實出於推測，非有堅強之證據也。自禮別言，聘禮與祭禮不同，聘禮受幣還玉何能通於祭禮？自詩法言，「靡神不舉、靡愛斯牲、圭璧既卒」在首章；「上下奠瘞，靡神不宗」在二章，則「靡神不舉」即「靡神不宗」；「靡愛斯牲，圭璧既卒」即「上下奠瘞」，此為《詩經》重奏復沓之手法，故《詩經》往往於相鄰之數章略為更動數字，以反覆演唱，其文義則並無不同。〈雲漢〉之「牲玉」與「奠瘞」各章，即此緣故，非如金氏所謂別奠瘞于牲玉也（重奏復沓之例可參《古史辨》下編錄顧頡剛〈從詩經中整理出歌謠的意見〉、及魏建功〈歌謠表現法之最要緊者——重奏復沓〉二文）。自異文言，《梁書·許懋傳》引毛傳「奠其幣」與他本作「奠其禮」者不同。此或為梁以前毛傳之異文、或為許懋之誤記、或為梁書之誤刻，以現存各本皆作「禮」觀之，恐毛傳原文不當作「奠其幣」也！且毛傳「奠其禮、瘞其物」為互文，即便禮原作幣，仍未可以為詩不燔牲玉，不埋圭璧之證也。《詩經》文句雖多涉誇張，然必不致無中生有，設圭璧用畢即還，不燔不瘞，可以一用再用，則《詩經》胡為云「圭璧既卒」乎？此猶〈雲漢〉云「周餘黎民，靡有孑遺」雖誇張已極，然周民若非日塡溝壑，《詩經》又何能為此誆語乎？且《周禮》有燔牲埋玉，皆襲自殷禮，此於卜辭猶有可徵也：

（1）帝于東，埋毌犬、尞三宰、卯黃牛。　續二、十八、八

（2）帝于西毌，一犬一南、尞四豕、四羊、南二、卯十牛、南一。　庫一九八七

（3）辛未貞，桼年于河，尞三牢、沈三牛、宜牢。　掇一、一五五

（4）乙巳卜爭貞，尞于河五牛，沈十牛。　前二、九、三

（5）王至于今水，尞于河三小宰，沈三牛。　上二五、三

（6）戊午卜，尞于潿三宰、埋三宰于一珏。　輔仁二〇

（7）丁己卜，其尞于河牢，沈嬖？　上二三、四

以上有埋犬、宰；尞宰、豕、南、牢；埋珏；沈嬖等祭儀，尞于卜辭作「米」、「㳄」等形，羅振玉《增訂殷虛書契考釋》云：「此字實从木在火上，木旁諸點象火焰上騰之狀。」是殷禮本有燔牲之法可知，《周禮·大宗伯》：「以禋祀祀昊天上帝，以實柴祀日月星辰，以槱燎祀司中、司命、飌師、雨師。」鄭玄注：「禋之言煙，周人尚臭，煙、氣之臭聞者。槱、積也，詩曰：『芃芃棫樸，薪之槱之。』三祀皆積柴實牲體焉，或有玉帛，燔燎而升煙，所以報陽也。」是周承殷禮，實牲體於柴上（或有玉帛），燔之以祭天神也。埋于卜辭作「﹜」、「﹚」、「﹛」等形，羅振玉《增訂殷虛書契考釋》云：「此字象掘地及泉，實牛其中，當為貍之本字。或又从犬……貍牛曰﹜、貍犬曰﹚、實一字也。」又沈於卜辭作「﹝」，羅振玉曰：「此象沈牛於水中，殆即貍沈之沈字，此為本字。」（見《增訂殷虛書契考釋》）是殷人有埋牲、沈牲之法也，《周禮·大宗伯》：「以貍沈祭山林川澤。」其禮亦承自殷代可知。不同者，殷禮尞、沈、埋常同時施用，如例（1）祭方帝，既埋又尞；例（3）（4）（5）祭河，亦尞沈並施。周禮則燔尞以祭天神、沈埋以祭地示，二者不相混淆，此殷周之別也。例（6）之「埋三宰于一珏。」，陳夢家釋為埋三宰與一珏，例（7）之「沈嬖」，陳氏謂「疑即沈璧」（均見《卜辭綜述》第十七章，頁598），是商代祭祀亦有沈玉、埋玉之法，周人承之，理所當然，故馬瑞辰《毛詩傳箋通釋》於〈雲漢〉篇下云：「古者有禮神之玉——大宗伯以玉作六器，以禮天地四方是也；有燔玉——大宗伯祀天神禋祀、實柴、槱燎，鄭注：『三祀皆積柴，實牲體焉，或有玉帛，燔燎而升煙，所以報陽也。』又《韓詩內傳》曰：『天子奉玉升柴，加於牲上』是也；有埋沈之玉——《爾雅·釋天》：『祭山曰庪縣。』郭注引《山海經》『縣以吉玉』，孫炎曰：『埋於山足曰庪、埋於山上曰縣。』此埋玉也。……禮玉祭畢而藏，至燔玉及埋沈之玉則不復取出。」

案：燔玉之說雖於卜辭無徵，然《韓詩內傳》及鄭玄〈大宗伯〉注皆言之鑿鑿，當非無稽也。據以上所考，周代祭祀有燔埋牲玉之法，蓋無可疑，〈雲漢〉「上下奠瘞」，《毛傳》：「奠其禮、瘞其物。」孔疏：「禮與物皆謂爲禮天事神之物，酒食牲玉之屬也。天言奠其禮，見燔其物；地言瘞其物，亦奠其禮也。」其意以爲詩用互言之法，祭天神當燔牲玉，祭地示亦當瘞牲玉也，〈雲漢〉爲旱雩之詩，兼祀天神地示，詩云「靡愛斯牲」、又云「圭璧既卒」，皆述宣王燔瘞牲玉以祈雨之事也。

周代又有禱旱之玉，其名爲瓏，《說文·玉部》：「瓏，禱旱玉也，爲龍文。」《左傳·昭公二十九年》：「公賜公衍羔裘，便獻龍輔于齊侯。」杜預注：「龍輔，玉名。」孔穎達疏：「《說文》云：瓏，禱旱玉也，爲龍文。又〈玉人〉云：上公用龍。今輔與龍連文，故云龍輔玉名，蓋用此意。」是孔疏以爲龍輔即瓏也。吳大澂《古玉圖考》頁85著錄瓏三件可參考，其名爲禱旱玉，則雩祭所用當有瓏可知。

二、噫嘻

《毛詩序》：「〈噫嘻〉，春夏祈穀於上帝也。」鄭玄箋：「〈月令〉：孟春祈穀于上帝。夏則龍見而雩是與？」案：《毛詩序》謂春夏於祈穀於上帝，指周正三、四間祈穀於上帝，即《左傳》之「啓蟄而郊」是也。鄭玄以爲序之春夏分指二時，故以〈月令〉之孟春祈穀于上帝當春，以《左傳》之龍見而雩當夏，遂使一詩二用、郊雩同歌。其說非是，已見第二章第四節之（1）、頁45，茲不贅述。

三、絲衣

《毛詩序》：「〈絲衣〉，繹賓尸也。高子曰：『靈星之尸也。』」案：此序二說並列，與他篇不同，故歷代異說甚夥，約之可得以下三種：（一）、絲衣爲繹賓尸之詩，與靈星之尸無關，序引高子者，所以廣異聞也。（二）、以高子謂靈星尚有尸、證明宗廟必有尸。（三）、〈絲衣〉爲祭靈星之次日繹賓尸之詩，靈星之尸即繹賓尸之尸。以上三說不同，茲論其得失如次：

（一）廣異聞

《毛詩李黃集解》卷三十九黃櫄曰：「〈絲衣〉之詩乃繹賓尸之詩，而高

子以爲靈星之尸。若高子者，非惟失之於〈小弁〉，抑亦失之於〈絲衣〉矣！竊謂靈星之祠經無所見，惟漢高祖〈郊祀志〉云：『親詔御史令天下立靈星祠。』注曰：『張晏云：靈星左角曰天田，則農祥也，晨見而祭之。』高子所謂靈星之尸，豈謂此耶？大抵高子之學失之固陋……當削去之可也。」案：黃氏以此高子即孟子告子下之高叟，高子說詩，孟子斥之爲固，然則此序引高子之說，除廣異聞外，其餘皆不可從也。鄭玄箋詩惟注「繹賓尸也」，不注高子之說，則鄭意亦以高說爲非矣！故〈鄭志答張逸〉云：「高子之言非，毛公後人著之。」（〈絲衣〉孔疏引。本文斷句與孔疏不同）蓋鄭亦以高子說詩拘固，與毛公不同，故毛公不用。毛公後有好事者著之於此，是以鄭玄略之不箋也。

（二）證明宗廟之祭有尸

孔穎達〈絲衣〉疏云：「經之所陳，皆繹祭始末之事也。子夏作序，則惟此一句而已，後世有高子者，別論他事云靈星之尸，言祭靈星之時以人爲尸。後人以高子言靈星尚有尸，宗廟之祭有尸必矣！故引高子之言，以證賓尸之事。」案：宗廟之祭有尸，此明見於《禮記》，何必引高子之說以證之乎？且靈星有尸與否，既與〈絲衣〉無關，作〈序〉者焉得引以爲〈詩序〉乎？誠如孔氏之言，則高子之說逕刪之可也。

（三）靈星之尸即繹賓尸之尸

胡承珙《毛詩後箋》云：「高子以爲靈星之尸者，正以〈序〉言賓尸，不言何祭之尸，故特著此語。《史語・封禪書》：『漢興八年，或曰：周興而邑郃，立后稷之祠，至今血食天下。於是高祖制詔御史，其令郡國縣立靈星祠，常以歲時祠以牛。』張晏曰：『龍星左角曰天田，則農祥也，晨見而祭。』張守節《正義》引《漢舊儀》云：『五年，修復周家舊祠，祀后稷於東南，爲民祈農，夏則龍星見而始雩，龍星左角爲天田，右角爲大庭，天田爲司馬，教人種百穀，爲稷。靈者神也，辰之神爲靈星，故以壬辰日祀靈星於東南，金勝爲土相也。』其後《漢書・郊祀志》、《續漢書・祭祀志》皆因之。以漢法推周制：考〈周語〉虢文公曰：『農祥晨正。』伶州鳩曰：『昔武王伐殷……月在天駟……月之所在，辰馬農祥也，我太祖后稷之所經緯也。』〈晉語〉：『董因曰：大火，閼伯之星也，是謂大辰，辰以成善，后稷是相。』此三條皆足爲周人祠靈星之證。《續漢書》又引舊說云：『言祠后稷，而謂之靈星者，以后稷又配食星也。』然則靈星之祀，其來甚古，《淮南・主術》訓：『君人之

道，其猶靈星之尸也。』是靈星之有尸亦久矣！高子與孟子同時，去古未遠，故能確知此詩爲祀靈星之作。毛公分序篇端，存而不削，自必意與之同。」

案：胡氏之說彌縫「繹賓尸」與「靈星之尸」爲一，頗爲便捷。然遍考周代典籍，皆無靈星之祀，而諸論及靈星之祀者，皆漢以後之傳注，則恐靈星之祀，其來不甚古也。且胡氏所引《國語》三條，皆觀象授時之候，實不足爲周人祀靈星之證，〈周語〉上：

> 宣王即位，不籍千畝，虢文公諫曰：「不可！夫民之大事在農……古者太史順時覛土，陽癉憤盈，土氣震發，農祥晨正，日月底于天廟，土乃脉發。先時九日，太史告稷曰：『自今至于初吉，陽氣俱烝，土膏其動，弗震弗渝，脉其滿眚，穀乃不植。』稷以告王。」

此節記宣王不行籍田之禮，虢文公諫之，告以籍田之義及其正時——即農祥晨正、日月底于天廟之時。韋昭注：「農祥，房星也。晨正，謂立春之日晨中于午也，農事之候，故爲農祥。天廟，營室也。孟春之月，日月皆在營室。」據此，農祥晨正、日月底于天廟，皆周人觀象授時之候耳。謂之農祥者，以此房星可爲農時之候也，非謂周人祀此星以祈農事也。〈周語〉下：

> （伶州鳩）對曰：昔武王伐紂，歲在鶉火、月在天駟、日在析木之津、辰在斗柄、星在天黿。星與日、辰之位皆在北維——顓頊之所建也，帝嚳授之。我姬氏出自天黿。及析木者，有建星及牽牛焉——則我皇妣大姜之姪、伯陵之後，逢公之所憑神也。歲之所在——則我有周之分野。月之所在、辰馬農祥也——我大祖后稷之所經緯也。王欲合是五位三所而用之……」

此節記伶州鳩述武王伐殷時之天象，釋武王伐紂之得天時：星日辰皆在北維，爲帝嚳代顓頊之象，猶周將代殷也；天黿爲周之外家——齊之分野，析木爲大姜之姪——逢公之所憑神；鶉火爲周之分野；天駟爲后稷經營農事之依據。合此歲日月星辰五者之所在，皆有利於周，是以武王以此時出兵，一舉克殷也。韋昭注：「辰馬，謂房星也。所在大辰之次爲天駟。駟、馬也，故曰辰馬。言月在房合於農祥，祥猶象也，房星晨正而農事起焉，故謂之農祥。」韋氏謂農祥爲農象，即農事之候，當爲農祥一詞之確詁，則〈周語〉此節亦不足爲周人祀靈星之證也。又〈晉語〉四：

> 董因迎公（旭昇案：重耳）於河，公問焉，曰：「吾其濟乎？」對曰：「歲在大梁，將集天行，元年始受實沈之星也，實沈之墟，晉人是居，所以興也，今君當之，無不濟矣！君之行也，歲在大火，閼伯之星也，是謂大辰，辰以成善，后稷是相……」

　　此條謂董因據天象論吉凶，預測重耳必將返晉即位，韋昭注：「成善，謂辰爲農祥，周先后稷之所經緯，以成善道。相，視也，謂視農祥以成農事。」據此，「辰以成善，后稷是相」亦不足爲周人祀農星之證也。

　　以上《毛詩後箋》所舉三事皆不足爲周人祀靈星之證，蓋周代星辰之祀見於今者，如《禮記‧祭法》「幽宗，祭星也」、《周禮‧春官‧大宗伯》「以實柴祀星辰、以槱燎祀司中司命」、《爾雅‧釋天》「祭星曰布」、《左傳‧襄公九年》「古之火正，或食於心、或食於咮」、〈昭公元年〉「日月星辰之神，則雪霜風雨之不時，於是乎禜之」，皆未有祀靈星者，《逸周書‧作雒》篇：「乃設丘兆于南郊，以祀上帝，配以后稷。日月星辰，先王皆與食。」《藝文類聚》卷三十八引作「設丘兆于南郊，以祀上帝，配以后稷、靈星，先王皆與食。」（《太平御覽》、《玉海》同）其「農星」二字甚突兀，上屬、下屬，均爲不辭，故朱右曾《逸周書集訓校釋》云：「日月星辰四字，《藝文類聚》、《太平御覽》、《玉海》引俱作農星。農星，星之一耳，疑非也。」是周代有無農星之祀，猶未可知也。

　　漢高祖崛起泗上，鄙野無文，不好儒生。及海內既安，命叔孫通制定朝儀，而多采秦儀雜就之（見《史記‧叔孫通列傳》），所謂漢家舊儀，率多類此。《史記‧封禪書》云：「秦幷天下，……而雍有日、月、參、辰、南北斗、熒惑、太白、歲星、塡星、二十八宿、風伯、雨師、四海、九臣、十四臣、諸布、諸嚴、諸述之屬，百有餘廟。」然則高祖立靈星之祠，或沿此秦代諸星宿之祀者歟？

　　靈星之祀以何時，頗不易考定，《史記‧封禪書》謂「常以歲時祠以牛」，則是四時皆祭也；張晏注謂「龍星左角曰天田，則農祥也，晨而見祭」，據太初歷，漢初仲秋日躔軫 12 度，則仲秋後十餘日，角星晨見東方（參頁 51 附〈太初歷〉表及二十八宿圖），是張意祭農祥在仲秋之月也；《漢書》注引《漢舊儀》則謂「以壬辰日祀靈星於東南」，不著在何月。——靈星之祭，紛亂莫明，一至於此。考王充《論衡》卷二十五〈祭意篇〉云：「高皇帝四年，詔天下祭靈星，七年使天下祭社稷。靈星之祭，祭水旱也。於禮，舊名曰雩，雩之禮爲民祈穀雨、祈穀實也。春求實（旭昇案，疑有闕文，當云「春求雨，秋求實」），一歲再祀，蓋重穀也，春以二月，秋以八月……二月之時，龍星始出，故傳曰：『龍見而雩。』龍星見時，歲已啓蟄而雩。春雩之禮廢，秋雩之禮存，故世常修靈星之祀，到今不絕。名變於舊，故世人不識；禮廢不具，

故儒者不知。世儒案禮，不知靈星何祀……龍星二月見則雩，祈穀雨；八月將入則秋雩，祈穀實。……春雩廢，秋雩與，故秋雩之名自若爲明星也，實曰靈星。靈星者，神也，神者，謂龍星也。」（〈明雩篇〉說略同）案：王充說《左傳》或有譌誤（龍見而雩不在二月），然彼說其漢家制度，當然可信。據此，靈星之祀既漢代祈雨之雩祭，雩祭亦祀后稷、群公先正，故有靈星之尸。〈鄭志答趙商〉既以高子之言爲「毛公後人著之」，則鄭玄亦不知此高子爲何時人，然據漢以後始有靈星之祀推之，則高子恐亦漢代經師也。

　　靈星既爲漢代之雩祭，則與〈絲衣〉無關，〈絲衣〉之末句云「胡考之休」，意謂先祖是美（參下章第（26）繹條，頁 107），則〈絲衣〉自是宗廟之事，與靈星無涉，〈前序〉謂「繹賓尸」是也。

第四章　宗廟時享禮

第一節　前　論

　　周代宗廟之祭有時享之制，《禮記・祭統》:「凡祭有四時，春祭曰礿，夏祭曰禘、秋祭曰嘗、冬祭曰烝」是也。蓋人子之於其親，生則事之以禮，死則葬之以禮，祭之以禮。祭者，人子所以致其追養繼孝之心於其親者也，故必有疏數之制以達其情而節其哀，故《禮記・祭義》云:「祭不欲數，數則煩，煩則不敬；祭不欲疏，疏則怠，怠則忘。是故君子合諸天道，春禘秋嘗。霜露既降，君子履之，必有悽愴之心，非其寒之謂也；春雨露既濡，君子履之，必有怵惕之心，如將見之。」此以春秋為例，明天道之變化，足以誘發人子風木之思。天道三月一變，四時異候，故人子之祭享亦以四時為節，時各一祭，不疏不數，循乎天道之正，得乎人情之中，此時享之義也。

　　夏朝以上，時代夐遠，典籍湮滅，其時享之有無，難以考知。鄭玄〈王制〉、〈祭統〉注以「礿禘嘗烝」為夏殷時享之制，文獻不足，恐難徵信。殷代祭禮，自甲骨文出土，已可考知，陳夢家《卜辭綜述》第十一章第三節云:「殷代祭祀複雜，但我們可以提出有關的兩類:一類是『周祭』——用三種主要祭祀（彡、羽、翌）輪流的依先祖、先妣的日干遍祀一周，三種祭祀遍祀一周，謂之一祀。一類是『選祭』——在一次合祭中選祭若干先祖，多是直系或五世以內的先祖。」選祭之週期尚不可知，周祭之週期，自董作賓《殷曆譜》據殷代「彡、翌、祭、艸、叠」五祀所祭，排出祖甲、帝乙、帝辛等祀譜，均可按譜查知。蓋殷代諸王皆以十天干為廟號，故後世即用其廟號之日，祭以五祀之禮。以旬為基本單位計之，五祀之中，彡祭須 10～12 旬；翌

（羽）祭須 10～12 旬；祭、肜、翌爲一類（陳夢家以翌爲代表），須 12～13 旬。五祀依序舉行一周，名曰一祀，於祖庚、祖甲時一祀爲 32 旬，於帝乙、帝辛時一祀爲 36 或 37 旬，茲據島邦男《殷墟卜辭研究》第一篇第一章第四節所考訂，列祖庚、祖甲、帝乙、帝辛四王對以甲爲名之先王之祀序表如下：

《殷代五祀祀序表》

干支	祖庚 月	祖庚 祀序(32旬)	祖甲 月	祖甲 祀序(32旬)	帝乙 月	王十二祀(36旬)	帝乙 月	王十三祀(37旬)	帝乙 月	王十四祀	帝辛 月	王一祀(37旬)	帝辛 月	王二祀(36旬)	帝辛 月	王三祀
甲寅		彡工冊	9	○	2	祭工冊		祭工冊	3	○				彡小甲		彡大甲
甲子	2	彡上甲		彡工冊		祭上甲	3	祭上甲		祭工冊			1	○	1	彡小甲
甲戌		○	10	彡上甲	3	○		○		祭上甲				彡戔甲		彡戔甲
甲申		彡大甲		○		祭大甲		祭大甲	4	○				彡沃甲		彡沃甲
甲午	3	彡小甲		彡大甲	4	祭小甲	4	祭小甲		祭大甲			2	彡陽甲	2	彡陽甲
甲辰		○	11	彡小甲		○		○		祭小甲				○		○
甲寅		彡戔甲		○		祭戔甲		祭戔甲	5	○				彡祖甲		彡祖甲
甲子	4	彡沃甲		彡戔甲	5	祭沃甲	5	祭沃甲		祭戔甲			3	○	3	○
甲戌		彡陽甲	12	彡沃甲		祭陽甲		祭陽甲		祭沃甲				羽工冊		羽工冊
甲申		○		彡陽甲		○		祭陽甲	6	祭陽甲				羽上甲		羽上甲
甲午	5	羽工冊		○	6	祭祖甲	6	祭祖甲		○			4	○	4	羽大甲
甲辰		羽上甲	1	○		○		○		祭祖甲				羽大甲		羽小甲
甲寅		○		羽工冊		彡工冊	7	彡工冊	7	○				羽小甲		○
甲子	6	羽大甲		羽上甲	7	彡上甲		彡上甲					5	羽戔甲	5	羽戔甲
甲戌		羽小甲	2	○		○		○						羽沃甲		羽小甲
甲申		○		羽大甲					8					羽沃甲		羽戔甲

干支	祖庚 月	祖庚 祀序(32旬)	祖甲 月	祖甲 祀序(32旬)	帝乙 王十二祀(36旬)	帝乙 月	帝乙 王十三祀(37旬)	帝乙 月	帝乙 王十四祀	帝辛 月	帝辛 王一祀(37旬)	帝辛 月	帝辛 王二祀(36旬)	帝辛 月	帝辛 王三祀
甲午	7	羽戔甲		○	彡大甲	8	彡大甲						6	羽陽甲	6	羽沃甲
甲辰		羽沃甲	3	羽戔甲	彡小甲		彡小甲							○		羽陽甲
甲寅		羽陽甲		羽沃甲	○	9	○			7			7	羽祖甲		○
甲子	8	○		羽陽甲	彡戔甲		彡戔甲				祭工冊			○	7	羽祖甲
甲戌		祭工冊	4	○	彡沃甲		彡沃甲				祭上甲	8	祭工冊		祭工冊
甲申		祭上甲		祭工冊	彡陽甲		彡陽甲			8	○		祭上甲		祭上甲
甲午	9	○		祭上甲	○	10	○				祭大甲		祭大甲	8	祭大甲
甲辰		祭大甲	5	○	彡祖甲		彡祖甲			9	祭小甲		祭小甲		祭小甲
甲寅		祭小甲		祭大甲	○		○				○	9	○		○
甲子	10	○		祭小甲	羽工冊	11	羽工冊				祭戔甲		祭戔甲		祭戔甲
甲戌		祭戔甲	6	○	羽上甲		羽上甲				祭沃甲		祭沃甲		祭沃甲
甲申		祭沃甲		祭戔甲	○		○			閏10	祭陽甲		祭陽甲	閏10	祭陽甲
甲午	11	祭陽甲		祭沃甲	羽大甲	12	羽大甲				○	10	○		○
甲辰		○	7	祭陽甲	羽小甲		羽小甲				祭祖甲		祭祖甲		祭祖甲
甲寅		○		○	○	小1	○	小1			○		○		祭祖甲
甲子	12	○		○	羽戔甲		羽戔甲			11	○	11	○		○
甲戌		彡工冊	8	○	羽沃甲		羽沃甲				彡工冊		○	11	○
甲申		彡上甲		彡工冊	羽陽甲	2	羽陽甲	2			彡上甲		彡工冊		
甲午	1	○		彡上甲	○		○			12	○	12	彡上甲		
甲辰		彡大甲	9	○	羽祖甲		羽祖甲				彡大甲		○	12	

　　祖庚、祖甲於卜辭分期爲第二期（參董作賓《甲骨學六十年》頁78），先王猶少，故五祀一周僅須32旬，320日，較太陽年少45日，故此期之五祀雖皆依序輪流舉行，然逐年前移45日，五祀與四時之對應位置不固定，「時享」之制尙無法形成。帝乙、帝辛屬卜辭第五期，其時受祭先王較多，五祀一周須36～37旬，合360～370日與太陽年相當。且帝乙、帝辛之時，殷曆已日趨精密、紀年、月、日法亦漸臻完善（參陳夢家《卜辭綜述》第十七章），此時五祀與四時之對應位置已甚固定，其祀周常以36旬與37旬交錯出現者，取其二者之平均值爲365日，以符合太陽年之日數也。此時一祀即爲一年，故「時享」之制當於此時逐漸形成，《爾雅・釋天》：「商曰祀、周曰年。」《尙書・堯典》正義引孫炎云：「祀，取四時祭祀一訖也。」其說正可爲時享濫觴於殷末做注腳。

　　五祀之順序，董作賓作「彡、羽、祭、䄞、劦」，島邦男則以爲當作「祭（含䭒、劦）、彡、羽」，以祭儀之隆簡次序而言，當以董說爲是，《殷曆譜》卷一之十六云：「以祀事言，彡爲鼓祭；翌爲翌舞——樂舞所以娛祖妣者也；祭者有酒肉；䄞用黍稷——酒食所以享祖妣者也；終之以劦，更合他種祀典，總其大成而祀事畢矣！此亦事理之至順者也。」此種由簡而隆、由薄而豐之時享方式，亦見於周代。周代時享，於周禮之名爲「祠、禴（同礿）、嘗、烝」，《說文・示部》云：「春祭曰祠，品物少，多文詞也。仲春之月祠，不用犧牲，用圭璧及皮幣。」《易・既濟・九五》王注：「禴，祭之薄者也。」《爾雅・釋天》郭注：「嘗，嘗新穀。」董仲舒《春秋繁露・祭義》：「冬上敦實，敦實、稻也，冬之所畢熟也，畢熟故曰烝，烝言眾也。」是周代四時廟祭亦爲由簡而隆、由薄而豐也。周因於殷禮，於此亦可見一斑。

　　殷之五祀與周之時享仍有不同：五祀有五，雖殷末「彡、羽、祭、䄞、劦」各於每年之某月，已大致固定，然並非每時一祭；周代則春夏秋冬，時各一祭，此其不同一也。五祀所祭，遠自上甲；周代時享，惟祭七廟，此其不同二也。蓋彡、羽、祭、䄞、劦只可謂爲時享之濫觴，與周代時享多有不同，且周代時享之形成當係長時期之逐漸演進，並非由五祀直接繼承而來，故見於載籍者其名稱多有不同，如：

　　△《禮記・王制》：「天子諸侯宗廟之祭：春曰礿、夏曰禘、秋曰嘗、冬曰烝。」

　　△《禮記・祭統》：「凡祭有四時，春祭曰礿、夏祭曰禘、秋祭曰嘗、冬

祭曰烝。」

△〈小雅・天保〉：「禴祠烝嘗，于公先王。」

△《周禮・春官・大宗伯》：「以祠春享先王。以禴夏享先王。以嘗秋享先王。以烝冬享先王。」

△〈春官・司尊彝〉：「春祠、夏禴、秋嘗、冬烝。」

△〈公羊傳・桓公八年〉：「春曰祠、夏曰礿、秋曰嘗、冬曰烝。」

△《爾雅・釋天》：「春祭曰祠、夏祭曰礿、秋祭曰嘗、冬祭曰烝。」

以上時享之名，《禮記》與《周禮》不同，而《毛詩》則介於二者之間，其所以紛歧如此者，正足以說明周初時享尚在逐漸形成，猶無定制也，周師一田《春秋吉禮考辨》第六章第一節云：「周初春祭未必通名曰祠，夏秋未必通名曰禴，適可見當時諸侯各行其禮，初未一致。至於〈天保〉之舉四名，疑本周室之禮如此，其後漸次通行其名於列國諸侯，乃成周室舉國之定稱。迨及《周禮》、《爾雅》、《公羊》成書，禮名早定，故乃以配四時，言之鑿鑿，以為定制如此，特未見其初漸之未定也。」此說謂周初時享未有定制，最為確見。前人未達此恉，多以周禮之「祠禴嘗烝」為周公所訂周代時享之制，故鄭玄〈王制〉注云：「此蓋夏殷之祭名。周則改之，春曰祠、夏曰礿、以禘為殷祭。」孔穎達〈天保〉疏亦云：「若以四時，當云祠禴嘗烝，詩以便文，故不依先後。」此皆以為周禮所述為周代時享定制者也。其實殷代雖有祠、禴、烝祭之名，然非時享之祭（參《春秋吉禮考辨》第六章第一節之二：「殷無時享定制」）；其五祀於殷末雖漸趨定時，然其名義與「礿禘嘗烝」又完全不同，故知《禮記》之「礿禘嘗烝」本周代時享之一種，非夏殷之祭名也。《毛詩》之「禴祠烝嘗」亦然，孔疏謂詩以押韻之故，是以不依四時之序，然《詩經》「烝嘗」之文多見，絕無作「嘗烝」者，如：

△〈小雅・楚茨〉：「絜爾牛羊，以往烝嘗。」

△〈商頌・那〉：「顧予烝嘗，湯孫之將。」

又金文中亦不乏此例，如：

△姬𩰫鼎：「用烝用嘗，用孝用享。」　周金文存二卷三六葉

△陳侯因𦬒錞：「以烝以嘗，保有齊邦。」　周金文存三卷三〇葉

△陳侯午錞：「以烝以嘗，保有齊邦。」　攈古錄金文卷三之一葉七

以上諸例皆烝嘗連文，而烝在嘗上，絕無嘗在烝上者，設周制本為秋嘗冬烝，則經傳當云以嘗以烝，方為合理，故高鴻縉《中國字例》云：「《詩・

天保》禴祠烝嘗，于公先王。詩僅例舉四種祭祀之名，而《毛傳》、《爾雅》(《爾雅》亦漢初人作品，並有抄《毛傳》痕跡) 並謂春祠夏禴秋嘗冬烝，今考之甲文、金文，皆無證據，商周殆不以四季分祭名也。」案：高說以《毛傳》非詩旨，甚是。唯謂周不以四季分祭名，恐非。周承殷禮，而將五祀改爲四時祭享，故其初期祭名尚不統一，見於《禮記》者謂爲「礿禘嘗烝」，見於《周禮》者謂爲「祠禴嘗烝」，而見於《毛詩》者謂爲「禴祠烝嘗」，各記所聞，從其所見也。孔疏謂〈天保〉之詩以便文協韻，故不從其四時次序，不知《詩經》、金文之次序皆烝在嘗前，蓋其祀序本如此也。且設如孔說，詩便文協韻，故改嘗烝爲烝嘗，然則《詩經》何必亦改祠禴爲禴祠乎？況〈天保〉此句爲單數句，依詩經之例可以不押韻，詩人又何必大費周章，更改祀序乎？故知便文之說，恐不足信。

周初春祭當名禴，《易·既濟·九五》爻辭「東鄰殺牛，不如西鄰之禴祭」，注疏家或云薄祭，或云春祭，而皆不以爲夏祭，《易經》爻辭成於周初 (參拙作〈易經占筮性質辨說〉，載《中國學術年刊》第四期)，則周初春祭名禴可知。殷末五祀之彡祭祭儀中有名禴者，郭沫若《甲骨文字研究》以爲即禴，其字唯用於五祀中之彡祭 (島邦男《殷墟卜辭研究》頁 299)，而殷末帝辛時期彡祭皆在 12～3 月 (參前附祀序表)，是周初之禴祭或係從殷末之彡祭簡化而來，證以《禮記》「春祭曰礿」、〈天保〉「禴祠烝嘗」以禴爲首，則周初春祭曰禴，殆無可置疑。臣辰盂：「佳王大禴于宗周、出𥿇莽京年，才五月既望辛酉，王命士上眔史黃殷于成周……」《兩周金文辭大系》以此爲成王時器，又以爲周王五月大禴于成周，故謂禴爲夏祭。案：此器以「王大禴于宗周」紀年，不以之紀月也 (參胡師自逢《金文釋例》頁 180「以大事紀年例」)，五月辛酉下屬，紀士上及史黃殷見于成周之月日，故「王大禴于宗周」當在「士上眔史黃殷于成周」前，即在五月以前，是此器之大禴當亦春祭也。

祠字不見於金文，《書·誥》、《周易》、《春秋》，故〈天保〉以祠在禴下，而《周禮》、《爾雅》、《公羊傳》以祠爲春祭、禴爲夏祭，其演變過程已無可考。

禘字之見於經傳者，多作大禘、吉禘解 (參第二章第三節附：「論郊禘」，頁 17)，《禮記》謂夏祭曰禘，其始末原委亦無可考。

嘗字作秋祭之名，首見於〈魯頌·閟宮〉：「秋而載嘗，夏而楅衡。」是嘗爲秋祭之名，行於秋季者也。然亦有行於冬季者，《左傳·襄公二十八年》

云：「十一月乙亥，嘗于大公之廟。」是齊嘗於冬十一月，與〈閟宮〉不同。前引《詩經》及金文烝嘗連文皆嘗在烝下，是周世實有嘗于冬季者也。

　　烝字作冬祭之名，首見於《尚書‧洛誥》：「戊辰，王在新邑，烝，祭歲……王入太室祼，王命周公後，作冊逸告，在十有二月，惟周公誕保文武受命，惟七年。」又見於𣪘殷：「唯王十又四祀十又一月丁卯，王鼎畢烝。」《兩周金文辭大系》攷釋以此爲昭王時器，以烝爲烝，當可從。以上二烝皆行於冬季。然亦有不行於冬季者，《春秋‧桓公八年經》：「春正月己卯，烝。夏五月丁丑，烝。」此行於春、夏者也。〈小雅‧信南山〉之末章云：「是烝是享，苾苾芬芬，祀事孔明。」是此篇爲烝祭之詩也，而其三章云「黍稷彧彧，曾孫之穡，以爲酒食，畀我尸賓」，四章云「疆場有瓜，是剝是菹，獻之皇祖」，所獻享皆秋物（〈月令〉仲夏之月農乃登黍，則周正孟秋也；孟秋月農乃登穀──即稷，則周正季秋也；〈豳風〉七月食瓜，亦周正季秋也），而不及冬產之麻稻禾稼，是此烝或亦在秋季也。《貞松堂集古遺文》卷七葉十八有啟尊銘云：「丁巳，王在新邑，初𣪘。」周法高《金文詁林》附錄云：「（𣪘）此字右旁𡭔與殷契中五種祭祀之一𥳐有相似之處，李孝定曰：『……于氏始觸類旁通，定諸形（𥳐）並爲鬯字，董先生說與之冥合，而說𠂤爲𢾅之謬變，較之于說，尤多勝義，二說誠不可易也。』案：金文此字右下方之又，即卜辭中之𢾅或丮也，左下方之止乃其聲符，此字殆即〈洛誥〉『戊辰王在新邑烝祭歲』之烝之本字也。左方之𠂤，白川氏謂爲胙肉之象，然則左上方之 A 乃象倒口以就食也。止聲，據周氏上古音韻表，止隸之部止韻照紐三等，古音爲 tjiər；烝隸蒸部蒸韻照紐三等，古音爲 tjiəng，聲韻皆切合。𣪘隸之部代韻精紐，古音爲 tsər，亦同源字也。」據周氏此說，𣪘爲烝之本字，由艸祭而來。殷末帝辛時艸祭皆在秋冬之時（參前附祀序表，𣪘在祭中），則周初烝或行於秋，或行於冬，自有其歷史淵源也。其後烝嘗分化，各據秋冬，然見於列國者，或秋嘗冬烝，或秋烝冬嘗，並未完全統一。

　　以上剖析殷周時享之流變，以見周代時享當係承自殷之五祀，逐漸改成，初無定制，唯無論《禮記》之「礿禘嘗烝」、〈天保〉之「禴祠烝嘗」、或《周禮》之「祠禴嘗烝」，均已爲四時祭享之形式，其不同當在所用祭儀之異，朱大韶《春秋傳禮徵》卷二云：「祠禴烝嘗四時之祭，《春秋》但書兩祭、諸經但列其名，不見儀節之異。〈春官‧司尊彝〉亦但陳尊彝之別。何注曰『春薦尚韭、夏薦尚麥魚、秋薦尚黍肫、冬薦尚稻雁』，本董子《四祭篇》，然〈王

制〉則云『庶人春薦韭、夏薦麥、秋薦黍、冬薦稻，韭以卵、麥以魚、黍以
肫、稻以雁』，庶人無廟故曰薦，非天子諸侯所以祭宗廟。何又曰：『烝、眾
也。冬萬物畢成，所薦眾多，芬芳具備，故曰烝。』然則五月祂何以名烝？
魯雖瀆祂，不致昧其名，絪冬祭於春祭。意四時之祭，其儀節各別，魯以夏
正三月祭，而仍用烝禮，故《春秋》紀其實曰烝，但禮文不具，無可證耳。」
案：《春秋》桓公八年夏五月烝，朱氏謂魯於是時以烝祭之儀式行祭，《春秋》
乃紀其實曰烝，其說主四時之祭，儀節各別，當為周代時享之實況，周代時
享之名所以諸國各異、數說不同者，當即緣於所用儀節不同耳，故周師一田
《春秋吉禮考辨》第六章評朱說云：「雖謂禮文不具，無可為證，然合情合理，
不見紕漏。」

第二節　詩經中有關之天子諸侯時享儀節研究

　　天子諸侯宗廟祭享之禮已亡，惟散見於《詩》、《書》、《周禮》、《禮記》
者不在少數，裒集整理，猶可考其大概也。唐孔穎達《禮記・禮運・疏》嘗
綜理天子諸侯宗廟之祭儀，頗為詳該，惟其說一依鄭玄《詩》箋《禮》注，
不敢稍有逾越。其後宋陳祥道《禮書》卷七十二至八十七、清秦蕙田《五禮
通考》卷八十六至八十九繼之而作，網羅經傳百家之說，詳為考辨，皆各有
創獲；清任啓運之《天子肆獻祼饋食禮纂》、包世榮《毛詩禮徵》卷二之〈時
享〉、顧棟高《毛詩類釋》卷六之〈釋祭祂〉鑽研益精，亦皆時出新義；此外，
散見於其他著述，如賈公彥《周禮疏》、江永《周禮疑義舉要》、金鶚《求古
錄禮說》、胡承珙《毛詩後箋》、陳奐《詩毛氏傳疏》、夏炘《學禮管釋》、黃
以周《禮書通故》、孫詒讓《周禮正義》、王國維《觀堂集林》等，雖非天子
諸侯時享儀節之專論，然其中不乏精闢之見解，可以補苴前代舊說之未備者。
茲以上述各家為依據，考察《詩經》中有關天子諸侯時享之儀節，凡遇各家
之說不同者，則參酌經義以斷之。

　　今本《儀禮》有〈特牲饋食禮〉及〈少牢饋食禮〉二篇，為諸侯之卿大
夫、士祭祖禰之禮儀，鄭目錄云：「〈特牲饋食〉之禮，謂諸侯之士祭祖禰。」
又云：「〈少牢饋食禮〉），諸侯之卿士大祭其祖禰於廟之禮。」是以各家之推
天子諸侯宗廟祭儀者，多據此二篇為說，其饋食以下之儀節，以有此二篇為
據，故各家異說較少；饋食以前，自祼迄於祊祭之儀節，無卿大夫、士禮可

參攷，故異說最多，本節於此類異說亦惟參酌經義以斷之。

　　天子諸侯宗廟之祭有時享、有祫祭，二者之異同，經傳雖無明文，然《禮記・祭統》云：「大嘗禘升歌清廟、下而管象，朱干玉戚以舞大武，八佾以舞大夏。」又云：「內祭則大嘗禘是也。」皆嘗禘並舉，其用樂又完全相同（參本節末附：〈王國維釋樂次補疏〉。頁110），則禘嘗之儀節當大致相同，故諸家之推天子諸侯宗廟之祭者，皆禘嘗不分。本節雖以「天子諸侯時享之儀節」爲名，然亦與禘祭可以互通。又時享與禘皆有牷有祫，牷祭者，各親廟分別祭之，其儀節較簡、品物較薄；祫祭者，群廟之主皆合祭於大廟，其儀節較隆、品物較豐，故論宗廟之祭儀，皆當以祫祭爲主，以其不省也。《春秋》經書大事及有事，其義不同，大事謂祫禘，有事謂牷禘（牷祫之義及大事、有事之不同，詳參《春秋吉禮考辨》第五章第一節、及第六章第一節）：《禮記・祭統》云「大嘗禘升歌清廟」，嘗禘之上著以大字，明其儀節盛大，與尋常嘗禘不同也。《周禮・天官・酒正》：「大祭三貳，中祭再貳。」鄭玄注：「鄭司農云：『大祭天地，中祭宗廟。』玄謂：『大祭者，王服大裘、衮冕所祭也；中祭者，王服鷩裘、毳冕所祭也。』」賈疏：「先鄭意天地爲大祭、宗廟爲小祭，其實天地自有大祭、小祭，宗廟亦有大小。」宗廟之大祭爲祫、小祭爲牷，《禮記・王制》：「天子牷礿、祫禘、祫嘗、祫烝。諸侯礿牷、禘一牷一祫、嘗祫、烝祫。」此時享之分小大也，顧棟高《毛詩類釋》卷六云：「天子宗廟祭禮于詩首尾節次備具，可與《儀禮・特牲》、〈少牢〉相發，然此皆謂祫祭爾。祭禮以祫爲重，烝嘗皆祫也。故〈楚茨〉曰：『以往烝嘗。』〈商頌〉曰：『顧予烝嘗。』《春秋》但記烝嘗而無禴祠。『神具醉止』，具，皆也，非止一神。后稷東面，先儒謂神尊爲發爵之主，不與子孫爲酬酢，其獻酢交錯，皆主六尸而言。若特（旭昇案：同牷）祭，禮自當從省簡，但文不傳耳。」本節釋天子諸侯宗廟祭儀唯據祫祭者，即以其儀節不省也。

　　天子，諸侯禮制不同，其宗廟祭儀亦當有別，惟經傳所見君、夫人之禮，多爲魯制，而魯用天子禮樂，〈祭統〉已有明文（成王、康王追念周公之所以勳勞者，而欲尊魯，故賜之以重祭，內祭則大嘗禘是也），故本節所述宗廟祭儀，以天子之制爲主，凡經傳注疏明云爲諸侯之制者，本文皆隨時區分之。其餘或言王后、或言君夫人，皆主說天子之制，可以互通也。

　　茲附孔穎達《禮記・禮運》疏所述天子諸侯宗廟祭享儀節之大要如次，以便與本節所述互相參攷比較：

祭日之旦，王服袞冕而入，尸亦袞冕，祝在後侑之。王不出迎尸，尸入室乃作樂降神，乃灌。當灌之時，眾尸皆同在太廟中，依次而灌，所灌鬱鬯，是為一獻。

王乃出迎牲，后從灌，二獻也。

迎牲而入，至於庭，王親執鸞刀，啓其毛，而祝以血毛告於室，凡牲則廟各別牢。於是行朝踐之事。尸出于室，大祖之尸坐于尸西，南面，其主在右，昭在東，穆在西，相對坐，主各在其右。祝乃取牲膟膋燎于爐炭，入以詔神于室，又出以墮于主前。王乃洗肝于鬱鬯而燔之，以制于主前，所謂制祭。次乃升首于室中，置于北牖下，后薦朝事之豆籩，乃薦腥于尸、主前，謂之朝踐。

王乃以玉爵酌著尊泛齊以獻尸，三獻也。后又以玉爵酌著尊醴齊以亞獻，四獻也。乃退而合烹，至薦熟之時陳于堂，乃後延主入室，大祖東面，昭在南面、穆在北面，徙堂上之饌于室內坐前，祝以斝爵酌，奠於饌南。既奠之後，又取腸間脂焫蕭合馨薌，當此大合樂也，自此以前謂之接祭。乃迎尸入室，舉此奠斝，主人拜以妥尸，后薦饋獻之豆籩，王乃以玉爵酌壺尊盎齊以獻尸，為五獻也，后又以玉爵酌壺尊醴齊以獻尸，是六獻也。於是尸食十五飯訖，王以玉爵因朝踐之尊泛齊以酳尸，為七獻也。后乃薦加豆籩。尸酳，酢主人，主人受嘏，王可以獻諸侯。於是后以瑤爵因酳饋食壺尊醍齊以酳尸，為八獻也。諸侯為賓者以瑤爵酌壺尊醍齊以獻尸，為九獻。

九獻之後謂之加爵，〈特牲〉有三加，則天子以下加爵之數，依尊卑不止三加也。故〈特牲〉三加爵，別有嗣子舉奠，〈文王世子〉諸侯謂之上嗣舉奠，亦當然。

魯及王者之後皆九獻，其行之法與天子同。侯伯七獻，朝踐及饋食時君皆不獻。子男五獻者，亦以薦腥饋熟二君皆不獻，酳尸之時君但一獻而已，此皆崔氏之說。今案〈特牲〉、〈少牢〉尸食之後，主人、主婦及賓備行三獻，今子男尸食之後但得一獻，夫人不得受酢，不如卿大夫，理亦不通，蓋子男饋熟以前，君與夫人並無獻也，食後行三獻，通二灌為五也。

《詩經》中有關宗廟祭享之儀節雖非首尾備具，然亦不在少數，詳加探討，確可補苴天子諸侯宗廟祭禮之散亡、並有裨於詩義之了解焉。茲謹述之如次：

一、采 菜

周代宗廟之祭，天子必親耕以供粢盛、王后必親蠶以供祭服，《穀梁傳・桓公十四年》云：「天子親耕，以供粢盛；王后親蠶，以供祭服，國非無良農

工女也，以爲人之所盡事其祖禰、不若以己所自親者也。」（《禮記‧祭義》
說略同）此親耕、親蠶之義也。據詩傳，后夫人又有采荇以供祭祀之事，〈關
雎〉：「參差荇菜，左右流之。」《毛傳》：「荇，接余也。流，求也。后妃有關
雎之德，乃能共荇菜、備庶物，以事宗廟也。」鄭箋：「左右，助也，言后妃
將共荇菜之菹，必有助而求之者。」孔疏：「此經序無言祭事，知事宗廟者，
以言左右流之，助后妃求荇菜，皆非祭菜，后不親采。〈采蘩〉言夫人奉祭，
明此亦祭也。」是傳箋以爲此節述后妃采荇以供祭祀也。又〈召南‧采蘩〉
云：「于以采蘩？于沼于沚。于以用之？公侯之事。」毛傳：「蘩、皤蒿也。
公侯夫人執蘩菜以助祭，神饗德與信，不求備焉，沼沚谿澗之草，猶可以薦。
王后則荇菜也。」鄭箋：「言夫人於君祭祀而薦此豆也。」孔疏：「言夫人往
何處采此蘩菜乎？於沼池、於沚渚之旁采之也。既采之爲菹，夫人往何處用
之乎？於公侯之宮祭事，夫人當薦之也。」是傳箋皆以爲〈采蘩〉此節述君
夫人采蘩菜以供祭祀也。

　　《周禮‧天官‧醢人》掌四豆之實，其中並無荇、蘩二菜，孔穎達〈關
雎〉疏云：「《天官‧醢人》陳四豆之實無荇菜者，以殷禮，詩詠時事，故有
之。」案：孔疏恐有奪文，其意當謂周禮四豆無荇菜，而殷禮有之，〈關雎〉
詠文王爲世子時事，猶在殷代，故祭有荇菜也。否則今本正義謂《天官‧醢
人》掌四豆爲殷禮，古今注疏恐皆無此說。其實荇菜當即《周禮‧醢人》所
掌朝事之豆中之茆菹，朱濂《毛詩補禮》卷一云：「唐蘇恭《本草》、陸佃《埤
雅》皆以爲荇即鳧葵，或謂其混荇于茆，茆即蓴也。陸璣《草木疏》云：『茆
與荇相似，江東人謂之蓴菜，或謂之水葵。』是以荇與茆爲二物矣！案：蘇
恭曰：『鳧葵，即荇菜也 《說文》荇爲莕重文，生水中。』陸佃曰：『荇，一名接余，亦或
謂之鳧葵，〈泮水〉傳訓茆爲鳧葵，〈醢人〉注亦訓茆爲鳧葵，蓴名水葵，不
名鳧葵，《爾雅》有荇無茆，則鳧葵之名有所專屬，鳧葵屬荇，荇之即茆審矣！』
據此，則荇菜共菹，其即醢人之茆菹與！」又蘩菜亦不在〈醢人〉四豆之實
中，然蘩菜可用於宗廟之豆實，除〈采蘩〉之詩明云「于以用之？公侯之事。」
「于以用之？公侯之宮」外，《左傳‧隱公三年》云：「苟有明信，谿澗沼沚
之毛、蘋蘩薀藻之菜、筐筥錡釜之器、潢汙行潦之水，可薦于鬼神、可羞于
王公。」《大戴禮‧夏小正》亦云：「二月榮菫、采蘩——菫、荣也；蘩、由
胡；由胡者，蘩母也；蘩母者，旁勃也，皆豆實也。」二記皆明謂蘩爲豆實，
可羞于王公。足見《周禮‧醢人》之四豆但舉其大要，未能盡賅也。《禮記‧

郊特牲》云:「籩豆之薦,水土之品也,不敢用常褻味,而貴多品,所以交於神明之義也,非食味之道也。」是祭享之豆實當以多品為貴,若〈醢人〉所掌,惟四豆二十六品,實不以言多,其未能盡眩明矣!

　　〈關雎〉、〈采蘩〉中采荣之人是否后妃、夫人,亦不易判定。考〈關雎〉之末章云:「窈窕淑女,鐘鼓樂之。」則其為天子、諸侯之詩顯然。《儀禮‧鄉飲酒禮》:「賓出奏陔。」鄭玄注:「《周禮‧鍾師》以鍾鼓奏九夏,是奏陔夏則有鍾鼓矣!鍾鼓者,天子、諸侯備用之,大夫、士鼓而已。」王國維〈樂次考〉亦申之云:「凡金奏之樂用鍾鼓,天子、諸侯全用之,大夫、士鼓而已。」據此,〈關雎〉之詩既以鐘鼓樂之,則其為天子、諸侯之制顯然。而毛傳謂此詩采荇菜者為后妃,非不可能也。〈采蘩〉之詩述公侯之事,篇中迭有明文,則《毛傳》謂采蘩為公侯夫人執蘩菜以助祭,亦當屬實。后夫人親為采荣以供祭祀者,與親耕、親蠶同義,蓋以為人之所盡事其祖禰,不若以己所自親者也。

二、庀　牲

　　古代供祭祀用之牲牷皆有專人豢養,臨祭前三月先行卜牲之禮,吉,則養於滌中三月,然後始用之以禮神享祖,《禮記‧祭義》云:「古者天子、諸侯必有養獸之官,及歲時齊戒沐浴而躬朝之,犧牷祭牲必於是取之,敬之至也!君召牛,納而視之,擇其毛而卜之,吉,然後養之。君皮弁素積,朔月月半君巡牲,所以致力,孝之至也!」是養牲擇卜,君必慎之者,所以致其孝敬也。

　　養牲之官於《周禮》有〈牧人〉、〈牛人〉,〈地官‧牧人〉:「掌牧六牲,而阜蕃其物,以共祭祀之牲牷。」〈牛人〉:「凡祭祀共其享牛、求牛,以授職人而芻之。」《詩‧小雅‧無羊》所述,即此牧人阜蕃牛羊之事,其詩云:

> 誰謂爾無羊?三百維群。誰謂爾無牛,九十其犉。爾羊來思,其角濈濈;爾牛來思,其耳濕濕。
>
> 或降于阿、或飲于池、或寢或訛。爾牧來思,何蓑何笠,或負其餱。三十維物,爾牲則具。
>
> 爾牧來思,以薪以烝,以雌以雄。爾羊來思,矜矜兢兢,不騫不崩。麾之以肱,畢來既升。
>
> 牧人乃夢:眾維魚矣,旐維旟矣!大人占之:眾維魚矣,實維豐年;旐維旟矣,室家溱溱!

　　《毛詩序》：「無羊，宣王考牧也。」蓋此詩寫牧人牧牛羊之盛，藉以反映宣王之時政治中興，國力復強，結尾託牧人乃夢，以卜豐年，此皆姚際恒《詩經通論》所謂之「從閒處著筆」，不正面歌頌，所以餘韻悠悠，耐人品味也。此詩之牧人即《周禮》之牧人，非尋常牧豎也，其養牧皆所以供祭祀之牲牷，故二章云「爾牲則具」，牲者、祭牲也（〈雲漢〉「靡愛斯牲」亦祭牲也，凡經傳言牲皆此意），據此，序謂此詩爲「宣王考牧」，當可信。

　　牧人所蓄牲，於臨祭前三月則擇其毛色純好者授充人繫于牢中養之，卜之吉，則以爲祭牲，〈地官・充人〉：「掌繫祭祀之牲牷，祀五帝則繫于牢，芻之三月，享先王亦如之。」於此三月之中，須防此牲牷受損傷，故設「楅衡」以保護之。〈魯頌・閟宮〉云：「秋而載嘗，夏而楅衡。」鄭玄箋：「秋將嘗祭，於夏則養牲，楅衡其牛角，爲其觸牴人也。」孔疏：「言豫養所祭之牛，設橫木於角以楅之，令其不得牴觸人也。」此謂楅衡爲縛橫木於牛角，防其觸人也，惟此說後人或以爲非是，馬瑞辰《毛詩傳箋通釋》云：「按《說文》告字注：『牛觸人，角箸橫木以告人也。』與毛鄭言楅衡設於牛角者相類，至〈木部〉云：『楅，以木有所逼束也。』不言設於牛角，〈角部〉云：『牛觸，衡大木其角。』《韻會》所據徐鍇本無其角二字，段玉裁云：『《說文》以設於角者謂之告，此云牛觸橫大木，是闌閑之謂衡，大木斷不可施於角，此易明白者。』今按：段說是也，《周官・封人》：『凡祭祀飾其牛牲，設其楅衡。』鄭司農曰：『楅衡，所以楅持牛也。』杜子春云：『楅衡所以持牛，令不得抵觸人。』皆不云設於角，又〈牛人〉：『凡祭祀共其牛牲之互。』鄭司農云：『互謂楅衡之屬。』以《說文》訓梐枑爲行馬證之，行馬即今鹿角木，取其可以闌人也，則司農亦以楅衡爲闌閑之類矣！」旭昇案：行馬、鹿角木當即今拒馬之類，馬氏引《說文》段注大木不可施於角，因謂楅衡爲闌閑拒馬之類，王先謙《詩三家義集說》從之。以愚考之，其說恐非，蓋楅衡者，以大木箸牛角，其作用非防牛觸人，而實爲防牛角傷也，成公七年《春秋經》：「春王正月，鼷鼠食郊牛角，改卜牛，鼷鼠又食其角，乃免牛。」是祭牛角傷，即爲不吉，不可用以郊天祭祖矣！而牛之性好以角觸物，其角易傷，故祭牛自始繫于牢至臨祭之前，皆須設楅衡於角，以防角傷，〈閟宮〉云：「秋而載嘗、夏而楅衡。」此繫于芻牢之時也；《周禮・地官・封人》：「凡祭祀飾其牛牲、設其楅衡、置其絼、共其水槀。」此臨祭之前也，《禮記・祭義》云：「祭之日，君牽牲，穆答君，卿大夫序從，既入廟門，麗于碑。」當此之時，未聞有拒馬闌閑之

設，亦未聞有牛角觝觸人之說，《禮記・王制》：「祭天地之牛，角繭栗；宗廟之牛，角握。」祭天地、宗廟之牛以小爲貴，其角不盈握，一牛犢耳，犢性溫馴，何必設闌閑拒馬，防之如虎兕乎？又此犢牛之角方如繭、栗，不能盈握，又何能觝觸人乎？據此，楅衡之制當云：設橫木（《說文》云大木，非是）於角，防其角傷也。

三、田　禽

古者祭祀之豆實，有以天子、諸侯田獵所獲之禽獸爲之者，〈小雅・車攻〉：「徒御不驚，大庖不盈。」毛傳：「一曰乾豆，二曰賓客，三曰充君之庖。故自左膘而射之，達于右腢，爲上殺；射右耳本次之；射左髀達于右䯊爲下殺。」此謂天子諸侯田獵所獲，必以其上殺爲乾豆，享之神祖也，《禮記・王制》亦云：「天子，諸侯無事則歲三田，一爲乾豆，二爲賓客，三爲充君之庖。」《毛傳》所云，當即本於此。

祭祀之牲牷，必經牧人、充人滌養，取其毛體完好者充之，田獵所獲皆射殺之餘，毛體不全，只能乾之作醢臡，以充豆實，不得逕爲祭祀之犧牲也。據甲骨文之記載，商代祭祀所用皆牛、羊、豕、犬等家畜，田獵爲王豫遊之娛樂，所獲之禽獸無作祭祀之犧牲者（參《卜辭綜述》第十六章第七節：田獵與漁）。周承殷禮，於犧牲之要求亦與殷同，故孔穎達〈王制〉疏云：「一爲乾豆者，謂乾之以爲豆實，豆實非脯，而云乾者，謂作醢及臡，先乾其肉，故云乾豆。」此明田禽但用之爲醢臡耳，非爲犧牲也。

四、視濯、省牲、視饎爨

《儀禮・特牲饋食禮》，士祭前一日有主人視濯、省牲之儀；祭之日，夙興，有主婦視饎爨之儀。〈少牢饋食禮〉則大夫之視濯、省牲、視饎爨皆在祭之當日。至於天子、諸侯則或與士同（賈公彥〈大宰〉疏：士卑，得與人君同），所不同者，天子、后妃不親省視，而由大宰、宰夫、大宗伯、小宗伯、肆師代爲行之；諸侯、夫人或當親行之耳。《周禮・天官・大宰》：「及執事眡滌濯。」〈宰夫〉：「從大宰而眡滌濯。」〈春官・大宗伯〉：「宿視滌濯、涖玉鬯、省牲鑊。」〈肆師〉：「凡祭祀詔相其禮，眡滌濯亦如之。」是皆天子執事視濯之事。〈春官・小宗伯〉：「大祭祀省牲、視滌。祭之日逆齍、省鑊、告時于王、告備于王。」鄭玄注：「逆齍、受饎人之盛以入。省鑊、視亨腥孰。」

是天子之祭省牲、視濯在祭之前日（鄭玄〈大宰〉注以爲在祭之前夕）；而視饎爨在祭之日（賈公彥〈大宗伯〉疏以爲鑊即爨，是省鑊即視饎爨），皆執事爲之，此天子之禮也。諸侯之制，禮無明文，惟〈召南·采蘩〉之末章云：「被之僮僮，夙夜在公。」鄭玄箋：「公、事也，早夜在事、謂視濯溉、饎爨之事。《禮記》：主婦髲鬄。」孔穎達疏申之云：「早、謂祭日之晨；夜、謂祭祀之先夕之期也，先夙後夜，便文耳。夜在事、謂先夕視濯溉；早在事、謂朝視饎爨。……鄭引髲鬄與被爲一，非祭時所服，解在公爲視濯，非正祭之時也。」據此，諸侯之祭，夫人於祭之前夕視濯，於祭日之朝視饎爨也。

五、陰　厭

儀禮特牲、少牢禮於迎尸前有陰厭一節，祭畢尸起之後有陽厭一節，鄭玄〈曾子問〉注云：「祭成人，始設奠於奧、迎尸之前，謂之陰厭；尸謖之後，改饌於西北隅，謂之陽厭。」祭有陰厭、陽厭者，胡培翬《儀禮正義》卷三十五引郝敬云：「尸未入，神先降，故有陰厭；尸既出，神未散，故有陽厭。」此說申明陰陽厭之義甚精，當可從。蓋神無形象，來去無踪，尸未入時，疑神已先至；尸已出後，疑神猶在焉，故有陰厭、陽厭以安之。據此義，天子、諸侯之廟祭當亦有陰厭、陽厭。現存經傳已無法考知天子、諸侯之有無陽厭，惟其陰厭之禮則猶可稽察也，《禮記·郊特牲》云：「詔祝於室、坐尸於堂、用牲於庭、升首於室——直祭祝於主，索祭祝於祊，不知神之所在，於彼乎？於此乎？」此節備言祭祀求神之儀，「詔祝於室」在「坐尸於堂」之前，當爲尸未入前之事，即陰厭是也，《五禮通考》卷八十六秦蕙田云：「直祭祀於主、即是詔祝於室，是時方迎主入室，尚未迎尸，祝酌奠以饗神，曾子問所謂陰厭、周官所謂執明水火而祝號，鄭注云酌酒爲神奠之（旭昇案：〈少牢饋食禮〉「祝酌奠」鄭注）是也。」金鶚《天子宗廟九獻辨》亦云：「直祭祝於主是陰厭之禮，即〈特牲〉、〈少牢〉『祝酌奠』也[此時尸未入，故曰祝于主，鄭注謂在薦孰之時，非也。]此在未迎牲之前，但以酒酌奠，無牲俎。」是天子、諸侯之廟祭於尸未入前亦當有陰厭一節也。

〈小雅·信南山〉：「祭以清酒、從以騂牡，享于祖考。」〈禮運〉：「作其祝號、玄酒以祭，薦其血毛。」此二節之祭酒皆在用牲之上，說者或以爲即陰厭也，《五禮通考》卷八十六云：「祭以清酒在從以騂牡之上，正與〈禮運〉作其祝號、玄酒以祭，文在薦其血毛之上同，玄酒、清酒指酌奠之酒……祭

以清酒則祝酌奠於鉶南者也，合諸經求之，則爲始祭未迎尸之前祝酌奠，而爲陰厭信矣！」案：此天子、諸侯之陰厭，雖不見於禮經，然合〈郊特牲〉、〈禮運〉、〈信南山〉而觀之，似不可謂其必無，秦氏之說協於經文、合於禮義，當可信從。

六、升　歌

天子、諸侯行禮用樂之節次有二種：禮輕者用金奏、升歌、笙、閒歌、合樂；禮隆者用金奏、升歌、管、舞。宗廟之祭用樂從其後者，金奏所以迎王、后、賓、尸、牲之出入，以《詩經》中無王、后、賓、尸、牲出入之詩文，故本章所列儀節金奏從略；升歌所以降神，其節次當在尸入之後，行祼之前，《周禮·春官·大司樂》：「乃奏夷則、歌小呂、舞大濩，以享先妣；乃奏無射、歌夾鍾、舞大武，以享先祖。……凡樂：黃鍾爲宮、大呂爲角、大簇爲徵、應鍾爲羽、路鼓、路鼗、陰竹之管、龍門之琴瑟、九德之歌、九磬之舞，於宗廟之中奏之，若樂九變，則人鬼可得而禮矣！」鄭玄注：「先奏是樂以致其神，禮之以玉而祼焉，乃後合樂而祭之。」據鄭注，行祼之前有作樂致神一節，以周人行禮用樂之節次考之，殆即升歌也（參本節末附：〈王國維釋樂次補疏〉。頁 110）！

〈周頌·有瞽〉：「有瞽有瞽，在周之庭，設業設虡、崇牙樹羽、應田縣鼓、鞉磬柷圉，既備乃奏，簫管備舉，喤喤厥聲，肅雝和鳴，先祖是聽。」厥聲而曰喤喤，或當爲人聲（〈小雅·斯干〉：乃生男子……其泣喤喤），故何楷《詩經世本古義》曰：「厥聲、人聲，謂登歌也。」大祭祀用樂唯升歌爲人聲，餘皆樂器（參〈王國維釋樂次補疏〉），則何氏謂「喤喤厥聲」爲登歌——即升歌，當可從。

七、祼

祼者灌也，周代天子、諸侯宗廟之祭，於迎尸之後、迎牲之前，王、后、君、夫人以鬱金草汁和鬯酒以獻尸，尸受之，啐而不飲，灌之於地，以感死者之形魄，此之謂祼，《禮記·郊特牲》云：「周人尚臭，灌用鬯臭，鬱合鬯，臭陰達于淵泉。灌以圭璋，用玉氣也。既灌然後迎牲，致陰氣也。……魂氣歸於天、形魄歸於地，故祭，求諸陰陽之義也。殷人先求諸陽，周人先求諸陰。」魂氣歸於天，形魄歸於地，周人先求諸陰，故於祭祖之時先灌鬱鬯於

地，以感死者之形魄，此祼之義也。祼爲九獻之首，所以致神，故〈祭統〉
云：「獻之屬莫重於祼。」祼必灌鬱鬯，故其字或作灌，《周禮・天官・小宰》：
「凡祭祀贊王祼將之事。」鄭玄注：「祼之言灌也，明不爲飮，主以祭祀。
唯人道宗廟有祼，天地大神至尊不祼，莫稱焉，凡鬱鬯受祭之、啐之、奠之。」
案：鄭注謂天地不祼，甚是，殷墟卜辭祼作「<ruby>禓</ruby>」，从示、从廾、<ruby>畐</ruby>象祼器，
其禮用於五祀中之「祭、㞢」，等內祭，絕無用於外祭者（參島邦男《殷墟
卜辭研究》第一篇第四章第一節：五祀的祭儀。頁 266），周承殷禮，故亦唯
人道宗廟有祼，惟天地無祼之故，非以其大神至尊，實以其本無形魄可感，
故不須灌也。又鄭玄注謂「凡鬱鬯受祭之、啐之、奠之」，似謂祼不灌地，
故王夫之嘗據此義力闢鬱鬯灌地之非，《詩經稗疏》卷三「祼將」條下云：「《毛
傳》曰：『祼，灌鬯。』初未云灌之於地，自《白虎通》始有灌地降神之說
（旭昇案：見〈攷黜篇〉），唐開元禮遂舉澆酒委地之事，《集傳》爲後世流
俗所惑，而慶源輔氏爲之說曰：『先以鬱鬯灌地，求神於陰，既奠，然後取
血膋實之於蕭以燔之，以求神于陽。』則謬甚矣！〈郊特牲〉曰：『既灌然
後迎牲，致陰氣也；蕭合黍稷，臭陽達于牆屋，故既奠然後焫蕭合羶薌。』
曰既灌、又曰既奠，奠即灌也，皆用鬱鬯之謂也。……許慎曰：『奠、置祭
也。』以酒置于下基。蓋古禮不以親授爲敬，故臣執贄于君、壻將雁丁舅，
皆謂之奠。奠用鬱鬯，則謂之灌。後世不知灌義，因不知奠義，然則新婦之
棗栗亦傾之于地乎？岸然植立，取酒澆潑糞壤，等於嚄蹴，既仁人孝子所不
忍爲，且飮以養陽，澆之于土，則失其類。況云降者，自上而下之辭，若沃
灌于地，則求之地中，升而非降矣！原夫傾酒委地，所謂醊也，起于爭戰之
世要鬼設誓，倨侮忿戾者之所爲，流俗不察，用以事其祖考神祇，不知何一
陋儒循爲曲禮，而誣引古禮以循其鄙媟，試思此澆潑之頃，反之於心，於女
安乎？……鄭氏又曰：『凡鬱鬯受祭之、啐之、奠之。』始獻啐而不飮，別
於後獻之卒爵，皆以明祼之爲始獻尸也。……以觶曰奠、以瓚曰祼、用醴齊
曰朝踐、用盎齊曰醊，而用鬱齊則曰灌，灌猶酌也，非灌園、灌注之謂也。
《白虎通》誤之於前，杜預《左傳解》復因鄭司農錯訓茜酒爲以菁茅藉茜鬱
鬯（旭昇案：鄭說見《周禮・甸師》鄭玄注引，惟爲鄭大夫興之說，非鄭司
農眾也），遂謂束茅而灌以酒，承譌於後，使後世行禮者用末俗設誓醊酒之
陋習，行諸淫祀、施及郊廟，爲忍心悖理之大蠹，波流而不知革。」旭昇案：
王氏此說以祼爲尸受鬱鬯啐之奠之而已，無灌之於地之事，然〈郊特牲〉明

云「灌用鬯臭，鬱合鬯，臭陰達於淵泉」，設此鬱鬯僅奠而不灌，其臭陰如何達于淵泉乎？且尸為神象，始祼之時，尸唪而不飲，必灌之於地者，此時猶未知神已降臨與否，故尸雖已入，然猶必灌鬯於陰，爇蕭於陽，其求神之遍如此，是以首、二獻名祼，以示與他七獻不同也。姑無論漢以後祼灌之異說紛紛，即〈郊特牲〉之文已可定知祼必灌地也，故《五禮通考》卷八十七秦蕙田案云：「鄭氏謂尸受灌地降神，名為祭之，向口唪之，乃奠之於地……夫『祭之』便是灌地降神、達于淵泉矣！」金鶚《求古錄禮說・卷十三・天子宗廟九獻辨》亦云：「尸受鬱鬯即以灌地，鄭注〈小宰〉謂凡鬱鬯祭之、唪之、奠之，與求神之義不合。」

〈大雅・棫樸〉：「濟濟辟王，左右奉璋，奉璋峨峨，髦士攸宜。」鄭玄箋：「璋、璋瓚也。祭祀之禮：王祼以圭瓚，諸臣助之，亞祼以璋瓚。」案：鄭謂王祼以圭瓚，諸臣助祭以璋瓚，說見〈祭統〉：「君執圭瓚祼尸，大宗執璋瓚亞祼。」鄭注：「大宗亞祼，容夫人有故，攝焉。」是鄭義以〈棫樸〉之「左右奉璋」為諸臣奉璋瓚助行亞祼也。〈大雅・旱麓〉：「瑟彼玉瓚，黃流在中。」毛傳：「玉瓚、圭瓚也。」鄭玄箋：「黃流、秬鬯也。圭瓚之狀：以圭為柄，黃金為勺，青金為外，朱中央矣！」此述行祼所用圭瓚之狀甚詳，惜出土玉器未見此物，無從考其得失然否。

王、后行祼之時，當有二王之後來助行祼將之事，〈大雅・文王〉：「殷士膚敏，祼將于京，厥作祼將，常服黼冔。」毛傳：「殷士，殷侯也。祼，灌鬯也。將，行也。」是毛意以為文王此節述殷侯祼將于周京也。」惟此殷侯為誰？彼何為祼將于周京？毛傳均未明言。《漢書・楚元王傳》載劉向上書云：「孔子論詩，至于『殷士膚敏、祼將于京』，喟然嘆曰：『大哉天命！善不可不傳于子孫，是以富貴無常。不如是，則王公何以戒慎？明萌何以勤勉？』蓋傷微子之事周，而痛殷之亡也。」《白虎通・三正篇》云：「詩曰：『厥作祼將，常服黼冔。』言微子服殷之冠，助祭于周也。」《孟子・離婁》上引詩「殷士膚敏，祼將于京」，趙岐注云：「殷之美士執祼鬯之禮，將事于京師，若微子者。」此三家之說雖有詳略之不同，然皆以殷士為微子，與毛傳可以相發明。蓋周滅殷之後，封紂子祿父以守殷祀，其後周公以微子啓代之，封於宋，故謂微子為殷侯也。此詩言周家祭祀之時，微子服其殷之常服——黼冔，以助祭於周京，故知二王之後有至周京行祼助祭之事。

二王之後來助祭，又見於〈周頌・有客〉序：「〈有客〉，微子來朝見祖廟

也。」其首章云：「有萋有且，敦琢其旅。」陳奐《詩毛氏傳疏》云：「萋且猶蹡蹡，雙聲連緜字，傳云敬慎，此即助祭祼將之事。」又〈周頌‧振鷺〉序云：「振鷺，二王之後來助祭也。」其旨當與〈有客〉相同，皆助祭祼將之事也。

八、迎牲詔牲

王既祼之後，遂出迎牲，〈祭義〉：「祭之日，君牽牲，穆答君，卿大夫序從，既入廟門，麗于碑。」迎牲繫于碑之後當有告牲之事，〈禮器〉：「納牲，詔于庭。」孔穎達疏：「詔，告也，謂牲入在庭，以幣告神，故云詔于庭。」《左傳‧桓公六年》亦云：「聖王先成民，然後致力於神，故奉牲以告，曰：『博碩肥腯。』謂民力之普存也、謂其畜之碩大蕃滋也、謂其不疾瘯蠡也、謂其備腯咸有也。」此告牲之義也。此迎牲、告牲之事，顧棟高《毛詩類釋》云：「以上儀節，〈楚茨〉詩以『絜爾牛羊』四字該之。」

九、殺牲、薦血毛

君牽牲入廟門，告牲畢，卿大夫遂袓而殺牲，啓毛以告純，取血以告殺，〈祭義〉：「君牽牲……入廟門，麗于碑，卿大夫袓而毛牛，尚耳。鸞刀以刲，取膟膋，乃退。」鄭玄注：「毛牛尚耳，以耳毛為上也。膟膋，血與腸間脂也。」取耳毛與血者，祝將薦之於室，以示毛色純美、牲體完好，且非因故物也。〈禮器〉：「血毛詔於室。」〈禮運〉：「薦其血毛。」孔穎達疏云：「薦其血毛者，朝踐時延尸在堂，祝以血毛告於室也。」《國語‧楚語》下：「毛以示物，血以告殺。」韋昭注云：「物、色也。告殺，明不因故也。」〈郊特牲〉：「毛血、告幽全之物也；告幽全之物者，貴純之道也。」孔穎達疏云：「告幽者，言牲體肉裡美善；告全者，言牲體外色完具。」此薦血毛之義也。

〈小雅‧信南山〉：「從以騂牡，享于祖考。執其鸞刀，以啓其毛，取其血膋。」鄭箋：「毛以告純也。膋，脂膏也。血以告殺。」是即薦血毛之事也。

十、燔　燎

薦血毛之後，祝即取膋，合蕭與黍而燔燎之，使臭陽達于牆屋，以報死者之形氣，〈祭義〉：「二端既立，報以二禮，建設朝事，燔燎羶薌，見以蕭光，以

報氣也，此教眾反始也；薦黍稷，羞肝肺首心，見閒以俠甒，加以鬱鬯，以報魄也，教民相愛，上下用情，禮之至也。」鄭玄注：「二端既立，謂氣也、魄也，更有尊名云鬼神也。二禮謂朝事及薦黍稷也，朝事謂薦血腥時也；薦黍稷所謂饋食也。見及見閒皆當為覸，字之誤也。羶當為馨，聲之誤也。燔燎馨香，覸以蕭光，取牲祭脂也。光猶氣也。有虞氏祭首、夏后氏祭心、殷祭肝、周祭肺。覸以俠甒，謂雜之兩甒醴酒也。相愛用情，謂此以人道祭之也。報氣以氣，報魄以實，各首其類。」鄭氏此注區分朝事、饋食之義甚明晰，蓋朝事之時以報氣為主，故其祭以燔燎為主，煙、臭、光皆所以報陽也；饋熟之時以報魄為主，故薦黍稷、羞肝肺首心，皆可以食，此朝事、饋食之區別也。

　　燔燎之禮當合蕭、脂、黍稷三者而焚之，陳祥道《禮書》卷八十二云：「羶、膟膋之氣也；薌、黍稷之氣也，蕭合膟膋、黍稷而燔燎之，在朝事之節。」是〈祭義〉之「燔燎羶薌、見以蕭光」本包含蕭、脂、黍稷也，鄭玄注燔燎不言黍稷者，恐文有不備也。

　　〈大雅・生民〉：「取蕭祭脂。」毛傳：「嘗之日……取蕭合黍稷，臭達牆屋。既奠，然後爇蕭合馨香也。」此即朝踐時燔燎之事。詩不言黍稷者，文不備也，〈郊特牲〉云：「蕭合黍稷，臭陽達于牆屋，故既奠然後焫蕭合羶薌。」此亦燔燎，而不言脂，故孔穎達〈生民〉疏云：「此言祭脂，彼不言脂；彼言黍稷，此不言黍稷，皆文不具耳。」

十一、割　牲

　　薦血毛畢，君親制祭。夫人奠盎，天子之祭此時王行三獻、后四獻；諸侯之祭則夫人獻，君不獻（參〈禮運〉孔疏）。然後君親割牲，割牲首升於室，豚解牲體為七，以俎盛之進於尸前，又取牲之右體，分為十一塊，以湯爛之使半熟，然後薦於尸前，此皆朝踐之節，故薦腥、薦爛皆未為熟物，尚不可食，明唯取其腥氣以歆享神而已。〈郊特牲〉：「君再拜稽首，肉袒親割，敬之至也。服也，拜服也：稽首、服之甚也；肉袒、服之盡也。」是君肉袒割牲者，所以示敬之至也。〈禮運〉：「腥其俎，孰其殽。」鄭玄注：「腥其俎、謂豚解而腥之；孰其殽、謂體解而爛之。」孔穎達疏：「腥其俎者、謂朝踐時既殺牲，以俎盛肉進於尸前也；孰其殽者，殽、骨體也，孰謂以湯爛之，以其所爛骨體進於尸前也。……案〈士喪禮〉小斂之奠，載牲體：兩髀、兩肩、兩胉、並脊凡七體也。〈士虞禮〉：『主人不視豚解。』注云：『豚解，解前後

脛、脊、脅而已。』是豚解七體也。體解，則〈特牲〉、〈少牢〉所升於俎以進者是也。案：〈特牲〉九體：肩一、臂二、臑三、肫四、骼五、正脊六、橫脊七、長脅八、短脅九。〈少牢〉則十一體，知以脡脊、代脅爲十一體也，是分豚爲體解。此孰其殽謂體解訖，以湯爓之，不全熟，次于腥而薦之堂。」是腥其俎者，謂割牲體爲七大塊，以俎盛此生肉進于尸前也；孰其殽者，謂割牲體爲十八、或二十二塊，取其右體，爓之半熟，進於尸前也（體解：〈特牲〉左右各九體、共十八塊；〈少牢〉左右各十一體，共二十二塊。唯用右體者，〈少牢饋食禮〉「升羊右胖」、鄭玄注：「上右胖，周所貴也。」胖即半體也，解見《説文》。是周代宗廟薦牲以右半體爲上也，詳參夏炘《學禮管釋·釋牲體左右胖升載分合》）。知薦爓在朝事節，其俎未全熟者，〈祭義〉云：「爓祭、祭腥而退。」孔穎達疏：「此腥肉即〈禮運〉云腥其俎也，爓肉即〈禮運〉云孰其殽也，並當朝踐之節，此先云爓者，記者便文耳。」又〈郊特牲〉云：「腥肆、爓、脀，豈知神之饗也？主人自盡其敬而已矣！」鄭玄注：「脀、孰也。」是祭牲本有薦腥、薦爓、薦脀三節，惟薦脀爲熟俎，其餘皆生俎也。

　　〈小雅·楚茨〉：「或剝或亨、或肆或將。」毛傳：「亨、飪之也。肆、陳、將、齊也。或陳于互、或齊其肉。」互者所以懸肉，若今屠家懸肉架（見《周禮·牛人》鄭注），謂既割牲乃陳之于互，又就互上而齊其肉也。是毛意以「或亨」爲合烹，以「或剝、或肆、或將」爲割牲。若鄭意則與毛不同，鄭箋云：「祭祀之禮，各有其事，有解剝其皮者、有煮熟之者、有肆其骨體於俎者、或奉持而進之者。」是鄭意以或剝爲割牲、或亨爲爓之、或肆爲陳骨體、或將爲薦，則〈楚茨〉此節所述皆割牲、薦爓時事，其義似較毛傳於割牲中橫插一合烹爲長也。又鄭玄此箋「或亨」以下不得屬饋熟時，蓋〈楚茨〉此節文在祊祭之上，故「或亨、或肆、或將」猶是薦爓，未至薦熟也。

十二、祊　祭

　　祊祭爲朝事之末，饋食之前，孝子使祝祭于門內之禮，其義主爲求神，朝踐以神道事其祖，神本飄忽無形，雖已薦腥、薦爓矣，然猶恐神未降格，故使祝求之於門內先祖生前所旁皇處，此即祊祭。惟自鄭玄注禮祊繹不分，祊義即趨沈晦不明，蓋鄭玄注禮，以爲祊即繹之一部，爲祭之明日祝求神於廟門外之西室之禮；其箋詩則又以祊爲孝子不知神之所在，故使祝博求於門內之旁、待賓之處之禮，而不言其時。二說不同，致令後人異見歧出、莫衷

一塗。《禮記‧禮器》：「設祭于堂，爲祊乎外，故曰：於彼乎？於此乎？」鄭玄注：「祊，祭明日之繹祭也。」〈郊特牲〉：「孔子曰：『繹之於庫門內，祊之於東方，朝市之於西方，失之矣！』」鄭玄注：「祊之禮宜於廟門外之西室，繹又於其堂，神位在西也，此二者同時，而大名曰繹。」〈郊特牲〉又云：「直祭祝於主，索祭祝於祊，不知神之所在，於彼乎？於此乎？或諸遠人乎？祭於祊，尙曰：求諸遠者與？」鄭玄注：「謂之祊者，以於繹祭名也。」〈祭統〉：「詔祝于室，而出于祊，此交神明之道也。」鄭玄注：「出於祊，謂索祭也。」以上四記，鄭玄注皆以祊即繹之一部（鄭注明謂〈祭統〉之「出于祊」即〈郊特牲〉之「索祭祝于主」，而孔穎達〈祭統〉疏以「出于祊」爲明日之繹祭，〈郊特牲〉疏以「索祭祝于主」爲當日之正祭，恐非鄭義）。〈小雅‧楚茨〉：「祝祭于祊，祀事孔明。」毛傳：「祊、門內也。」鄭箋：「孝子不知神之所在，故使祝博求之平生門內之旁，待賓客之處。」此箋雖未明言祊在何日，然既謂祊在門內之旁，則顯與〈郊特牲〉注謂在廟門外西室不同矣！故孔穎達〈郊特牲〉疏云：「祊有二種：一是正祭之時，既設祭于廟，又求神于廟門內，詩〈楚茨〉云：『祝祭于祊。』注云：『門內平生待賓客之處。』與祭同日。二是明日繹祭之時，設饌于廟門外西室，亦謂之祊，即上文云：『繹之於東方。』注云：『祊之禮宜于廟門外之西室。』是也！」

孔氏祊祭有二之說雖出鄭玄，然鄭玄箋詩、注禮本不同時，其注禮在先，箋詩在後，故詩箋禮注之說時有不同，而多以詩箋爲正（可參桂文燦《鄭氏詩箋禮注異義考》）。今考鄭玄注禮謂祊在廟門外之西室，而爲繹之一部，實無所據，且與經義不合，金鶚《求古錄禮說‧補遺‧祊繹辨》云：「經典言祊皆在正祭之時，詩〈楚茨〉云『祝祭于祊』，次于『或剝或亨、或肆或將』之下，其在正祭時甚明。〈郊特牲〉：『直祭祝于主，索祭祝于祊，不知神之所在，于彼乎？于此乎？』此亦可見在正祭之時。〈禮器〉云：『設祭于堂，爲祊乎外，故曰：于彼乎？于此乎？』此文與〈郊特牲〉相似，皆言求神非一處，亦可知在正祭時也，皆與繹祭無涉。《春秋‧宣八年‧經》：『壬午猶繹。』三傳皆不言祊。〈周頌〉序：『絲衣，繹賓尸也。』亦不言祊。《爾雅》云：『繹，又祭也。周曰繹，商曰肜，夏曰復胙。』亦不言祊，是祊與繹判然各異矣！〈郊特牲〉：『孔子曰：繹之於庫門內，祊之於東方，朝市之於西方，失之矣！』此言三事皆失，繹與祊各爲一事也。若以祊繹爲一事，豈朝市亦得爲繹乎？」金氏此說辨祊與繹爲判然二事，說極明晰可從，是祊即繹、祊祭有二之說皆

不可信也。又秦蕙田《五禮通考》卷八十七云：「〈郊特牲〉云：『索祭祝于祊。』祊稱索祭，乃是求神之祭，求神乃朝踐之事，孝子不知神之所在，故裸鬯以求諸陰、燔燎以求諸陽、祊祭以求諸陰陽之間，斯時事尸于堂，薦腥、薦爓，無有飲食之事，固是尚氣，恐神之尚未憑依也，故曰：『于彼乎？于此乎？』至饋食則事尸于室，以人道飲食之，曰『神嗜飲食』、曰『神具醉止』，則尸實神所憑依，而無恍惚求索之語矣！……朱子《經傳通解》、馬氏《文獻通考》俱以『祝祭于祊』列于既徹之後，似正祭畢而後行祊祭者，恐非其序矣！」秦氏此說申明祊祭之禮義，最為精覈，則祊祭在朝踐之末，而為正祭之一節，殆已無可置疑。

祊祭之儀式當甚簡單，惟使祝酌奠，無牲俎，金鶚〈祊繹辨〉云：「〈郊特牲〉以『索祭祝于祊』與『直祭祝于主』連文，其禮當相類。直祭祝于主是陰厭之禮（旭昇案：參（五）陰厭條），即特牲、少牢祝酌奠也，此在未迎牲之前，但以酒酌奠，無牲俎，祊祭亦宜然也。繹祭主人必親，而祊言祝祭，蓋第使大祝為之，主人不親也。」

祊祭之所在，共有二說：〈楚茨〉毛傳云：「祊，門內也。」鄭箋與毛傳同義。《說文》：「祊：門內祭先祖之所旁皇也。祊，祊或从方。」此主祊在廟門內者也。鄭玄〈郊特牲〉注云：「祊之禮宜在廟門外之西室。」此主祊在廟門外者也。二說不同，經傳皆無文可以斷其是非，惟黃以周《禮書通故》第十七〈肆獻裸饋食禮通故〉三云：「據『尸在廟門外則疑乎臣、疑乎子』（旭昇案：〈祭統〉文），故主人迎送尸皆以廟門為斷，則祭不得出廟門可知。繹祭不宜在廟外，金氏已言之（旭昇案：見金鶚〈祊繹辨〉），祊祭亦宜在廟門內，〈祭統〉『而出乎祊』對上『詔祝于室』言之，出謂出室、非謂出廟門；〈禮器〉『為祊乎外』對上『設祭于堂』言之，門在堂外，亦未見出廟門，當以古文家『祊、門內』之說為長。」黃氏此說自「祭不出廟門」斷祊在門內，甚合禮義，當可從。又自宮室廟寢之制言之，周代廟門內有東塾、西塾，此於禮經屢見不鮮，《尚書・顧命》：「先輅在左塾之前，次輅在右塾之前。」孔穎達疏：「左塾者謂門內之西，右塾者謂門內之東。」左塾即西塾、右塾即東塾，皆在門內也。謂廟門外當東西塾處亦有堂室，始於鄭玄〈郊特牲〉注及〈士冠禮〉注，然於經傳皆無徵，恐不可從（參鄭良樹《儀禮宮室考》第二章第十三節），據此，祊亦當在廟門內。

〈小雅・楚茨〉：「祝祭于祊，祀事孔明，先祖是皇，神保是饗，孝孫有

慶，報以介福，萬壽無疆。」此祊祭也，其義具已論之於上，茲不贅述。

十三、合 烹

祊祭既畢，自合烹以下為饋食，〈特牲饋食禮〉鄭注云：「祭祀自孰始曰饋食，饋食者，食道也。」蓋祊祭以上旨在求神，故祼鬯時臭陰達於淵泉、燔燎時臭陽達於牆屋、薦腥、薦爓，貴氣報陽，皆不可飲食，故〈郊特牲〉云：「腥肆爓腍，豈知神之所饗也，主人自盡其敬而已矣！」又云：「至敬不饗味，而貴氣臭也。」及祊祭畢，神既降格，遂以人道事之，故鄭玄云：「饋食者，食道也。」

《禮記・禮運》：「玄酒以祭，薦其血毛，腥其俎，孰其殽，……而退而合亨，體其犬豕牛羊，實其簠簋籩豆鉶羹。」孔穎達疏：「此論祭饋之節，然後退而合亨者，前明薦爓既未孰，今至饋食，乃退取曏爓肉，更合亨之令孰，擬更薦尸。又尸俎唯載右體，其餘不載者、及左體等，亦于鑊中亨煮之，故云合亨。」

〈小雅・楚茨〉：「執爨踖踖，為俎孔碩。」毛傳：「爨，雍爨、廩爨也。」爨即竈，雍爨以羊烹、豕、魚、腊，廩爨以烹黍稷（見〈少牢饋食禮〉「廩爨在雍爨之北」鄭玄注），陳奐《詩毛氏傳疏》云：「特牲士禮有牲爨，魚、腊爨，則天子大牢，其雍爨更有牛爨矣！」為俎孔碩者，碩、大也，大俎猶〈閟宮〉之大房，〈魯頌・閟宮〉云：「毛炰胾羹，籩豆大房。」毛傳：「大房，半體之俎也。」蓋大房即大俎也，〈明堂位〉云：「俎，有虞氏以梡、夏后氏以嶡、殷以椇、周以房俎。」是房俎為周俎之稱，大房俎者稱曰大房。云大房、云為俎孔碩，皆謂尸俎。據〈特牲饋食禮〉，尸俎有：右肩、臂、臑、肫、胳、正脊二骨、橫脊、長脅二骨、短脅、膚三、離肺一、刌肺三、魚十有五、腊如牲骨。而祝俎唯有：髀、脡脊三骨、脅二骨、膚一、離膚一。其餘祚俎、主婦俎皆與祝俎相近，而遠不如尸俎之豐厚多品也，故何楷《詩經世本古義》曰：「此詩以孔碩言俎，蓋專指尸俎。」

十四、詔羹定

詔、告也。烹肉既熟，乃先以俎盛之，告神於堂，此之謂詔羹定，〈禮器〉：「羹定，詔於堂。」孔穎達疏：「羹、肉湆也。定、孰肉也。謂煮肉既孰，將迎尸、主入室，乃先以俎盛之，告神于堂，是薦孰未食之前也。」

〈商頌・烈祖〉：「亦有和羹，既戒且平。」鄭玄箋：「和羹者，五味調，

腥孰得節。」呂祖謙《家塾讀詩記》云：「《儀禮》于祭祀燕享之始，每言羹定，蓋以羹熟爲節，然後行禮，定即『戒』、『平』之謂也。」

十五、下　管

《禮記・祭義》：「反饋樂成。」鄭玄注：「反饋，是進孰也。」是反饋進孰之時有樂也。《周禮》大祭祀用樂惟金奏、升歌、下管三節，金奏用於迎王、后、賓、尸、牲之出入；升歌用於祼前迎神，則此進孰時所用樂當爲下管也。進孰時所包含時間甚長，自五獻至九獻皆是，管當訖於何時，經無明文，今以理推之，管舞相連，舞始於從獻之後，則管當止於從獻也。詳參後附：〈王國維釋樂次補疏〉，頁 110。

十六、妥　尸

詔羹定之後，祝延尸入室，主人妥之使安坐，遂行饋獻之禮，此之謂妥尸。〈郊特牲〉：「舉斝角，詔妥尸。」鄭玄注：「天子奠斝，諸侯奠角。」孔穎達疏：「饋食薦孰之時，尸未入，祝先奠爵于鉶南，尸入，即席而舉之，如〈特牲禮〉陰厭後尸入舉奠焉。詔、告也，尸始即席舉奠斝角之時，未敢自安，祝當告主人拜尸、使尸安坐，是詔妥尸也。」

〈小雅・楚茨〉：「我食既盈，我庾維億，以爲酒食，以享以祀，以妥以侑，以介景福。」毛傳：「妥，安坐也。」以妥殆即妥尸。

十七、薦黍稷加肺

《禮記・郊特牲》：「祭黍稷加肺，報陰也。」〈祭義〉：「薦黍稷，羞肝、肺、首、心，見閒以俠甒，加以鬱鬯，以報魄也。」報魄與報陰同義，鄭玄注：「薦黍稷，所謂饋食也。……有虞氏祭首、夏后氏祭心、殷祭肝、周祭肺。」是〈郊特牲〉與〈祭義〉所述，皆爲薦孰之初先進黍稷加肺也，其事一名綏祭，一名隋（墮）祭，鄭玄〈郊特牲〉注云：「祭黍稷加肺，謂綏祭也。」〈曾子問〉：「攝主不綏祭。」鄭玄注：「綏、周禮作墮。」《周禮・守祧》：「既祭則藏其隋。」鄭玄注：「隋、尸所祭肺脊黍稷之屬。」

〈小雅・信南山〉：「是烝是享，苾苾芬芬。」何楷《詩經世本古義》云：「此時始薦黍稷，饋食之薦不止于黍稷，而獨言苾芬者，祭以黍稷爲主也。」

十八、侑　尸

綏祭畢，遂進俎豆於尸，尸飯，祝乃侑勸之，〈特牲饋食禮〉：「尸三飯，告飽，祝侑……尸又三飯，告飽，祝侑之如初……尸又三飯，告飽，祝侑之如初。」鄭玄注：「侑，勸也，或曰：又，勸之使又食。」此為士禮，尸三飯而侑，九飯三侑。〈少牢饋食禮〉：「三飯……尸又食……又食……又食……又食……，尸告飽……祝獨侑，不拜……尸又食……告飽……主人不言，拜侑，尸又三飯。」此大夫禮也，尸七飯而侑，十一飯而畢。賈公彥〈少牢饋食禮〉據此推諸侯九飯而侑，十三飯而畢；天子十一飯而侑，十五飯而畢，理或然也。

〈小雅・楚茨〉：「以享以祀，以妥以侑。」毛傳：「侑，勸也。」是「以侑」即侑尸也。

十九、從　獻

儀禮〈特牲〉、〈少牢饋食禮〉於尸卒飯，主人初獻、主婦亞獻之後，皆有賓長、兄弟從而獻炙肝、燔肉之禮，謂之從獻。同理，天子、諸侯之祭，於尸卒飯，王五獻、后六獻之後，亦當有從獻燔炙之禮，〈小雅・楚茨〉：「執爨踖踖，為俎孔碩，或燔或炙。」鄭箋：「燔，燔肉也。炙，肝炙也。皆從獻之俎也。」何楷《詩經世本古義》曰：「燔是近火燒之，如今之燒肉，火焰之所及也。炙、舉也，以物貫於火上而炙之也。呂祖謙曰：為俎孔碩謂薦孰也，或燔或炙謂從獻也。」是從獻燔炙在薦孰之後可知。又〈魯頌・閟宮〉云：「毛炰胾羹，籩豆大房，萬舞洋洋，孝孫有慶。」毛炰，謂不去毛而炙肉也，《說文》：「炮，毛炙肉也。」段玉裁注：「毛炙肉謂肉不去毛炙之也……炰與炮皆炮之或體。」炰為炮之或體，乃燒肉之稱，故〈小雅・瓠葉〉之二章云「炮之燔之」、三章云「燔之炙之」、四章云「燔之炮之」，皆炮燔炙並稱，是毛炰亦燔炙之類也。以意推之，薦孰之牲俎皆以烹，惟從獻之俎以燔炙，則此毛炰或亦進於從獻之時也。

二〇、舞

《禮記・祭統》：「夫大嘗禘、升歌清廟、下而管象，朱干玉戚以舞大武、八佾以舞大夏。」（〈明堂位〉說略同）是天子、諸侯之祭皆有舞，惟舞在祭之何節，經傳皆無明文，今考〈魯頌・閟宮〉云：「毛炰胾羹、籩豆大房，萬

舞洋洋，孝孫有慶，俾爾熾而昌。」毛炰爲從獻之俎（見上節），孝孫有慶以下爲受嘏（見下節），而萬舞洋洋在其中，則周代天子、諸侯之祭或當從獻之後興舞，舞畢王七獻、尸酢王、尸命祝嘏王也。詳參本節末附：〈王國維釋樂次補疏〉。

二一、嘏

少牢饋食禮於主人酳尸畢、尸酢主人時有尸命祝致嘏一節，今經傳雖無王七獻後尸酢主人之遺文，然詩中猶有工祝致嘏之節次，與〈少牢〉尸命祝嘏相當，〈小雅・天保〉：「禴祠烝嘗，于公先王，君曰卜爾，萬壽無疆！」毛傳：「君，先君也。卜、予也。」鄭箋：「君曰卜爾者，尸嘏主人，傳神辭也。」是〈天保〉之「卜爾萬壽無疆」爲嘏辭也。〈小雅・楚茨〉：「我孔熯矣！式禮莫愆，工祝致告：徂賚孝孫，苾芬孝祀，神嗜飲食，卜爾百福，如幾如式，既齊既稷，既匡既勑，永錫爾極，時萬時億。」鄭玄箋：「卜、予也。苾苾芬芬、有馨香矣！女之以孝敬享祀也，神乃歆嗜女之飲食，今予女之百福，其來如有期矣！多少如有法矣！此皆嘏辭之意。齊、減取也。稷之言即也。永、長。極、中也。嘏之禮：祝徧取黍稷、牢肉魚，擩于醢以授尸，孝孫前就尸受之。天子使宰夫受之以筐，祝則釋嘏辭以勑之，又曰：長賜女以中和之福，是萬是億。言多無數。」案：鄭注分「工祝致告」以下爲三段，以「如幾如式」以上、「永錫爾極」以下皆嘏辭，而以「既齊既稷，既匡既勑」二句爲天子命宰夫以筐受黍稷牢肉魚於尸，使全詩文義斷爲三節，不相連貫。鄭氏此說不知何所本，蓋「天子命宰夫以筐受尸牢」之說，不見於經傳載籍，今本《周禮・宰夫》亦無此職，鄭玄以「既齊既稷、既匡既勑」爲述嘏禮，使廁于嘏辭之間，恐非詩義。依詩義，「苾芬孝祀，神嗜飲食」爲神美孝孫祭品豐隆芳潔也；「既齊既稷、既匡既勑」爲神美孝孫態度恭莊齊敬也；「卜爾百福，如幾如式」、「永錫爾極，時萬時億」爲神賜福於孝孫也，以上八句皆當爲嘏辭，故朱子《詩集傳》云：「祝致神意以嘏主人曰：『爾飲食芳潔，故報爾以福祿，使其來如幾，其多如法；爾禮容莊敬，故報爾以眾善之極。使爾無一事而不得乎此。』各隨其事而報之以其類也。」其義似較鄭箋爲長。又〈魯頌・閟宮〉云：「秋而載嘗，夏而楅衡，白牡騂剛、犧尊將將，毛炰胾羹，籩豆大房，萬舞洋洋，孝孫有慶——俾爾熾而昌、俾爾壽而臧、保彼東方、魯邦是常，不虧不崩、不震不騰，三壽作朋，如岡如陵。」鄭箋：「此皆慶孝孫

之辭。陳奐《詩毛氏傳疏》云：「此以下皆嘏辭也。」蓋「俾爾熾而昌」以下八句，承上秋嘗諸祭儀之後，其為嘏辭，自無可疑，孔穎達疏以下章用兵之後亦有此慶（謂「俾爾昌而熾、俾爾壽而富」數句，文辭略相近者，承上嘏辭之義耳），故謂此數句為「作者以意慶之，非嘏辭也」，似嫌過泥！

二二、旅　酬

九獻之禮畢，當有旅酬一節，〈特牲饋食禮〉於三獻之後，主人獻賓、賓酢主人、主人酬賓；又兄弟、弟子獻長兄弟、賓酬長兄弟，長兄弟、眾賓受旅，是為旅酬。天子之祭則於九獻之後旅酬，〈禮器〉：「周旅酬六尸。」孔穎達疏：「旅酬六尸，謂祫祭時聚群廟之祖于太祖后稷廟中，后稷在室西壁，東向，為發爵之主，尊，不與子孫為酬酢。餘自文武二尸就親廟中為六，在后稷之東，南北相對為昭穆，更相次序以酬也。」據此，眾尸亦有旅酬也，又〈祭統〉云：「凡賜爵：昭為一，穆為一，昭與昭齒，穆與穆齒，凡群有司皆以齒。」鄭玄注：「昭穆猶〈特牲〉、〈少牢〉之眾兄弟也，群有司猶眾賓，下及執事者，君賜之爵，謂若酬之。」孔穎達疏：「鄭知賜爵為酬者，以獻時不以昭穆為次，此列昭穆，故知為酬也。」

〈小雅‧楚茨〉：「為賓為客，獻醻交錯，禮儀卒度，笑語卒獲。」鄭玄箋：「始主人酌賓為獻，賓既酢主人，主人又自飲酌賓為醻，至旅而爵交錯以徧。卒、盡也。古者於旅也語。」是此節所述為旅酬之事，「古者於旅也語」，見〈儀禮‧鄉射‧記〉。蓋未旅酬以前，壹獻之禮，賓主百拜，不吳不敖，場面極為嚴肅。至旅酬之時，正祭結束，即將燕私，可以笑語交談矣，故詩云「禮儀卒度，笑語卒獲」也。

二三、告利成

〈特牲〉、〈少牢饋食禮〉旅酬畢，祝遂告利成，尸出。鄭玄〈特牲〉注云：「利、猶養也，供養之禮成。」天子、諸侯之禮亦然，〈小雅‧楚茨〉：「禮儀既備，鐘鼓既戒，孝孫徂位，工祝致告，神具醉止，皇尸載起，鼓鐘送尸，神保聿歸。」毛傳：「告，告利成也。」鄭玄箋：「祭禮畢，孝孫往位，堂下西面位也，祝於是致孝孫之意，告尸以利成。」案：以〈特牲〉、〈少牢〉禮推之，祝當告利成於主人，非告於尸也，蓋神尸已醉欲歸，故命祝告主人也。若主人命祝告尸以利成，則失其敬矣！故朱《集傳》云：「致告，祝傳尸意，告利成於主

人。」其說是也。

又，尸出當奏肆夏，以詩「鼓鐘送尸」考之，肆夏唯以鐘（或加鼓，詩云「鐘鼓既戒」）奏之，非頌之族類也。詳參本節末附：〈王國維釋樂次補疏〉，頁110。

二四、徹

尸出徹饌，〈小雅・楚茨〉：「諸宰君婦，廢徹不遲。」鄭玄箋：「尸出而可徹，諸宰徹去諸饌，君婦籩豆而已。不遲，以疾為敬也。」汪師雨盦《詩集傳斠補》云：「《周官・九嬪》曰：『贊后薦、徹豆籩。』君婦者，群婦也，九嬪也，《白虎通》：『君之為言群也。』言后而曰群婦不斥言，正詩人立言之謹也。」

二五、燕　私

祭祀畢，賜賓客以膰肉，而同姓則留之與燕，《孟子・告子・下》：「孔子為魯司寇，不用；從而祭，膰肉不至。」據此，從祭者畢當有膰肉也。〈小雅・楚茨〉：「諸父兄弟，備言燕私，樂具入奏，以綏後祿，爾殽既將，莫怨具慶。」鄭玄箋：「祭祀畢，歸賓客之俎，同姓則留與之燕。」是祭祀既畢，同姓之諸父兄弟留與之燕，異姓賓客及尸則於明日繹祭畢有燕賓尸之禮也，詳見下節。

二六、繹賓尸

〈少年饋食禮〉於祭畢尸出之後又有儐尸之禮，即《儀禮・有司徹》所述是也，鄭玄〈有司徹〉注云：「卿大夫既祭而儐尸，禮崇也。」胡培翬《儀禮正義》云：「通篇儐尸之儐或作儐、或作賓，當以儐為正，儐亦禮之之意……吳氏廷華云：『徹而賓尸，蓋以紓其象神之勞。』蔡氏德晉云：『〈祭統〉云：天子之祭與天下樂之，諸侯之祭與竟內樂之。然則大夫之儐尸亦率其賓客、宗族、家臣以樂尸也。』」蓋行祭之時，神尸三獻，賓主百拜，雖強有力者，亦云勞矣！故於正祭既畢，設燕以紓尸、賓之勞、此儐之義也。

大夫無再祭之事，故其儐尸之禮自迎尸之後，賓主獻酬交錯，以迄無算爵，皆以燕飲為主。若天子、諸侯之祭，則祭之明日有又祭之禮，其名為繹，繹畢遂行儐尸之禮，《爾雅・釋天》：「繹，又祭也，周曰繹，商曰肜。」肜於

卜辭作「彡」,島邦男《殷墟卜辭研究》第一篇第四章第一節云:「彡祀乃前夕祭、肜日祭、明日祭三祀的總名,而繹是指其中的明日祭,乃籥的假借。」據此,周之繹祭當承自商之彡祭,《春秋・宣公八年・經》:「六月辛巳,有事于大廟,仲遂卒于垂。壬午,猶繹,萬入去籥。」有事,謂有宗廟之祭也。壬午為辛巳之次日,壬午猶繹,是辛巳祭之明日又祭也。萬為宗廟之祭厹衍列祖之大舞(參後附〈王國維釋樂次補疏〉,頁 110),繹既用萬,則知其為宗廟之祭,非如卿大夫儐尸之徒為燕飲也。

〈周頌・絲衣〉序:「絲衣,繹賓尸也。」鄭箋:「繹、又祭也。天子諸侯曰繹,以祭之明日;卿大夫曰賓尸,與祭同日。」案:繹為又祭,賓尸燕而不祭,二者不同,鄭箋以賓尸擬繹,其義不安,金鶚〈祊繹辨〉云:「繹與賓尸別,蓋繹所以事神、賓尸所以事尸,與正祭曰尸以象神者殊也。大夫士無繹祭,故賓尸在當日(旭昇案:據〈特牲饋食禮〉,士卑,禮無賓尸);天子諸侯有繹祭,故賓在明日。〈絲衣序〉所謂繹賓尸者,既繹而又賓尸也。」夫繹之名是否包含賓尸,已難考定,據《儀禮》,卿大夫之賓尸為「少牢饋食禮」之一節,則天子諸侯之賓尸似亦為繹之一節,詩序但言「絲衣,繹也」即已具足,然以絲衣之詩兼敘祭與賓尸,故序特為標明也,詩云:

　　絲衣其紑,載弁俅俅,自堂徂基,自羊徂牛,鼐鼎及鼒。
　　兕觥其觩,旨酒思柔,不吳不敖,胡考之休。

此詩前五句言繹祭宗廟之潔慎,毛傳:「絲衣,祭服也。」故知前五句言祭也。後四句言祭末賓尸時飲酒之靖恭,鄭箋:「繹之旅,士用兕觥,變於祭也。」據此,賓尸燕飲在繹末,則賓尸為繹之一部分,從可知也。

又〈大雅・鳧鷖〉亦述賓尸之事,其詩云:

　　鳧鷖在涇,公尸來燕來寧,爾酒既清,爾殽既馨,公尸燕飲,福祿來成。
　　鳧鷖在沙,公尸來燕來宜,爾酒既多,爾殽既嘉,公尸燕飲,福祿來為。
　　鳧鷖在渚,公尸來燕來處,爾酒既湑,爾殽伊脯,公尸燕飲,福祿來下。
　　鳧鷖在潀,公尸來燕來宗,既燕于宗,福祿攸降,公尸燕飲,福祿來崇。
　　鳧鷖在亹,公尸來止熏熏,旨酒欣欣,燔炙芬芬,公尸燕飲,無有後艱。

鄭玄箋首章云:「涇,水名也,水鳥而居水中,猶人為公尸之在宗廟也,故以喻焉。祭祀既畢,明日又設禮而與尸燕。」案:鄭氏謂此詩為祭之明日又設禮燕尸,即賓尸是也,惟謂涇為水名則恐非是,段玉裁《詩經小學》云:「此篇涇沙渚潀亹一例,不應涇獨為水名。鄭箋:涇,水中也（今本誤作水名也）。故下云水鳥而居水中,是直接水中二字。改作水名,則不貫矣!下章傳:沙、水旁

也。箋云：水鳥以居水中爲常，今出在水旁。承上章在涇爲言。《爾雅》：直波爲涇。郭注：涇、泜。《釋名》：水直波曰涇，涇，徑也、言如道徑也。《莊子・秋水》篇：涇流之大，兩涘渚涯之閒不辨牛馬。司馬彪云：涇、通也。義皆與此詩合。涇徑字同謂大水中流徑直孤往之波，故箋云：涇、水中也。」段氏釋涇爲水中，其義甚是，此詩五章皆以鳧鷖在水中、水旁起興，而與本詩內容無關，故毛傳於此詩五章皆未明注其爲何祭，孔疏推毛義云：「經五章，毛以爲皆祭宗廟。」若鄭箋則與此不同，鄭箋首章云：「水鳥而居水中，猶人爲公尸之在宗廟也。」是其意以首章爲宗廟之尸；鄭箋二章云：「水鳥以居水中爲常，今出在水旁，喻祭四方百物之尸也。」是其意以次章爲祭四方百物之尸；鄭箋三章云：「水中之有渚，猶平地之有丘也，喻祭天地之尸也。」是其意以三章爲祭天地之尸也；鄭箋四章云：「潨、水外之高者也，有壅埋之象，喻祭社稷山川之尸。」是其意以四章爲祭社稷山川之尸也；鄭箋五章云：「亹之言門也，燕七祀之尸於門戶之外，故以喻焉。」是其意以五章爲祭七祀之尸也。鄭玄以興爲比，故謂鳧鷖在涇、沙、渚、潨、亹，分喻宗廟、四方百物、天地、社稷山川、七祀之尸，然而此篇既爲繹賓尸之詩，一篇之中而有五種尸，則此繹之昨日爲何祭乎？豈一日而行五種祭禮，而於次日同繹此五種祭禮之尸乎？恐必不然矣！馬瑞辰《毛詩傳箋通釋》云：「（箋）分二章爲祭四方百物、三章祭天地、四章祭社稷山川、卒章祭七祀，未若從毛傳皆爲祭宗廟爲確。……〈禮器〉：『周旅酬六尸。』鄭注：『后稷之尸發爵不受旅。』正義言文武二尸及親廟尸凡六。案：六尸連后稷尸凡七，蓋兼文武二祧而言，若成王時文武尚在四親廟中，連后稷尸凡五……此詩五言公尸，正合五尸之數，一證也。《爾雅》：『繹、又祭也。周曰繹、商曰肜、夏曰復胙。』《易林》『鳧鷖遊涇，君子以寧，復德不忒，福祿來成』義本此詩，復德者、蓋取繹日復祭之義，二證也。宣八年《公羊》何注：『天子諸侯曰繹，大夫曰賓尸，士曰宴尸。』名與禮雖各異，要其爲燕尸則同，詩五章皆云公尸燕飲，正宴尸之事，三證也。〈禮器〉：『周坐尸，詔侑武方。』鄭注：『武讀曰無，聲之誤也。方猶常也，告尸行節，勸尸飲食無常，若孝子之爲也。』〈有司徹〉上大夫賓尸，坐尸侑于堂，酳而獻尸，《易林》『公尸侑食，福祿來處』，義本此詩，與〈禮器〉、〈有司徹〉合，四證也。古者祭天地社稷雖皆有尸，如《尚書大傳》曰：『舜入唐郊，丹朱爲尸。』《國語》：『晉祀夏郊，董伯爲尸。』蓋皆配者之尸，然不聞有賓尸之禮。繹而賓尸，惟于宗廟見之，此詩言既燕

于宗，五證也。得此五證，可決其爲宗廟繹祭之詩矣！」馬氏此論極爲詳賅，是繹爲宗廟又祭、〈鳧鷖〉爲繹賓尸之詩，殆已無可置疑。

附：王國維「釋樂次」補疏

一、緒　言

《論語・泰伯篇》云：「興於詩、立於禮、成於樂。」周代詩、禮、樂三者之關係極爲密切，蓋周代禮必用樂（唯婚禮、凶禮除外，參後附樂次表，頁125），樂必用詩，故〈鹿鳴〉、〈四牡〉、〈皇皇者華〉、〈魚麗〉、〈南有嘉魚〉、〈南山有臺〉、〈關雎〉、〈葛覃〉、〈卷耳〉、〈鵲巢〉、〈采蘩〉、〈采蘋〉、及六笙詩，用於〈鄉飲酒禮〉、〈鄉射禮〉、〈燕禮〉，明載於《儀禮》；〈清廟〉用於養老、大嘗禘，明載於《禮記・文王世子》、〈祭統〉、〈明堂位〉；〈文王〉、〈大明〉、〈縣〉用於兩君相見，明載於《左傳・襄公四年》。然其用樂之節次如何？除《儀禮・鄉飲》、〈射〉、〈燕〉所載述之較爲明確外，其餘皆語焉而不詳。又《詩》三百述及行禮用樂者亦不在少數，其較著者，如〈周頌・有瞽〉云：

> 有瞽有瞽，在周之庭，設業設虡，崇牙樹羽，應田縣鼓，鞉磬柷圉。
>
> 既備乃奏，簫管備舉，喤喤厥聲，肅雝和鳴，先祖是聽，我客戾止，永觀厥成。

《毛詩序》：「〈有瞽〉，始作樂而合乎祖。」是〈有瞽〉所述爲宗廟祭祖用樂之情形，而「既備乃奏」爲金奏，「簫管備舉」爲下管，「喤喤厥聲」爲升歌，所述節次甚詳。又如〈商頌・那〉云：

> 猗與那與，置我鞉鼓，奏鼓簡簡，衎我烈祖，湯孫奏假，綏我思成。
>
> 鞉鼓淵淵，嘒嘒管聲，既和且平，依我磬聲，於赫湯孫，穆穆厥聲。
>
> 庸鼓有斁，萬舞有奕，我有嘉客，亦不夷懌，自古在昔，先民有作，溫恭朝夕，執事有恪，顧予烝嘗，湯孫之將。

《毛詩序》：「〈那〉，祀成湯也。」是〈那〉亦宗廟祭祖用樂之詩。此篇自來不分章節，然以樂次之不同而論，此詩實可分爲三章；綏我思成以上爲一章，「奏鼓簡簡」即金奏；穆穆厥聲以上爲二章，「嘒嘒管聲」即下管；湯孫之將以上爲三章，「萬舞有奕」即舞，其節次較有瞽更爲分明，凡此皆可以補禮經無宗廟用樂之缺失（〈儀禮・特牲〉、〈少牢禮〉皆無用樂之文）。然〈有瞽〉、〈那〉二篇之樂次仍不完備，必須參酌其他資料，始能窺知周代樂次之全貌。本文之作，以王國維之〈釋樂次〉爲依據，補其闕、疏其略，間亦下以己意，以探求周代行禮用樂之詳，而爲學者談詩說禮之助。

清代之前，學者之論古樂節次者，多以鄭玄三禮注爲依據，而鄭玄三禮注之論及周樂次者，又多據《儀禮·鄉飲酒禮》之樂次爲說，〈鄉飲酒禮〉於初獻之後云：

> 工四人，二瑟，瑟先，相者二人，皆左何瑟，後首，挎越，內絃，右手相，樂正先升，立于西階東。工入，升自西階，北面坐，相者東面坐，遂授瑟，乃降。工歌〈鹿鳴〉、〈四牡〉、〈皇皇者華〉。卒歌，主人獻工，工左瑟一人拜，不興，受爵，主人阼階上拜送爵，薦脯醢，使人相祭，工飲不拜，既爵，授主人爵，眾工則不拜，受爵祭飲，辯有脯醢，不祭，大師則爲之祭，賓介降，主人辭降，工不辭洗，笙入堂下，磬南北面立，樂〈南陔〉、〈白華〉、〈華黍〉。主人獻之于西階上，一人拜，盡階，不升堂，受爵，主人拜送爵階前，坐祭，立飲，既爵，升授主人爵。眾笙則不拜，受爵，坐祭，立飲，辯有脯醢，不祭。乃間歌〈魚麗〉、笙〈由庚〉，歌〈南有嘉魚〉、笙〈崇丘〉、歌〈南山有臺〉、笙〈由儀〉。乃合樂，周南：〈關雎〉、〈葛覃〉、〈卷耳〉；召南：〈鵲巢〉、〈采蘩〉、〈采蘋〉，工告于樂正曰：「正歌備。」樂正告于賓，乃降。

工歌、笙、間歌、合樂，此鄉飲酒禮用樂之樂次也，以其樂次最詳盡而明白，故鄭玄往往據以推天子、諸侯之樂次，〈燕禮〉：「遂歌鄉樂，周南：〈關雎〉、〈葛覃〉、〈卷耳〉；召南：〈鵲巢〉、〈采蘩〉、〈采蘋〉。」鄭玄注：「《春秋傳》曰：〈肆夏〉、〈繁遏〉、〈渠〉，天子所以享元侯也；〈文王〉、〈大明〉、〈緜〉，兩君相見之樂也。然則諸侯之相與燕，升歌〈大雅〉、合〈小雅〉也；天子與次國、小國之君燕亦如之；與大國之君燕，升歌〈頌〉、合〈大雅〉，其笙、間之篇未聞。」是鄭意以爲天子、諸侯之燕皆有歌、笙、間、合等節，惟笙、間之篇未聞耳。《周禮·春官·大司樂》：「若樂六變，則天神皆降，可得而禮矣。……若樂八變，則地示皆出，可得而禮矣！……若樂九變，則人鬼可得而禮矣！」鄭玄注：「此三者皆禘大祭也，……先奏是樂以奏其神，禮之以玉而裸焉，乃後合樂而祭之。」是鄭意以爲天神、地祇、人鬼之祭皆有合樂也。《儀禮·大射儀》：「乃管〈新宮〉三終，卒管，大師及少師、上工，皆東坫之東南，西面北上坐，擯者自阼階下，請立司正。」鄭玄注：「管，謂吹簜以播。……笙從工而入，既管不獻，略下樂也。三爵既備，上下樂作。」案：簜，竹也，謂笙簫之屬（見〈大射儀〉「簜在建鼓之間」鄭注），是鄭意以此管即鄉飲酒之笙，工歌畢，主人有獻之禮，管畢不獻者，以其爲堂下之樂，故略之也。三爵既備，上下樂作者，當謂間歌、合樂，上謂堂上之樂，即歌；

下謂堂下之樂，即笙磬鐘鼓等，是鄭意以爲諸侯大射亦有笙、間、合也。據以上各注，鄭玄似以爲周代自天子至士行禮之樂次皆當有歌、笙、間、合四節也。

鄭玄之樂次說，歷經唐、宋、元、明，學者大率相沿不改，尟有疑之者，馴至清代，樸學大興，禮家始知鄭氏之說猶未臻完備，金鶚《求古錄禮說·十一·古樂節次等差考》云：「考古樂上下所用，其節有六：一曰金奏。……二曰升歌。……三曰下管。……四曰笙入。……五曰閒歌。……六曰合樂。……金奏、下管，樂之大者；笙入、閒歌，樂之小者，故天子諸侯有金奏、下管，而無閒歌；大夫士有笙入、閒歌，而無金奏、下管，此其等差也。〈燕禮〉有金奏、升歌、下管、笙入、合樂，而無閒歌，以閒歌爲輕，故略之也。然則兩君相見及天子饗諸侯，其無閒歌可知，而無笙入亦可知矣！〈仲尼燕居〉言兩君相見，入門金奏，升歌〈清廟〉，下而管〈象〉，不言笙閒。徧考諸經，皆無天子諸侯樂用笙閒之說。乃鄭氏謂諸侯相與燕、天子燕諸侯，其笙閒之篇未聞，是謂天子諸侯亦有笙閒，非也。天子諸侯之樂以金奏爲第一節、升歌爲第二節、下管爲第三節、合樂爲第四節，每節皆三終；大夫士之樂以升歌爲第一節、笙入爲第二節、閒歌爲第三節、合樂爲第四節，每節皆三終，兩兩相當也。」金氏分周樂次爲天子諸侯及大夫士二種，說已較鄭玄精密，然彼謂「徧考諸經，皆無天子諸侯樂用笙閒之說」，而《儀禮·燕禮》諸侯樂有笙入、閒歌，是其考證似未極精審也。其樂次等差之分唯據階級，未能顧及禮別，以之說周樂次，猶尙疏略，又天子諸侯用樂多無合樂一節，而金氏有之，亦與周制不合──此皆其說之失。迨王國維出，始能就其偏失而一一諟正之。王國維《觀堂集林·卷二·釋樂次》一文分周樂次爲金奏、升歌、管、笙、間歌、合樂、舞、金奏等八節，分析愈密，而說解愈精。又分《儀禮·燕禮》用樂爲正、變二種，前者樂次同於〈鄉飲酒禮〉，有笙閒而無管舞；後者樂次同於大嘗禘，有管舞而無笙閒，於是據此而定周代樂次有二種：禮盛者用升歌、管、舞，禮輕者用升歌、笙、間歌、合樂。此說一出，千年來誤解之「合樂」問題遂迎刃而解，而沈晦難曉之古樂節次亦燦然而明，不難理解矣！其說發明周禮，厥功甚偉。惟王氏之說極簡略，所附天子諸侯大夫士用樂表惟有一十三條，蒐羅未備，且其中間有一、二疏忽之處，似有待商榷。又表後不附說明，學者用之，稍感不便。茲不揣譾陋，以〈釋樂次〉爲基礎，添無算樂一節，補疏如次：

（1）金　奏

凡樂以金奏始，以金奏終，謂之金奏者，堂下奏鐘鎛，而鼓、磬、柷圉應之，以鐘鎛爲主，故謂之金奏。大夫士無鐘鎛，唯鼓而已，然其作用與天子，諸侯之金奏相當，故亦謂之金奏。金奏所奏皆節奏音樂，所以迎送天子、諸侯、賓、尸、牲之出入，亦所以優天子、諸侯及賓客，以爲行禮及步趨之節也。

《周禮・春官・大司樂》：「大祭祀，王出入則令奏王夏、尸出入則令奏肆夏、牲出入則令奏昭夏。……大饗不入牲，其他皆如祭祀。大射，王出入令奏王夏。」〈燕禮・記〉：「若以樂納賓，則賓及庭奏肆夏，賓拜酒，主人答拜而樂闋。公拜受爵而奏肆夏，公卒爵，主人升，受爵以下，而樂闋。」又《周禮・樂師》：「教樂儀：行以肆夏、趨以采薺。車亦如之。環拜以鐘鼓爲節。」以上謂金奏之作用在迎送王、諸侯、賓、尸、牲之出入，及爲行禮步趨之節也。經傳載金奏者甚多，以王國維〈釋樂次〉俱有詳論，故不贅述。

〈燕禮・記〉：「賓及庭奏肆夏」注：「肆夏、樂章也，今亡。以鐘鎛播之、鼓磬應之，所謂金奏也。」此謂金奏有鐘、鎛、鼓、磬也。又《周禮・笙師》：「舂牘、應、雅，以教祴樂。」鄭玄注：「祴樂、祴夏之樂。牘、應、雅，教其舂者，謂以築地。笙師教之，則三器在庭可知矣！賓醉而出奏祴夏，以此三器築地，爲之行節，明不失禮。」祴夏，同陔夏。鄭注謂牘、應、雅所以築地爲節，其爲何樂器，究不可知。金鶚《古樂節次等差考》云：「牘、應、雅皆木音柷敔之類，皆所以節樂者也。」其說謂牘、應、雅爲木音柷敔之類，雖亦無據，然似較可從。〈周頌・有瞽〉：「應田縣鼓，鞉磬柷圉，既備乃奏。」何楷《詩經世本古義》云：「奏者、動作之義，此則指金奏而言。」是金奏用柷圉（同柷敔），詩有明文。〈商頌・那〉：「奏鼓簡簡，衎我烈祖。」亦爲金奏，而無築地之樂，然則牘、應、雅當以金說爲長。

金奏之樂，天子諸侯鐘鼓兼備，大夫士則鼓而已，〈鄉飲酒禮〉「賓出奏陔」注：「《周禮・鍾師》以鍾鼓奏九夏，是奏陔夏則有鍾鼓矣！鍾鼓者，天子諸侯備用之，大夫士鼓而已。」又〈鄉射禮〉「賓興，樂正命奏陔」注亦云：「陔夏者，天子諸侯以鍾鼓，大夫士鼓而已。」是鄭玄以爲大夫士之金奏惟有鼓而已，王國維〈釋樂次〉從之。惟近人曾永義教授反對此說，曾氏《儀禮樂器考・柒・樂縣考》云：「我們假如仔細就經文來推敲，是不難看出〈鄉飲酒禮〉非但……有笙鐘、笙磬各一肆，而且還有頌磬、頌鐘各一肆的，經

云：『笙入，堂下磬南，北面立，樂南陔、白華、華黍。』……敖氏繼公云：『磬南，阼階西南也……詩曰：笙磬同音。而禮有笙磬、笙鐘，則吹笙之時，亦奏鐘、磬之篇以應之矣！不言者，主於笙也。』……笙磬、笙鐘是用來協和笙的，那麼吹笙之時用笙磬、笙鐘來伴奏，自然是很可能的。……又經云：『賓出奏陔。』注云：『……鐘鼓者，天子諸侯備用之，大夫士鼓而已。』王國維〈釋樂次〉亦從鄭說，謂大夫士但鼓而無鐘，然而若稍微體會，鄭玄還是自相矛盾了，他的樂縣說大夫明明有鐘，何以奏起送賓之樂的陔夏，卻但用鼓而無鐘呢？這原因還是因為經文不明言鐘，所以鄭氏不得已牽強而曲通之。靜安先生不察，亦草率從之，都不免疏忽。……〈燕禮〉：『賓醉，北面坐，取其薦脯以降，奏陔。』注云：『陔，陔夏，樂章也。賓出奏陔夏，以為行節也。凡夏，以鐘鼓奏之。』是陔夏為樂章之名，那麼，豈有播樂章而單以鼓來演奏的？」旭昇案：依《周禮‧小胥》鄭玄注，卿大夫判縣，固兼有鐘鼓，然禮有隆簡，樂器多少亦隨禮增減，〈鄉飲酒禮〉有鐘與否，經無明文，難以考定。曾氏引敖繼公之說，謂〈鄉飲酒〉有笙磬、笙鐘，已屬臆測；難為定論。據此而謂大夫士奏陔兼有鐘鼓，亦嫌證據不足。蓋大夫判縣有鐘鼓、鐘師以鐘鼓奏九夏，鄭玄皆知之，然而猶必謂大夫士鼓而已者，非以經不言鐘，故鄭氏不得已而曲通之也（否則〈鄉飲酒禮〉亦不云有鼓，鄭氏焉得以鼓為說），當以自來師說相傳如是耳。且九夏所用皆鐘、鼓、柷敔，所以為步趨之節、非如〈國風〉、〈雅〉、〈頌〉之有旋律也，自可單用鼓而奏之（參下段說）。又賓出奏陔，大夫士之〈鄉飲〉、〈鄉射〉與諸侯之〈燕禮〉同有之（參下文 125 頁）附表，二者階級不同，用樂亦當有異，則諸侯備用鐘鼓，大夫士鼓而已，似亦理所宜然。

《周禮‧鍾師》：「凡樂事以鍾鼓奏九夏：王夏、肆夏、昭夏、納夏、章夏、齊夏、族夏、祴夏、驁夏。」鄭玄注：「杜子春云：『……祴讀為陔鼓之陔。王出入奏王夏、尸出入奏肆夏、牲出入奏昭夏、四方賓來奏納夏、臣有功奏章夏、夫人祭奏齊夏、族人侍奏族夏、賓醉而出奏陔夏、公出入奏驁夏、……《國語》曰：「金奏肆夏、繁遏、渠，天子所以享元侯。」肆夏、繁遏、渠，所謂三夏矣！呂叔玉云：「肆夏、繁遏、渠，皆周頌也。肆夏、時邁也；繁遏、執競也；渠、思文。」……』玄謂：以〈文王〉、〈鹿鳴〉言之，則九夏皆詩篇名，〈頌〉之族類也，此歌之大者，載在樂章，樂崩亦從而亡，是以頌不能具。」案：呂叔玉以時邁、執競、思文當肆夏、繁遏、渠，其說

非是，本書第二章第三節〈思文〉篇下（頁 15）論之已詳。蓋鐘、鼓、磬、柷敔皆所謂節奏樂器，其音不能曳長，故編鐘、編磬雖亦協於六律六同，然較難以之奏歌詩，語云：「絲不如竹、竹不如肉。」歌詩之樂必以絲竹人聲為主，鐘、鼓、磬、柷敔但為伴奏之用，《孟子・萬章・下》：「金聲也者，始條理也；玉振之也者，終條理也。」朱子《集注》云：「金始振而玉終詘然也，故並奏八音，則於其未作而先擊鎛鐘，以宣其聲；俟其既闋而後擊特磬，以收其韻。……金聲玉振，始終條理，疑古樂經之言。」《周禮・地官・鼓人》：「掌教六鼓四金之音聲，以節聲樂。」《白虎通・禮樂》篇：「柷敔者，終始之聲……柷、始也；敔、終也。」金鶚〈柷敔考〉云：「柷敔以節樂、和樂，當如後世之拍板然，或二句一節、或一句一節、或一句二節。」以上金奏之樂器皆所以節樂、和樂，經傳皆未見以之演奏歌詩者，是九夏為節奏音樂可知。鄭玄以〈文王〉、〈鹿鳴〉況九夏，因謂九夏為《頌》之族類，似嫌比擬不得其倫，據〈樂次表〉，〈鄉飲〉、〈鄉射〉、〈燕禮〉、養老等輕禮歌〈小雅〉、合〈國風〉；其餘禮之隆者，諸侯〈大射〉歌管皆〈小雅〉；天子〈大射〉、養老、兩君相見，歌管皆〈大雅〉；天子及魯君大祭祀、享諸侯，歌管皆〈頌〉。〈風〉、〈雅〉、〈頌〉之用，依階級、禮別，區分甚嚴，而金奏無與焉。設九夏皆頌之族類，則大夫、士之鄉飲、鄉射禮安得用之乎？故知九夏非歌詩，亦非頌之族類。

〈小雅・楚茨〉：「神具醉止，皇尸載起，鼓鍾送尸，神保聿歸。」此金奏以送尸也。

（2）升　歌

金奏既闋，則工升歌，歌者或以樂賓（據禮輕者，如〈鄉飲〉、〈射〉、〈燕〉等）、或以迎神（據禮重者，如大祭祀之類，王國維以為祭祀則樂尸，恐非。祭禮升歌在行祼前，所以迎神，且九獻以前尸為神象，不吳不教，似不得云樂尸也），《尚書・皋陶謨》：「戛擊鳴球，搏拊琴瑟以詠，祖考來格。」孫詒讓《周禮正義・大司樂》注引之云：「祖考來格，文在戛擊鳴球，搏拊琴瑟以詠之下，則升歌之樂即以降神。」案：〈皋陶謨〉雖說虞祭，然其節次與周制不異（參本章第二節第（6）條升歌，頁 94），故孫氏引之以證祭禮中升歌所以降神耳。

升歌所用之樂器，據《儀禮・鄉飲酒禮》、〈燕禮〉、〈大射儀〉，皆惟有堂上之瑟伴奏之；據《周禮》，天子之大祭祀別有拊鼓伴奏之，〈春官・大師〉：

「大祭祀帥瞽登歌，令奏擊拊。」鄭玄注：「拊，形如鼓，著之以穅。」〈小師〉：「大祭祀登歌擊拊。」又前引《尙書・皋陶謨》似尙有磬（鳴球）及琴，據《左傳・襄公十一年》「歌鐘二肆」則似又有鐘。

升歌所唱，諸侯以下之嘉禮皆用〈小雅・鹿鳴〉之三，兩君相見用〈大雅・文王〉之三，其餘周天子及魯君之祭饗用〈周頌・清廟〉。以階級言，天子及魯君爲一等，諸侯爲一等，以禮別言，吉、賓禮爲一等，嘉禮爲一等，此升歌之等差也。

〈周頌・有瞽〉：「喤喤厥聲，肅雝和鳴。」何楷《詩經世本古義》云：「厥聲、人聲，謂登歌也。」

（3）下　管

升歌既畢，諸侯以上之〈燕〉、〈祭〉、〈賓〉、〈射〉禮有下管一節，謂之下管者，歌者堂上歌畢，遂下而吹管也（見〈大射儀〉，此即歌管同工，元敖繼公《儀禮集說》首倡此論，王國維從之），下管之時，堂下奏鐘鼓磬柷敔以爲節，又有簫與之並舉。〈周頌・有瞽〉：「既備乃奏，簫管備舉。」〈商頌・那〉：「鞉鼓淵淵，嘒嘒管聲，既和且平，依我磬聲。」《尙書・皋陶謨》：「下管鼗鼓、合止柷敔，笙鏞以間。」《爾雅・釋樂》：「大鐘謂之鏞。」此笙鏞當即大射儀之笙鐘，謂堂下東方之大鐘也，合止柷敔，笙鏞以間謂以柷敔、大鐘爲管之節耳（略從〈古樂節次等差考〉之說）。以上皆謂下管，而伴奏之樂器有簫、鼓、磬、鼗鼓、柷敔、笙鏞等。

下管之樂曲，天子以象、諸侯以新宮，《左傳・昭公二十五年》：「宋公享昭子，賦〈新宮〉，昭子賦〈車轄〉。」〈車轄〉，毛詩作〈車舝〉，爲〈小雅〉之詩篇，〈新宮〉既與〈車轄〉同列，則或亦〈小雅〉之類也。杜預注謂〈新宮〉爲逸詩，當可信從。宋以後或有謂〈新宮〉即《小雅・斯干》者，《朱集傳》云：「或曰：《儀禮》下管〈新宮〉、《春秋傳》宋元公賦〈新宮〉，恐即此詩（旭昇案：謂〈斯干〉），然亦未有明證。」江永《群經補義》春秋條下云：「按《毛詩・小序》外，尙有《子貢傳》，以《小雅・斯干》篇爲〈新宮〉，似有據，古人一詩或有兩名，如〈雍〉亦名〈徹〉（見《周禮》），〈維清〉亦名〈象〉，〈小宛〉亦名〈鳩〉（見《晉語》），〈斯干〉言作室，故亦名〈新宮〉，昭二十五年宋公享叔孫昭子，賦〈新宮〉，昭子賦〈車轄〉。是時叔孫婼將爲季平子迎宋元公女，而元公夫人又爲平子之外姊，賦〈新宮〉者，取『兄及弟矣，式相好矣』，古人通以昏姻爲兄弟也。」旭昇案：江氏之說頗合理，惟其說據《子貢

詩傳》立論，而不悟《子貢詩傳》本明豐坊所僞造，自《漢志》訖《宋史》俱無此書，而《明志》忽然出現，其爲明人所僞造可知。姚際恆《詩經通論》卷前〈詩經論旨〉云：「《子貢詩傳》、《申培詩說》皆豐道生一人之所僞作也，名爲二書，實則陰相表裡，彼此互證，無大異同，又暗襲《集傳》甚多，又襲序爲朱之所不辨者，見識卑陋，于斯已極。」朱彝尊《經義考》說略同。是《子貢詩傳》謂〈斯干〉即〈新宮〉，本襲自朱子，而朱子已明云此說「未有明證」，則朱子亦不主此說也。江永誤信《子貢詩傳》，謂〈斯干〉即〈新宮〉，恐一時失考耳。

　　〈新宮〉爲何篇雖不可考，然其爲詩篇，當無可疑。詩而可管者，經傳本有此例，《儀禮‧鄉射禮》云：「命大詩奏〈騶虞〉。」此謂以樂器演奏之也，〈鄉射記〉云：「歌〈騶虞〉，若〈采蘋〉，皆五終。」此謂以人聲歌之也。同一〈騶虞〉而可奏可歌，同一〈新宮〉而可管可賦，則〈新宮〉爲〈小雅〉之類明矣！

　　〈鄉飲〉、〈射〉〈燕〉升歌〈小雅〉，笙入亦奏〈小雅〉（六笙詩《毛詩》皆列於〈小雅〉）；〈大射儀〉升歌〈小雅〉，下管亦奏〈小雅〉，推此例也，笙管所奏當與升歌同一等級，然則大嘗禘升歌〈清廟〉、下管〈象〉，〈象〉當與〈清廟〉同一等級，同爲〈頌〉也。《毛詩‧序》：「〈維清〉、奏象舞也。」案：此當即下管象之所奏，象舞謂文王之舞，故〈維清〉之詩云：「維清，緝熙，文王之典，肇禋，迄用有成，維周之禎。」皆頌文王之德，其爲文舞甚明。自鄭玄以此象舞與武王之大武相混淆，乃使後人疑竇叢生，異說紛起焉，鄭氏之說如下：

　　△〈維清〉箋：「象舞，象用兵時刺伐之舞，武王制焉。」
　　△〈內則〉注：「先學勺，後學象，文武之次也。」
　　△〈文王世子〉注：「象、周武王伐紂之樂也。以管播其聲，又爲之舞。」
　　△〈仲尼燕居〉注：「象武、武舞也；夏籥，文舞也。」
　　△〈明堂位〉注：「象、謂周頌武也，以管播之。」
　　△〈祭統〉注：「管象、吹管而舞武象之樂也。」

　　《左傳‧宣公十二年》楚莊王曰：「武王克商……作〈武〉，其卒章曰：『耆定爾功。』其三曰：『鋪時繹思，我徂維求定。』其六曰：『綏萬邦，屢豐年。』」〈樂記〉亦云：「夫〈武〉始而北出，再成而滅商，三成而南，四成而南國是疆，五成而分周公左、召公右，六成復綴以崇。」此六成之武皆謂武王之舞也。〈文王世子〉、〈仲尼燕居〉、〈明堂位〉、〈祭統〉，皆下管象之後，又舞大

武，鄭注一概謂管所奏之樂即武舞之樂，然則下管奏象、武舞又奏象，管舞之作用不同，時候不同，而所用詩樂乃竟相同，似甚奇兀。且〈維清〉明詠文王之德，與武不同，而鄭箋仍謂為武王所制，實難令人信從。故王國維〈說勺舞象舞〉云：「疑武之六成本是大舞，周人不必全用之，取其第二成用之謂之武，取其第三成用之勺，取其四成、五成、六成用之謂之三象，故《白虎通》謂酌象合曰大武，而鄭君注禮亦以武象為一也。然謂武亦有象名則可，謂詩序之象舞與禮下管所奏之象即大武之一節，則不可。《詩序》：『〈維清〉，奏象舞也。』以『武，奏大武也』例之，象舞當用〈維清〉之詩，而〈維清〉之詩自詠文王之文德，與〈清廟〉、〈維天之命〉為類，則禮之升歌〈清廟〉、下管象者，自當下管〈維清〉，不當管〈武宿夜〉以下六篇也。且禮言升歌清廟、下管象者，皆繼以舞大武，管與舞不同時，自不得同用一詩。《左傳》見舞象箾南籥者、見舞大武者，是大武之外又自有象舞，且與南籥連言，自係文舞，與武之為武舞者有別。〈維清〉之所奏、與升歌〈清廟〉後之所管、〈內則〉之所舞，自當為文舞之象，而非武舞之象也，二者同名異實，後世往往相淆，故略論之。」案：象舞有文、武二種，馬瑞辰、胡承珙、陳奐等皆有此論，而以王國維之說最為分明，依王氏之說，前引六象皆為文舞，唯《呂氏春秋·古樂篇》之「三象」、《白虎通·禮樂》篇之「酌象」為武象耳。是大嘗禘下管象，即奏〈周頌·維清〉之篇，當無可置疑矣！

〈大射儀〉工歌之後即奏管，〈燕禮·記〉云：「升歌〈鹿鳴〉，下管〈新宮〉。」節次與〈大射儀〉同，蓋嘉禮奏管，其作用與升歌同，皆所以娛賓，故二者節次相隨。吉禮下管所以衎祖，在祭之何節，經無明文。〈祭義〉云：「反饋樂成。」鄭玄注：「反饋，是進孰也。」孫詒讓《周禮正義·大司樂》注云：「〈祭義〉云反饋樂成，注云：『反饋，是進孰也。』蓋樂合於進孰之前（旭昇案：樂合二字非也，當云樂成，蓋孫氏猶以為周代用樂皆有合樂一節），而闋於既進之後。」據此，管止於進孰之後也。以嘉禮升歌之後隨即下管例之，天子諸侯之祭，升歌迎神之後即行祼禮，此為初獻，而管當作于此時，以後每獻皆有管，所以衎神也，至從獻之後，國子興舞，管亦畢於此時（參下文（7）舞條說明），經未明言，此以理推之，未敢定其然否也。

（4）笙

升歌之後，天子諸侯之賓、祭之禮用管，而大夫、士之鄉飲酒禮，諸侯之燕禮則用笙。據《儀禮·鄉飲酒禮》、〈燕禮〉，笙所吹奏之樂章皆為〈南陔〉、

〈白華〉、〈華黍〉。《毛詩序》：「〈南陔〉，孝子相戒以養也。〈白華〉，孝子之潔白也。〈華黍〉，時和歲豐，宜黍稷也。有其義而亡其辭。」鄭玄箋：「孔子論詩、雅頌各得其所時俱在耳。……遭戰國及秦之世而亡之。其義則與象篇之義合編，故存。」案：此三篇與間歌所奏之〈由庚〉、〈崇丘〉、〈由儀〉，合稱六笙詩，蓋此六篇爲儀禮笙、間歌所奏，故爲樂；而其篇目列於《毛詩·小雅》，序謂本有其辭而亡之，故亦爲詩。然不信《毛序者》，如鄭樵〈詩辨妄〉、朱子《詩集傳》、吳闓生《詩義會通》等，皆以此六篇本即笙樂，有聲無辭。二說各有所見，千古聚訟不決。以管樂亦詩例之，則此六篇當亦有聲有辭，可笙可歌，〈檀弓〉上云：「孔子既祥，五日彈琴而不成聲，十日而成笙歌。」笙而曰歌，必有辭可歌，六笙詩或與笙歌類似。《墨子·公孟篇》云：「誦詩三百、絃詩三百、歌詩三百、舞詩三百。」是詩之種類甚多，現存之《詩經》爲其一種耳。胡承珙《毛詩後箋》云：「夫所謂笙詩，謂笙必有詩，非謂笙詩之必有歌也。凡詩可以歌、亦可以笙，所謂笙詩有詩，謂笙詩之必可歌，非謂笙詩之必不可以笙也。……笙詩乃不歌而笙之詩，即鄭注《儀禮》云以笙吹此詩以爲樂也。惟其專以笙吹，故其辭易亡。」胡氏謂笙詩乃不歌而笙之詩，雖或出於推測，然於眾說之中最爲平正，當可信從。

經傳中惟《儀禮·鄉飲酒禮》、〈燕禮〉有笙詩，而《毛詩》列於〈小雅〉，其餘〈風〉、〈大雅〉、〈頌〉，笙詩之有無，已不可考矣！

（5）間　歌

《儀禮·鄉飲酒禮》、〈燕禮〉於笙入三終後有間歌一節，間歌者，工歌〈魚麗〉，笙吹〈由庚〉；工歌〈南有嘉魚〉，笙吹〈崇丘〉；工歌〈南山有臺〉，笙吹〈由儀〉，一歌一笙，相間而作，故謂之間歌。工所歌之〈魚麗〉、〈南有嘉魚〉、〈南山有臺〉皆〈小雅〉之詩篇；笙所奏之〈由庚〉、〈崇丘〉、〈由儀〉，亦見於《毛詩·小雅》，惟有目無篇、義存辭亡，與〈南陔〉、〈白華〉、〈華黍〉同。

間歌與笙之作用相同，皆所以娛賓。

（6）合　樂

〈鄉飲酒禮〉、〈燕禮〉於間歌之後遂合樂，〈鄉射禮〉雖略升歌、笙、間歌，然仍有合樂。合樂者，堂上之瑟工、堂下之鐘鼗笙簫磬等，同時合奏，八音畢作，洋洋盈耳，故謂之合樂。其樂用〈周南〉之〈關雎〉、〈葛覃〉、〈卷耳〉，〈召南〉之〈鵲巢〉、〈采蘩〉、〈采蘋〉，無〈雅〉亦無〈頌〉（金鶚謂合樂之詩或〈雅〉或〈南〉，王國維於兩君相見下列有合樂〈鹿鳴〉之三，恐皆

有誤）。鄭玄《詩譜・小大雅譜》云：「其用於樂，國君以〈小雅〉，天子以〈大雅〉，然而饗賓或上取，燕或下就，何則？天子饗元侯歌〈肆夏〉、合〈文王〉；諸侯歌〈文王〉，合〈鹿鳴〉；諸侯於鄰國之君與天子同；天子諸侯燕群臣及聘問之賓，皆歌〈鹿鳴〉、合鄉樂，此其著略。」據鄭氏此說，合樂似亦用〈大、小雅〉，然鄭氏所舉諸事中，天子饗元侯，金奏〈肆夏〉之三，見《國語・魯語》下，非升歌〈肆夏〉，亦不合〈文王〉（參〈樂次表〉及說明第 9 條）；天子饗諸侯歌〈文王〉、合〈鹿鳴〉，此鄭玄據〈鄉飲酒禮〉所推，經傳並無此說（見《儀禮・鄉飲酒禮》鄭玄注）；兩君相見，升歌〈清廟〉下管〈象〉，見〈仲尼燕居〉、升歌〈文王〉之三，見《左傳・襄公四年》，亦無合樂之說，是天子諸侯饗賓燕客，實無合樂也。現存天子禮中，惟養老之禮或用合樂，諸家之以爲天子用樂必有合樂一節者，對即受此條影響所致（參〈樂次表〉及說明第十二條）。

（7）舞

凡樂有管則有舞，舞者所以娛賓衍祖也，《國語・周語》上：「王子頹飲三大夫酒，子國爲客，樂及徧儛。」此以舞娛賓也；〈小雅・賓之初筵〉：「籥舞笙鼓，樂既和奏，烝衍烈祖，以洽百禮。」〈魯頌・閟宮〉：「萬舞洋洋，孝孫有慶。」〈商頌・那〉：「庸鼓有斁，萬舞有奕。」此以舞衍祖也。

經傳行禮所用舞有勺、弓矢舞、大武、大夏、桑林、雲門、咸池、大磬、大濩等。據《詩・周頌・維清》序，則又有象舞。雲門、咸池、大磬、大夏、大濩、大武爲黃帝、堯、舜、禹、湯、武王六代之舞，見《周禮・春官・大司樂》（大司樂以舞教國子，〈咸池〉作〈大咸〉，〈黃帝舞〉又別有〈大卷〉），〈桑林〉見於《左傳》，爲宋先代之舞，弓矢舞見〈大司樂〉，其名易知。惟勺、象二舞，異說甚多，不易了解。〈內則〉：「十有三年，學樂、誦詩、舞勺。成童、舞象、學射御。」鄭玄注：「先學勺，後學象，文武之次也。」此以勺爲文舞，以象爲武舞。《燕禮・記》：「若舞則勺。」鄭玄注：「勺，頌篇，告成大武之樂歌也。其詩曰：『於鑠王師，遵養時晦。』（旭昇案：此〈周頌・酌〉之首二句）」此以勺爲酌，即大武之樂歌，是以勺爲武舞也。《左傳・襄公二十九年》季札觀樂，有舞象箾、南籥者，有舞大武者，杜預注：「象箾、舞所執；南籥、以籥舞也，皆文王之樂。大武，武王樂。」此以象與大武爲二，且以象爲文王樂。又〈仲尼燕居〉：「下管象武，夏籥序興。」鄭玄注：「象武，武舞也。」鄭氏以「象武」爲句，此以象爲武舞也。以上勺象二武，或

文或武，諸說互相違戾，使人莫知所從。歷代學者之說，亦均不甚了了。迄清末王國維出，始明謂象舞有文武二種，勺即酌，爲武舞，蓋大武之舞有六成，其第三成即勺，其第四、五、六皆有象名，合稱三象。王國維〈周大武樂章考〉云：「武之舞凡六成，其詩當有六篇也，據《毛詩‧序》於〈武〉曰『奏大武也』、於〈酌〉曰『告成大武也』，則六篇得其二。《春秋》左氏宣十二年《傳》：『楚莊王曰：武王克商作〈武〉，其卒章曰耆定爾功，其三曰鋪時繹思，我徂惟求定，其六曰綏萬邦、屢豐年。』是以〈賚〉爲〈武〉之三成，以〈桓〉爲〈武〉之六成，則六篇得其四……〈祭統〉云：『舞莫重於〈武宿夜〉。』……宿、古夙字，是〈武宿夜〉即〈武夙夜〉……〈昊天有成命〉曰：『夙夜基命宥密。』……若〈武宿夜〉而在今〈周頌〉中，則舍此篇莫屬矣！……其餘一篇疑當爲〈般〉，何則？〈酌〉、〈桓〉、〈賚〉、〈般〉四篇次在〈頌〉末，又皆取詩之義以名篇，前三篇既爲〈武〉詩，則後一篇亦宜然，此〈武〉詩六篇之可考者也。至其次弟……則〈夙夜〉第一，〈武〉第二，〈酌〉第三、〈桓〉第四、〈賚〉第五、〈般〉第六，此殆古之次第。」又王氏〈說勺舞象舞〉云：「漢人皆以勺、象與大武爲一……《白虎通‧禮樂篇》：『周樂曰〈大武〉，武王之樂曰〈象〉（旭昇案：武王之樂曰五字據王氏說補），周公之樂曰〈酌〉，合曰〈大武〉。……』是亦以〈勺〉與〈象〉皆〈大武〉之一節也。《呂氏春秋‧古樂篇》：『武王即位，以六師伐殷……乃命周公作爲〈大武〉。成王立，殷民反，王命周公踐伐之，商人服，象爲虐於東夷，周公遂以師逐之，至於江南，乃爲三〈象〉，以嘉其德。』此……三〈象〉爲繼〈大武〉而作，又以〈象〉爲周公南征之事，正與〈樂記〉大武四成而南國是疆，五成而分周公左、召公右，及武亂皆坐周召之治合。疑〈武〉之六成本是大舞，周人不必全用之，取其弟二成用之謂之〈武〉，取其弟三成用之謂之〈勺〉，取其四成、五成、六成用之，謂之三〈象〉。」據此，〈內則〉之〈勺〉當爲武舞，爲〈大武〉之第三成，諸侯之〈燕禮〉或舞〈勺〉者，即以其爲〈大武〉之一成，規模較小故也。其餘〈象〉有文武二舞，下管節內敘之已詳，茲不贅述。

　　周人行禮用舞之等差，諸侯下於天子，嘉禮下於賓祭，金鶚〈古樂節次等差考〉云：「〈鄉飲酒禮〉、〈燕禮〉皆無舞，惟燕他國聘賓則舞〈勺〉……兩君相見乃有文武二舞。……大賓與大祭相似。……〈內則〉云：『十三舞〈勺〉。成童舞〈象〉。』〈勺〉、〈象〉皆非大舞，故於童時學之。小賓小祭用小舞，大賓大祭用大舞，〈燕〉、〈聘〉賓舞〈勺〉，而不舞〈大夏〉、〈大武〉，則〈象〉

亦小賓小祭所用可知也。」案：金氏主張天子諸侯用樂相同，所異者器數之多少耳，故其論舞之等差僅從禮別區分之，而未說及階級之異，王國維〈釋樂次〉云：「舞之詩，諸侯〈勺〉，天子〈大武〉、〈大夏〉也。」又僅就階級立論，未說及禮別。以天子大射用〈弓矢舞〉、享先祖用〈大武〉而論，舞固隨禮別而不同；以諸侯燕用〈勺〉，天子養三老五更用〈大武〉而論，舞亦隨階級而有異也。是二氏之說可以互補，當合而觀之。

舞用於禮之何節，經無明文，惟〈燕射〉、宗廟之祭用舞，詩文猶可考其節次焉，〈小雅・賓之初筵〉云：

> 賓之初筵，左右秩秩，籩豆有楚，殽核維旅，酒既和旨，飲酒孔偕。鐘鼓既設。舉醻逸逸。大侯既抗，弓矢斯張，射夫既同，獻發爾功，發彼有的，以祈爾爵。

> 籥舞笙鼓，樂既和奏，烝衎烈祖，以洽百禮，百禮既至，有壬有林，純爾錫嘏。子孫甚湛，甚湛曰樂，各奏爾能，賓載手仇，室人入又，酌彼康爵，以奏爾時。

此詩之一、二章也，《毛傳》：「大侯，君侯也。抗，舉也。有燕射之禮。」是毛意以此詩為王燕群臣，因燕而射也。鄭箋：「先王將祭，必射以擇士。大射之禮，賓初入門，登堂即席，其趨翔威儀甚審知，言不失禮也。」是鄭意以此詩為王以大射擇士與祭，祭畢遂燕也。毛鄭二說不同。王肅從毛，孫毓從鄭（見孔疏引）；崔靈恩首章從鄭、次章從毛，呂祖謙、嚴粲因之（俱見《詩緝》）；姚際恆則謂大射即燕射、即賓射，一統毛鄭（見《詩經通論》）。旭昇案：〈燕禮〉云：「若射，則大射正為司射，如鄉射之禮。」是諸侯之燕射與鄉射近，其禮輕；《禮記・射義》：「古者諸侯之射也，必先行燕禮。」孔疏：「大射在未旅之前燕，初似饗，即是先行饗禮。」據樂次表，諸侯大射用樂與天子大饗相近，與諸侯燕禮不同，是大射之前先行饗禮，孔疏甚塙。然則諸侯之燕射與大射本自不同，推之天子，當亦如此，崔靈恩、呂祖謙、嚴粲、姚際恆不分大射、燕射，其義非也。是毛鄭二說，義難並存，必去其一。以詩考之，似毛義為長，何則？《儀禮・大射》之前先饗，射後即旅酬，中間並無行祭之事，亦無射以擇士之說。擇士之說出自《禮記・射義》，恐不足信，孫希旦《禮記集解》、金鶚〈大射說〉皆有詳論。而此詩述及射禮，亦惟云「發彼有的，以祈爾爵」，與鄭玄射以擇士之說不合，此其一。天子諸侯宗廟大祭之次日有繹賓尸之禮，祭之當日惟留諸父兄弟與之燕私，無賓（參本章第二

節第二十五條：燕私。頁 107），而此詩既祭之後再言賓，則此非時享之祭可知，此其二。《周禮‧大司樂》謂天子大射用「弓矢舞」，而此詩用「籥舞」，二者不同，此其三。合此三說而觀之，〈賓之初筵〉當從《毛傳》說，爲天子燕射之詩。此詩首章敘天子燕賓，舉醻既畢而射。次章寫射畢遂舞，此舞主爲娛賓，非爲祭神，孔疏云：「毛於首章傳曰有燕射之禮，二章傳曰主人請射於賓……皆陳古者先陳燕禮，後爲燕射，無祭祀之事也。……籥舞笙鼓是燕時之樂，若燕樂之義得先祖之神悅，故因論樂事，遂引而致之。」孔疏以毛意謂「烝衎烈祖，以洽百禮」爲論樂事而連類及之，非實有祭事，當可從。又鄉射、大射皆於射前作樂，此詩升歌、下管當亦於射前，唯詩略之耳。射後舞，舞後飲不勝者（酌彼康爵，以奏爾時是也），此燕射用舞之節次也。大射用舞之節次，當亦同此。

宗廟用舞當在從獻之後，《周禮‧春官‧樂師》：「凡樂成則告備，詔來瞽，皋舞。」鄭玄注：「《燕禮》曰：太師告于樂正曰：『正歌備。』……玄謂：詔視瞭扶瞽者來入也。皋之言號，告國子當舞者舞。」是樂成即樂備，〈燕禮〉、〈鄉飲酒禮〉、〈鄉射禮〉皆於合樂之後告正歌備，謂正式之歌樂已畢奏也，其於隆禮應當下管既畢。《禮記‧祭義》：「反饋樂成。」是管畢於反饋後也（參上文（3）下管條下說明。頁116），管畢即興舞，然反饋之儀節所包含時間甚長，管畢興舞，究在何時，經無明文，〈魯頌‧閟宮〉：「毛炰胾羹，籩豆大房，萬舞洋洋。」毛炰疑即從獻之膰肉（參章第二節第十九條從獻說明，頁104），而舞在其後，是管當畢於從獻，而遂興舞也。

（8）無算樂

無算樂者，正式禮儀既畢，坐燕時之所用也。燕饗射禮於坐燕之前雖亦賓主獻醻交錯，然其時主在行禮，故一獻之禮，賓主百拜；終日飲酒，而不得醉（〈樂記〉語），故於行禮將畢之時行坐燕，爵唯所欲，興盡而止。正式禮儀之中，樂數皆有一定，或三終、或五終（〈鄉射〉記：「歌〈騶虞〉，若〈采蘋〉，皆五終。」），唯坐燕之時爲助歡興，乃作樂無算，此之謂無算樂。〈鄉飲酒禮〉：「無算樂。」鄭玄注：「燕樂，亦無數，或間或合，盡歡而止也。《春秋‧襄二十九年》吳公子札來聘，請觀于周樂，此國君之無算。」〈鄉飲〉、〈鄉射〉、〈燕〉、〈大射禮〉皆有坐燕一節，奏無算樂、大饗、養老以飲食爲主，似亦應有坐燕，大嘗禘末有燕私，皆當有無算樂。其餘天地山川之祭末有燕私與否，經無明文，不可知也。

　　《左傳》、《國語》所載燕享賦詩，當即在坐燕行無算之時，胡培翬《儀禮正義》「無算樂」注引方苞云：「舊說仍用前歌與間，但疊用數篇，周而復始，亦比於慢矣！疑若《春秋傳》所載賓客各賦詩，工以瑟與笙應之，其不歌者亦聽，以無定數，故謂之無算爾。」案：方氏謂燕享賦詩爲無算樂，甚是；謂仍用前歌爲慢，則恐非。楊向時《左傳賦詩引詩考》以沿用前歌爲例賦，以己意另選他詩而賦爲特賦，坐燕賦詩當兼有此二種，又云：「《左傳》所記享宴之事，多有未記賦詩者，殆以其屬於例賦而略之歟？」以理衡之，楊氏之說似較通達。

　　坐燕之時，房中有內羞，奏房中樂，其節次當與無算樂同時，《燕禮‧記》云：「有房中之樂。」鄭玄注：「絃歌〈周南〉、〈召南〉之詩，而不用鐘磬之節也，謂之房中者，后夫人之所諷誦，以事其君子。」張爾岐《儀禮鄭注句讀》云：「疏云承上文與四方之賓燕乃有之，愚謂常燕有無算樂，恐亦未必不有也。」案：房中樂既不用鐘磬節之，則與無算樂同義，而爲內眷所用，張爾岐謂常燕皆有無算樂，亦有房中樂，則其意以房中樂與無算樂同時同用，《左傳成公九年》：「夏，季文子如宋致女，復命，公享之，賦〈韓奕〉之五章，穆姜出於房，再拜曰：『大夫勤辱，不忘先君以及嗣君，施及未亡人，先君猶有望也，敢拜大夫之重勤。』又賦〈綠衣〉之卒章而入。」季文子賦〈韓奕〉，正在無算樂之節，而此時夫人亦在房中，據此，行坐燕無算樂之時，房中當有內羞與房中樂，以供內眷之用。

二、天子諸侯大夫士用樂表

樂次 ＼ 禮別	1. 大夫士鄉飲酒禮	2. 大夫士鄉射禮	3. 諸侯燕禮（記甲）	4. 諸侯燕禮（記乙）	5. 天子燕射	6. 諸侯大射儀	7. 天子大射	8. 諸侯冠禮	9. 天子大饗	10. 宋君饗諸侯
金奏			肆夏	肆夏	（肆夏）（王夏）	驁夏 肆夏 肆夏	王夏 （肆夏）	（王夏）	渠過 繁遏 王夏 肆夏	（肆夏）（王夏）
升歌	鹿鳴 四牡 皇皇者華	無	同鄉飲酒	鹿鳴	（文王之三）	鹿鳴三終	（文王之三）	（清廟）	（清廟）	（清廟）
管				新宮	（？）	新宮三終	？	（象）	（象）	（象）
笙	華黍 白華 南陔	無	同鄉飲酒							
間歌　歌	魚麗 南有嘉魚 南山有臺	無	同鄉飲酒							
間歌　笙	由庚 崇丘 由儀	無	同鄉飲酒							
合樂	關雎、葛覃、卷耳、鵲巢、采蘩、采蘋	同右	同右							
舞				勺	籥舞 弓矢舞	（弓矢舞）	弓矢舞	（武）	（大夏）（大武）	桑林
無算樂	燕樂	同右	同右	房中樂 燕樂	（燕樂）	燕樂	（燕樂）		（燕樂）	（燕樂）
金奏	陔夏	同右	同右	（同右）	（王夏）（肆夏）	（驁夏）（陔夏）	王夏 （肆夏）	（王夏）	王夏 肆夏	（王夏）（肆夏）

樂次＼禮別	11.天子養三老五更	12.天子養老	13.兩君相見甲	14.兩君相見乙	15.魯大嘗禘	16.天子大祭祀	17.天子祀天神	18.天子祭地示	19.天子祀四望	20.天子祭山川	21.天子享先妣	22.天子享先祖	23.魯考仲子之宮
金奏	（肆夏）（王夏）	（肆夏）（王夏）	（肆夏）（王夏）	（肆夏）（王夏）	（肆夏）（王夏）	昭夏 肆夏 王夏	黃鍾	大簇	姑洗	蕤賓	夷則	無射	（肆夏）（王夏）
升歌	清廟	（鹿鳴之三）	清廟	文王之三	清廟	清廟	大呂	應鍾	南呂	函鍾	小呂	夾鍾	（清廟）
管	象		象	（?）	象	象	黃鐘	大簇	姑洗	蕤賓	夷則	無射	（象）
笙		（笙入三成）											
間歌　歌		（南山有臺）（南有嘉魚）（魚麗）											
間歌　笙		（由儀）（崇丘）（由庚）											
合樂		大合樂											
舞	大武		武	夏篇	（?）	大武	雲門	咸池	大磬	大夏	大濩	大武	萬
無算樂	（燕樂）	（燕樂）	（燕樂）	（燕樂）	（燕樂）								
金奏	（肆夏）（王夏）	（肆夏）（王夏）	（肆夏）（王夏）	（肆夏）（王夏）	（肆夏）（王夏）	（肆夏）（王夏）	黃鍾	大簇	姑洗	蕤賓	夷則	無射	（肆夏）（王夏）

△表中加括弧者為比照同類禮節推得。

　　△表中書「無」者，據鄭注。謂本當有，而此禮略之也。括號表示推估，文獻未見。

　　三、說　明

　　1. 見《儀禮・鄉飲酒禮》。〈鄉飲酒禮〉之儀節可大別爲三節：主人獻賓、賓酢主人、主人酬賓、主人獻介、介酢主人、主人獻眾賓，此第一節也。賓酬主人、主人酬介、介酬眾賓、眾賓旅酬，此第二節也。撤俎、坐燕、無算爵，此第三節也。歌、笙、間、合皆在第一段之後，第二段之前。此用樂雖名爲娛賓，實亦爲行禮之一部份，故升歌後主人獻工、奏笙後主人獻笙、間合之後告樂備，皆進退有度、樂作有節，以規範與禮者，而導於性情之正。

　　2. 見《儀禮・鄉射禮》。《禮記・射義》：「卿大夫之射也，必先行鄉飲酒之禮。」其實鄉射之先所行者，爲鄉飲之第一節及用樂，射畢又行鄉飲之二、三節。鄉射用樂全同鄉飲，惟不歌、不笙、不間，鄭注云：「志在射，略樂也。」

　　3. 見《儀禮・燕禮》，所用樂次及樂章與鄉飲酒禮同。

　　4. 見《儀禮・燕禮・記》：「若以樂納賓，則賓及庭奏〈肆夏〉，賓拜酒，主人答拜而樂闋。公拜受爵而奏〈肆夏〉，公卒爵，主人升，受爵以下，而樂闋。升歌〈鹿鳴〉、下管〈新宮〉、笙入三成、遂合鄉樂、若舞則勺。」此記之解，舊說有二，賈公彥疏云：「〈鹿鳴〉不言工歌、〈新宮〉不言笙奏，而言升歌、下管者，欲明笙奏異於常燕，常燕即上所陳四節是也。今工歌〈鹿鳴〉三終，與笙奏全別，故特言下管新宮、乃始笙入三成者，止謂笙奏新宮三終。」胡培翬《儀禮正義》云：「考《周官・笙師》，管笙等皆用其所掌，則管奏亦屬笙師，故笙入取下管之文，管指器，笙指職，一也。」賈氏以下管〈新宮〉爲笙奏〈新宮〉，胡氏以笙入三成即下管〈新宮〉，說雖微有不同，然皆合笙管爲一，此其一。敖繼公《儀禮集說》云：「歌者降而以管奏〈新宮〉。（笙入）三成，謂奏〈南陔〉、〈白華〉、〈華黍〉也。」《欽定儀禮義疏》云：「樂以四節爲正，惟〈鄉射〉不歌、不笙、不間，大射不間、不合者，主于射，略于樂也。燕以序歡，所重在樂，故上經所言，原備四節，此文升歌一也，下管二也，笙入三也，合樂四也，雖不間，有管則盛矣！如謂笙入即奏〈新宮〉，是闋一節，僅有三節也，且笙入于下管之後，則方管時笙尚在外，何由與管爲一乎？」以上皆以管奏〈新宮〉，笙奏笙詩，笙管不同，此其二。旭昇案：以上二說，前者合笙管爲一，其誤易見；後者以爲正樂必有歌、管、笙、間四節，亦與周代用樂之實況不合，王國維〈釋樂次〉云：「諸侯以上，禮之盛

者，以管易笙。笙與歌異工，故有間歌、有合樂；管與歌同工，故升而歌，下而管，而無間歌、合樂，……凡有管者皆無笙，亦無間歌、合樂，而皆有舞。惟《燕禮・記》則有管、有笙、有合樂、有舞，記舉禮之變，故備言之。實則有管則當無笙，而以舞代合樂；有笙則當無管，而以合樂代舞，以他經例之當然，記言之未晳耳，……記所云升歌〈鹿鳴〉，下管〈新宮〉者，謂歌管同之，此用樂之一種；所云笙入三成，遂合鄉樂者，此用樂之又一種，二種任用其一，不能兼用。所云若舞則勺者，則與第一種為類，不與第二種為類。……記文備記禮變，往往如此。」王氏此說分《燕禮・記》用樂為正變二種，極為有見，蓋《儀禮》之記本為補充禮經之不備，又成於多手，時代或遲至秦漢，故其內容極駁雜（參〈士冠禮・記〉賈疏）。以他經傳例之，隆禮用樂皆唯有升歌、下管、舞，輕禮用樂皆唯有升歌、笙、間歌、合樂，二種樂次截然有別，不應〈燕禮〉獨兼有歌、管、笙、間、合、舞六者也。以意推之，諸侯燕禮主在序君臣之歡，用樂宜輕，故經內用樂皆與〈鄉飲酒〉同（經云：若射，則如鄉射之禮。明其禮本輕）；東周以後，諸侯之地位日益提高，其燕禮用樂乃或參用天子饗燕之樂次，記文備舉禮變，故二種兼載，然言之未晳，故致後人疑之耳。王氏於此辨析甚精，惟其樂次表「諸侯燕禮之乙」仍兼有歌、管、笙、合、舞，似非所宜。今以《燕禮・記》之第一種為「記甲」，與《燕禮》經合併；以《燕禮・記》之第二種為「記乙」，別為一條，則諸侯燕禮二種樂次遞遭改變之迹乃昭昭在目矣！

5. 見〈小雅・賓之初筵〉，上文（一）前論之（7）舞下已有詳論，見頁 120。天子燕禮已亡，今《儀禮・燕禮》、《禮記・燕義》皆諸侯之禮，惟〈賓之初筵〉序云：「衛武公刺時也，幽王荒廢，媟近小人，飲酒無度，」是此篇所敘為天子之事，而篇中有燕射之事，可據以擬天子燕射之樂次也。本詩首章云「鐘鼓既設」，是有金奏也；二章未射之前言「籥舞笙鼓」，則是奏笙鼓而舞籥舞也。又《周禮・春官・樂師》云：「燕射，帥射夫以弓矢舞。」是燕射別有弓矢舞，既燕樂有舞，則當有升歌、下管。以諸侯燕禮記用樂與諸侯大射相同推之，天子燕射亦當與天子大射用樂相同，即升歌〈文王〉，管在〈新宮〉與〈象〉之間（參下文天子大射條說明）。

6. 見《儀禮・大射儀》。〈射義〉：「古者諸侯之射也，必先行燕禮。」孔疏：「大射在未旅之前燕，初似饗，即是先行饗禮。」據《儀禮》，諸侯燕禮與大射之儀節完全相同，用燕用饗，不易區分；惟據樂次表，諸侯大射用樂

與燕禮不同，而與天子大饗相近，故知孔疏謂大射先行饗禮，甚是。惟戰國以後諸侯燕禮亦漸用大饗之樂次，〈射義〉所云，殆據戰國以後爲說也。〈燕禮〉：「若射，則大射正爲司射，如鄉射之禮」是燕射之先當行燕禮，大射之先當行饗禮，此禮之正經，以天子大射有弓矢舞推之，諸侯大射似亦應有弓矢舞，惟規模或較小耳。

7. 天子大射之禮已亡，《周禮・春官・大司樂》：「大射：王出入令奏〈王夏〉，及射，令奏〈騶虞〉，詔諸侯以弓矢舞。」鄭玄注：「舞，謂執弓挾矢，揖讓進退之儀。」其意似不以弓矢舞爲舞，王引之《經義述聞・周官篇》「興舞、以弓矢舞」條下云：「舞謂樂舞，故大司樂詔之，鄭注謂執弓挾矢，進退揖讓之儀，則是射儀，非大司樂所當贊矣，殆失之。」是天子大射當有弓矢舞也。其餘歌管用樂，以諸侯大射下兩君相見一等推之，天子大射亦當下天子大饗一等，即升歌〈文王〉，管在〈象〉與〈新宮〉之間（〈象〉即〈維清〉、屬〈頌〉；〈新宮〉爲〈小雅〉之逸篇，已具論于頁 103 下管條內，然則〈象〉與〈新宮〉之間，當有一屬〈大雅〉之管樂。升歌所用〈清廟〉屬〈頌〉、〈文王〉屬〈大雅〉。〈鹿鳴〉屬〈小雅〉，三等俱全。與升歌相對之管樂亦當具此三等明矣，惟〈大雅〉管樂，經傳皆失載耳）。

8. 《儀禮・士冠禮》不用樂，《大戴禮・公冠篇》（今作〈公符篇〉）云：「公冠，四加玄冕，饗之以三獻之禮，無介，無樂。」是冠禮似皆無樂矣，然《左傳・襄公九年》云：「武子對曰：『君冠必以裸饗之禮行之，以金石之樂節之，以先君之祧處之。今寡君在行，未可具也，請及兄弟之國而假備焉。』晉侯曰：『諾！』公還，及衛，冠於成公之廟，假鍾磬焉，禮也。」是魯君行冠有樂也，據「君冠必以裸饗之禮行之」，其樂次當與饗同，魯君饗諸侯升歌〈清廟〉、下管〈象〉，舞〈武〉、〈夏〉（樂次表第十三條），則冠禮用樂當亦若是。

9. 天子大饗之禮已亡，《周禮・春官・大司樂》云：「大饗不入牲，其他皆如祭祀。」天子大祭祀王出入奏〈王夏〉，賓出入奏〈肆夏〉，升歌〈清廟〉，下管〈象〉，舞〈大武〉、〈大夏〉（參第十六條），大饗無牲，故無昭夏，又無尸，其餘皆同大祭祀，《國語・魯語》下：「夫先樂金奏〈肆夏〉、〈繁遏〉、〈渠〉，天子所以饗元侯也。」是天子饗諸侯金奏〈肆夏〉、〈繁遏〉、〈渠〉也（〈肆夏〉、〈繁遏〉、〈渠〉當即《左傳襄公四年》之三夏，《國語》韋昭注讀肆夏——繁——遏——渠爲句，《左傳》陸德明釋文讀肆夏、繁遏、渠爲句，本文從後讀。）。

10. 《左傳・襄公十年》：「宋公享晉侯於楚丘，請以〈桑林〉，荀瑩辭，荀偃、士匄曰：『諸侯宋魯於是觀禮，魯有禘樂，賓祭用之，宋以〈桑林〉享君，不亦可乎！』杜預注：「〈桑林〉，殷天子之樂名。宋、王者後，魯以周公故，皆用天子禮樂，故可觀。」據此，宋君饗諸侯用天子禮樂，當與天子大饗用樂近似。孔穎達《左傳》疏：「經典言樂，殷為〈大濩〉，而此復云〈桑林〉者，殷家本有二樂……皇甫謐云：『殷樂名〈桑林〉。』以〈桑林〉為〈大濩〉別名，無文可馮，未能察也。」《莊子・養生主》亦云：「合於〈桑林〉之舞。」是〈桑林〉為舞名，且為殷天子之樂，其為〈大濩〉與否，已不可知。宋君饗諸侯惟稱舞以〈桑林〉，不云其他，則其歌管或與周天子同，故此姑定為金奏〈王夏〉、〈肆夏〉，升歌〈清廟〉，下管〈象〉。

11. 天子養老之禮有二，《禮記・文王世子》：「天子視學……適東序，釋奠於先老，遂設三老五更群老之席位焉，適饌省醴，養老之珍具，遂發詠焉，退修之以孝養也。反，登歌〈清廟〉，……下管〈象〉，舞〈大武〉。」此養老禮之大者，以有三老、五更等國之大老，其禮隆，故其用樂登歌〈清廟〉，下管〈象〉，舞〈大武〉，與大饗類似。又〈文王世子〉云：「凡大合樂，必遂養老。」此養老禮之輕者，故有合樂，明其用歌、笙、間、合之次，無管舞也。金鶚〈天子食三老五更考〉云：「食三老五更，此禮之大者，與常時養老不同，〈王制〉云：『周人冕而祭，玄而養老。』是常時養老用玄衣，不用冕服。〈祭義〉、〈樂記〉皆謂天子食老更，冕而總干，是用冕服矣！《周官・司服》云：『王饗射鷩冕。』此食老更，尊之與大饗略同，故亦冕服，隆於常時養老。……此經又云：『凡大合樂，必遂養老。』大合樂在季春，養老乃常禮，非養三老五更也，鄭謂養老更在大合樂時，抑亦誤矣！」案：金氏分養三老五更、養老之禮為二，別具隻眼，極有見地，蓋養三老五更用重樂、著冕服，多在春秋二時；養庶老用輕樂、著玄衣，多用季春，二者截然有別（以上俱金氏說，文長不引）。今據此說分養三老五更與養老為二，前者升歌〈清廟〉，下管〈象〉，舞〈大武〉，明見於〈文王世子〉；後者既有大合樂，則當與鄉飲、燕禮同，今擬為升歌〈鹿鳴〉之三，笙、間、合，皆與〈鄉飲〉、〈燕禮〉同。

12. 說見上條。

13. 兩君相見禮有二種，《禮記・仲尼燕居》：「兩君相見，揖讓而入門，入門而縣興；揖讓而升堂，升堂而樂闋。下管〈象〉，〈武〉、〈夏籥〉序興。……入門而金作，示情也；升歌〈清廟〉，示德也；下而管〈象〉，示事也。」此

魯君與諸侯相見之禮。《左傳‧襄公十年》：「魯有禘樂，賓祭用之。」魯禘升歌〈清廟〉、下管〈象〉、舞〈大武〉，故兩君相見之賓禮亦從之，王國維〈釋樂次〉云：「魯太廟用天子禮樂，升歌清廟，遂推而用之於賓客。」即據《左傳》為說。此兩君相見禮之第一種。又《左傳‧襄公四年》云：「〈文王〉，兩君相見之樂也。」此兩君相見之常禮，下於天子及魯君一等，而又高於〈鄉飲〉、〈燕禮〉之升歌〈鹿鳴〉。以其升歌〈文王〉之三推之，管當在〈象〉與〈新宮〉之間，舞當盛於〈燕禮‧記〉乙之勺一等，經傳俱無其名，故管、舞姑皆闕疑（王國維於此條列有合樂「鹿鳴之三」，甚奇兀。《左傳‧襄公十年》：「〈鹿鳴〉，君所以嘉寡君也。」杜注：「嘉叔孫乃所以嘉魯君。」是〈鹿鳴〉本嘉使臣，叔孫委轉其辭曰嘉寡君耳，實非兩君相見之樂也。王氏殆一時疏忽歟？）

14. 說見上條。

15. 見《禮記‧祭統》：「夫大嘗禘，升歌〈清廟〉，下而管〈象〉，朱干玉戚以舞〈大武〉，八佾以舞〈大夏〉。」又見〈明堂位〉：「禘周公於大廟……升歌〈清廟〉，下管〈象〉，朱干玉戚而舞〈大武〉，皮弁素積、裼而舞〈大夏〉。」

16. 《周禮‧春官‧大司樂》：「大祭祀宿縣……王出入則令奏〈王夏〉，尸出入則令奏〈肆夏〉，牲出入則令奏〈昭夏〉。」〈大師〉：「大祭祀師瞽登歌，令奏擊拊，下管，播樂器。」〈地官‧舞師〉：「凡小祭祀，則不興舞。」是大祭祀有舞可知。據此，大祭祀有金奏、登歌、管、舞。此大祭祀謂天地、宗廟之大祭（說見本章第二節，頁 86），即郊社嘗禘是也。〈祭統〉：「昔者周公旦有勳勞於天下，周公既沒，成王、康王追念周公之所以勳勞者，而欲尊魯，故賜之以重祭，外祭則郊社是也，內祭則大嘗禘是也，夫大嘗禘升歌清廟……此天子之樂也。」是魯大嘗禘用樂與天子大祭祀同，然則天子大祭祀亦升歌〈清廟〉、下管〈象〉、舞〈大武〉、〈大夏〉也。

17. 《周禮‧春官‧大司樂》：「乃奏黃鍾、歌大呂、舞雲門，以祀天神；乃奏大簇、歌應鍾、舞咸池，以祭地示；乃奏姑洗、歌南呂、舞大磬，以祀四望；乃奏蕤賓、歌函鍾、舞大夏，以祭山川；乃奏夷則，歌小呂、舞大濩，以享先妣；乃奏無射、歌夾鍾、舞大武，以享先祖。」案：〈春官‧大師〉掌六律六同，即此黃鍾、大呂以下十二調名是也，茲據鄭玄〈大師〉注及劉毅志《國樂津梁》第一集：列此十二調之律度及相對之西洋調名如下：

△黃鍾：長九寸。相當於 e'。

△大呂：長八寸二百四十三分寸之一百四。相當於 f'。

△大簇：長八寸。相當於 #f'。

△夾鍾：長七寸二千一百八十七分寸之千七十五。相當於 G。

△姑洗：長七寸九分寸之一。相當於 #G'。

△仲呂：一名小呂，長六寸萬九千六百八十三分寸之萬二千九百七十四。相當於 A'。

△蕤賓：長六寸八十一分寸之二十六，相當於 #A'。

△林鍾：一名函鍾，長六寸，相當於 B'。

△夷則：長五寸七百二十九分寸之四百五十一。相當於 C^2。

△南呂：長五寸三分寸之一。相當於 $\#C^2$。

△無射：長四寸六千五百六十一分寸之六千五百二十四。相當於 D^2。

△應鍾：長四寸二十七分寸之二十。相當於 $\#D^2$。

據此，奏黃鍾、歌大呂云云，不過謂奏 E 調，歌 F 調耳，黃鍾、大呂等乃調名、非曲名。此六祀所用樂章，以天子大祭祀推之，當皆升歌〈清廟〉、下管〈象〉、舞〈大武〉、〈大夏〉也，惟其宮調各不相同耳。《周禮・樂師》鄭注引《尚書大傳》：「天子將出則撞黃鍾，右五鍾皆應；入則撞蕤賓，左五鍾皆應。」天子出入當奏〈王夏〉（見〈鍾師〉鄭玄注），而出用黃鍾宮，入用蕤賓宮，足見同一樂曲可用不同宮調演奏。又此云歌謂升歌；此云奏謂金奏及管，以金奏、下管皆以樂器，無人聲也；此云舞當備文武二舞，故孫詒讓《周禮正義》云：「奏並謂金奏；歌並謂升歌；又此舞雲門等，並止舉一樂，但大祭合樂（旭昇案：合樂二字非，宜刪）皆當備文武二舞，唯以雲門等為主，下五祭各主所用舞並同。」

18.～22. 說見上條。

23. 《左傳・隱公五年》：「九月，考仲子之宮，將萬焉，公問羽數於眾仲，對曰：『天子用八，諸侯用六，大夫四，士二。夫舞所以節八音，而行八風也，故自八以下。』公從之，於是初獻六羽，始用六佾也。」案：魯仲子事為春秋初年魯國懸案之一，據《左傳・隱公元年前傳》及《史記・魯世家》之說大致如下：魯惠公元妃孟子早卒，繼室聲子生隱公，隱公長而娶於宋仲子，惠公見仲子好而奪之，生桓公，於是惠公欲以仲子為夫人，以桓公為太子，惟桓公生而惠公薨。隱公受國人立為君，然猶不忘惠公之遺志。及仲子卒，欲以夫人之禮祔於惠公，則有孟子在焉，且仲子實未為夫人；欲以妾禮祔於

妾祖姑，又恐拂逆父志，於是別立一宮而事之，然於佾舞之羽數猶有疑焉。眾仲告以諸侯用六，以六佾祀仲子，既下魯夫人一等（魯用八佾），又不違悖惠公欲以仲子爲諸侯夫人之志。故《左傳》云「始獻六羽，始用六佾」，明前此皆用八羽八佾也。

萬爲文武二舞之總名，〈邶風〉：「方將萬舞。」《毛傳》：「干羽爲萬舞。」干謂武舞、羽謂文舞，黃以周《禮書通故・四十四・樂律通故・二》辨之甚詳，萬舞即干舞羽舞之總名，故樂次表中用舞多武夏並舉，即用萬之謂也。《左傳》考仲子宮惟記羽數之異，明其餘金奏、升歌、下管，皆當與大嘗禘相同也。

後記：本書是我 1980 年的碩士論文，其中的論點看來還不需更動，文章格式也儘量保持原貌，江秋貞女棣費心校稿，特此致謝。

2010.08.23　季旭昇于台北古亭

參考書籍論文目錄

一、經　部

1、一般類

1. 《周易》，藝文印書館，十三經注疏本。
2. 《尚書》，仝上。
3. 《書集傳》，蔡沈，世界書局。
4. 《易周書集訓校釋》，朱右曾，商務印書館。
5. 《論語》，藝文印書館，十三經注疏本。
6. 《孟子》，仝上。
7. 《孝經》，仝上。
8. 《爾雅》，仝上。

2、詩經類

1. 《毛詩鄭箋》，校相臺岳氏本，新興書局出版。
2. 《詩經正義》，孔穎達疏，藝文印書館印行。
3. 《詩辨妄》，鄭樵，古今圖書集成詩經部總論三。
4. 《呂氏家塾讀記》，呂祖謙，商務四部叢刊續編。
5. 《詩集傳》，朱熹，中華書局印行。
6. 《毛詩李黃集解》，李樗、黃櫄，漢京版通志堂經解。
7. 《詩緝》，嚴粲，廣文書局。
8. 《詩疑》，王柏，商務叢書集成簡編。
9. 《詩經大全》，胡廣，四庫全書。

10. 《詩經世本古義》，何楷，四庫全書。

11. 《詩經稗疏》，王天之，漢京版皇清經解。

12. 《毛詩稽古編》，陳啓源，漢京版皇清經解。

13. 《詩說》，惠周惕，商務叢書集成初編。

14. 《詩經通論》，姚際恆，廣文書局。

15. 《毛詩類釋》，顧棟高，藝文印書館。

16. 《毛鄭詩考正》，戴震，漢京版皇清經解。

17. 《詩經小學》，段玉裁，漢京版皇清經解。

18. 《毛詩紬義》，李黼平，漢京版皇清經解。

19. 《毛詩後箋》，胡承珙，漢京版皇清經解。

20. 《毛詩傳箋通釋》，馬瑞辰，廣文書局。

21. 《詩毛氏傳疏》，陳奐，廣文書局。

22. 《詩經原始》，方玉潤，藝文印書館。

23. 《詩義會通》，吳闓生，中華書局。

24. 《詩古微》，魏源，漢京版皇清經解。

25. 《詩經注釋》，高本漢，中華叢書委員會。

26. 《詩經釋義》，屈萬里，華岡出版部。

27. 《詩經通釋》，王靜芝，輔仁大學文學院印行。

28. 《毛詩會箋》，竹添光鴻，華國出版社。

29. 《獨斷》，蔡邕，(取詩說之部)，商務四部叢刊廣編。

30. 《詩三家義集疏》，王先謙，世界書局。

31. 《鄭氏詩箋禮注異義考》，桂文燦，桂氏經學叢書本。

32. 《毛詩禮徵》，包世榮，大通書局影李氏木犀軒叢書。

33. 《毛詩補禮》，朱濂，自刻本傅斯年圖書館有藏。

3、三禮類

1. 《周禮》，藝文十三經注疏本。

2. 《儀禮》，藝文十三經注疏本。

3. 《禮記》，藝文十三經注疏本。

4. 《大戴禮記》，商務叢書集成初編。

5. 《周禮疑義舉要》，江永，漢京版皇清京解。

6. 《周禮正義》，孫詒讓，商務印書館。

7. 《儀禮集說》，敖繼公，漢京版通志堂經解。

8. 《儀禮正義》，胡培翬，漢京版皇清經解。

9. 《儀禮鄭注句讀》，張爾岐，學海出版社。

10. 《儀禮樂器考》，曾永義，中華書局。

11. 《儀禮宮室考》，鄭良樹，中華書局。

12. 《學禮管釋》，夏炘，漢京版皇清經解。

13. 《禮記集解》，孫希旦，文史哲出版社。

14. 《禮書》，陳祥道，商務四庫珍本第五集。

15. 《五禮通考》，秦蕙田，新興書局。

16. 《禮書通故》，黃以周，華世出版社。

17. 《求古錄禮說》，金鶚，漢京版皇清京解。

18. 《天子肆獻裸饋食禮纂》，任啓運，漢京版皇清經解。

4、春秋類

1. 《春秋左傳》，藝文十三經注疏本。

2. 《春秋公羊傳》，仝上。

3. 《春秋穀梁傳》，仝上。

4. 《春秋釋例》，杜預，中華書局。

5. 《春秋傳》，胡安國，商務四部叢刊。

6. 《春秋王正月考》，張呂寧，漢京本通志堂經解。

7. 《穀梁補注》，鍾文烝，漢京本皇清經解。

8. 《春秋隨筆》，萬斯大，漢京本皇清經解。

9. 《春秋大事表》，顧棟高，漢京本續皇清經解。

10. 《春秋長歷》，陳厚耀，漢經本續皇清經解。

11. 《春秋傳禮徵》，朱大韶，藝文四部分類叢書集成續編。

12. 《春秋吉禮考辨》，周師一田，嘉新研究論文第一○一種。

13. 《左傳賦詩引詩考》，楊向時，中華叢書。

5、小學文物類

1. 《說文解字注》，段玉裁注，藝文印書館。

2. 《說文通訓定聲》，朱駿聲，世界書局。

3. 《廣雅疏證》，王念孫，漢京版皇清經解。

4. 《中國字例》，高師鴻縉，廣文書局。

5. 《殷墟書契前編》，羅振玉，簡稱前。

6. 《殷虛書契後編》，羅振玉，簡稱後。

7. 《龜甲獸骨文字》，林泰輔，簡稱林。

8. 《鐵雲藏龜拾遺》，葉玉森，簡稱拾。

9. 《殷契佚存》，商承祚，簡稱佚。

10. 《庫方二氏藏甲骨卜辭》，方法斂，簡稱庫。

11. 《殷契粹編》，郭鼎堂，簡稱粹。

12. 《殷契遺珠》，金祖同，簡稱遺。

13. 《殷虛文字甲編》，董作賓，簡稱甲。

14. 《殷虛文字乙編》，董作賓，簡稱乙。

15. 《戰後京津新獲甲骨集》，胡厚宣，簡稱津。

16. 《甲骨續存》，胡厚宣，簡稱存。

17. 《京都大學人文科學研究所藏甲骨文字》，貝塚茂樹，簡稱人。

18. 《殷虛文字綴合》，郭若愚，簡稱合。

19. 《殷虛文字丙編上集》，張秉權，簡稱丙。

20. 《增訂殷虛書契考釋》，羅振玉，藝文印書館。

21. 《甲骨文字研究》，郭鼎堂。

22. 《殷曆譜》，董作賓，中研院史語所。

23. 《甲骨學六十年》，董作賓，藝文印書館。

24. 《甲骨學商史論叢》，胡厚宣，大通書局。

25. 《殷墟卜辭研究》，島邦男，鼎文書局。

26. 《卜辭綜述》，陳夢家。

27. 《攈古錄金文》，吳式芬，樂天書局。

28. 《貞松堂集古遺文》，羅振玉。

29. 《兩周金文辭大系》，郭鼎堂。

30. 《雙劍誃吉金文選》，于省吾，樂天書局。

31. 《金文詁林》，周法高，香港中文大學。

32. 《金文釋例》，胡師自逢，文史哲出版社。

33. 《古玉圖考》，吳大澂，中華書局。

34. 《睡虎地秦墓竹簡》，里仁書局（不全）。

35. 《中華歷史文物》，袁德星，河洛書局。

6、通論類

1. 《五經異義疏證》，陳壽棋，漢京版皇清經解。

2. 《經義考》，朱彝尊，中華四部備要。

3. 《群經補義》，江永，漢京版皇清經解。

4. 《經義述聞》，王引之，漢京版經義述聞。

5. 《群經平議》，俞樾，漢京版續皇清經解。

6. 《經學通論》，皮錫瑞，河洛圖書出版社。

二、史　部

1. 《國語》，韋昭注，世界書局印天聖明道本。

2. 《史記》，藝文印書館印武英殿版。

3. 《漢書》，仝上。

4. 《宋書》，仝上。

5. 《梁書》，仝上。

6. 《水經注》，酈道元注，藝文印書館。

7. 《中國年曆總譜》，董作賓，香港大學出版。

三、子　部

1. 《墨子閒詁》，孫詒讓校注，世界書局。

2. 《莊子集釋》，郭慶藩輯，河洛圖書出版社。

3. 《荀子集解》，蘭臺書局。

4. 《呂氏春秋集釋》，許維遹輯，世界書局。

5. 《春秋繁露注》，凌曙注，漢京版續皇清經解。

6. 《白虎通疏證》，陳立注，漢京版續皇清經解。

7. 《論衡》，王充，學人雜誌社。

8. 《孔子家語》，王肅注，中華書局。

9. 《朱子全書》，朱熹，中華四部備要。

10. 《日知錄》，顧炎武，明倫出版社。

11. 《崔東壁遺書》，崔述，河洛圖書公司。

12. 《觀堂集林》，王國維，商務海寧王靜安先生遺書一二三本。

13. 《書傭論學集》，屈萬里，開明書局。

14. 《北堂書鈔》，虞世南，四庫全書子部類書類。

《詩經‧周南》詩篇研究
——對人的肯定與祝福

鄭岳和　著

作者簡介

鄭岳和，私立東海大學哲學博士生，專研《詩經》、中國文藝美學、湯顯祖戲曲與明代思想等。現任環球技術學院兼任講師。

提　要

　　本文以《詩經・周南》詩組為研究核心。思考以詩為經，為「恆久之至道，不刊之鴻教」的可能圖像。在〈毛詩大序〉「經夫婦、成孝敬、厚人倫、美教化、移風俗」，與《詩集傳》「用之閨門、鄉黨、邦國而化天下」的詮釋之外，說明作為詩三百首章的〈周南〉詩組，如何具體的進入人心，成為生命獨立自身與致力為人的內在支柱。

　　在〈周南〉十一首詩文的解析，展示出周人在對生命響慕的追求與現實處境的覺知中，如何打開獨特的禮樂精神向度。而如此為人的心懷，面對生存處境，面對個體、家庭、社會，面對存在整體，又如何在生命的韻律中，致力於心中之所好等。並隨著詩文的進行，在對「禮樂」、「情感」、「君子」、「福」、「理想」等等的討論中，一層層的彰顯周人的生命體驗與其理想所在

目次

前　言

　　沒由來的，詩就進入了我們的生命，如同存在迎面而來，我們來不及思考就已經進入了它，或者它進入了我。總之在這個片刻，我們已經融在一起。唯一能作的事，就是細細的感受它。感受它化為我們的骨血，在一呼一吸中，鮮活我們的生命。

　　在這個務實的時代，我們必須承認，讓這些詩進入我們的頭腦，絕對能帶來豐厚的利益。只要想想，《詩經‧周南》〔註1〕的這十一首樸素的詩，〔註2〕是整個中國文化一系列偉大詩作的起點，我們就能夠意會到，對這些詩的理解，特別是透過長遠的詮釋傳統所帶來的明白，將像一把鑰匙般的為我們開啟中國文化的大門，並且毫無疑問的，讓我們變得更優雅，更有文化素養。另一方面，我們還可以讓這些詩更深入些，讓它們不僅僅作為知識，而是作為我們生命的一部份，進入內在的真實。換句話說，從內在重新感受這古老的文字組合，讓它們對我們發言，讓它們開啟我們的生命感受。

　　重新面對詩文的第一個難題，來自於文字本身的歧異性。即便〈周南〉

───────────────────

〔註1〕《詩經》分〈風〉、〈雅〉、〈頌〉三部份，〈周南〉詩篇是〈風〉的第一篇。

〔註2〕整個《詩經》本身如何編排、集結，現在只能做合理的猜測。我們贊同大陸學者的看法，認為「各國太師一方面收集編選本地詩歌以上送周太師，一方面還把周太師編訂后的詩歌選本教給本國貴族子弟學習和樂工演唱。……從當時各國大夫在各種場合賦詩引詩如此熟練，所用詩篇如此集中，如果沒有一個統一本子是不可能的。由於各國太師不斷選送新詩，所以這個詩集本子是經周太師不斷增刪修訂的。……一直到春秋中葉，周太師的最後一次審定本出現，太師的編選工作不再進行，便形成了我們今天見到的《詩經》本子。」袁長江著，《先秦兩漢詩經研究論稿》（北京：學苑出版社，1999年8月），頁5～6。

作爲《詩經》的第一篇，已經被成千上萬的歷代學者研究過，但是詩中的許多文字仍存有歧異。故而我們的工作，起於探索詩文的每一個字在《詩經》中的使用脈絡，思考文字本身的可能意義，[註3] 然後透過推測字與字、句與句、詩與詩的次序的形成，慢慢的感受每一字、每一句、每一首詩的意涵。

在這個漫長的查詢、比較、推測、思考之中，詩文慢慢的融入生命，研究工作也由主動慢慢轉爲等待。此時，我們讓詩住在我們的生命裏，與存在對話；讓詩以生命之姿，鮮活的面對眞實存在。我們只是傾聽，傾聽詩文流過存在的聲音。整個研究成果，不是來自於精心的構想，而僅僅是對這個聲音的紀錄而已。當研究進入尾聲，神奇的，有某種喜悅與幸福的感受從內在升起，爲生命帶來新鮮的震動。原因無它，我們發現這些詩是被創造來歌頌人的。在這十一首詩裡面，充滿了對人的肯定與祝福。

整篇論文內容，主要以對每一首詩的解讀爲主，並且在幾個地方觸及周人的主題—禮樂、君子等等。在解讀的過程中，我們越來越感覺到整個〈周南〉是有意識的安排成現在的面貌，並結構性的展示周人對生命的體會。故而論文章節也順著〈周南〉詩篇的順序安排如下：

第一章　在時間與空間中的人的姿態：〈關雎〉

作爲整部《詩經》的第一首詩，〈關雎〉確實觸及生命的本質問題，從人的根本嚮往及其現實處境，到人面對自身的期盼時所可能出現的美麗姿態。並且更根本的，表明人所有的努力與情感，只是指向對人的『好』。

另一方面，〈關雎〉也表現出個體生命面對自身生命情境的四種姿態，這也將是接下來的四首詩所分別要談論到的主題。

第二章　收蓄與開顯：(1)〈葛覃〉、〈卷耳〉、(2)〈樛木〉、〈螽斯〉在〈關雎〉中已經指出，人是在空間中，以「生存」與「人倫」的期盼爲經，在時間中，以生命的「收蓄」與「開顯」爲緯，交織而成種種姿態。故而本章依照生命的兩個向度來開展其中的道理。即第一部份，生存的收蓄—〈葛覃〉、人倫的收蓄—〈卷耳〉。第二部分，生存的開顯—〈樛木〉、人倫的開顯—〈螽斯〉。

第三章　人在共體中的生命韻律：〈桃夭〉、〈兔罝〉、〈芣苢〉

在前面的第一、二章，指出個體生命面對自身期盼的眞實後，接下來在本章，是展現人在各種共體中的生命韻律。分別是家庭——〈桃夭〉、公（國

家）──〈兔罝〉、存在整體──〈芣苢〉。

第四章　理想存在：〈漢廣〉、〈汝墳〉、〈麟之趾〉

這一章總結性的討論理想存在的問題。〈漢廣〉說明自我對理想的嚮往及其追求的不真實，並指出實現理想的真實途徑。〈汝墳〉則根本的指明生命的根源及其不可否定的基礎，展示人的絕對自由的根底。〈麟之趾〉最終的構劃出整個人類的理想存在的實現景況。

第一章　在時間與空間中的人的姿態──
〈關雎〉解讀

> 關關雎鳩，在河之洲，窈窕淑女，君子好逑。
> 參差荇菜，左右流之，窈窕淑女，寤寐求之。
> 求之不得，寤寐思服，悠哉悠哉，輾轉反側。
> 參差荇菜，左右采之，窈窕淑女，琴瑟友之。
> 參差荇菜，左右芼之，窈窕淑女，鍾鼓樂之。

（〈周南·關雎〉）〔註1〕

第一節　人的現實處境──求之不得

一、起　始

關關雎鳩，〔註2〕在河之洲，〔註3〕窈窕淑女，君子好逑。

不論人目前以什麼樣的姿態存在，這個圖像都是生命最基本的嚮往。這是〈關雎〉的起始，也是每一個生命在當下的起始。一個安穩的生存居所與情感的和樂滿足，是人最平凡的心願。

以「關關雎鳩，在河之洲」來表徵人們對安穩居所的嚮往，或許來自於周人對雎鳩的欽羨與崇拜。〔註4〕它們在河洲中的居所，能躲避陸上動物的攻

〔註 1〕　本文所引用之《詩經》文句，採自《毛詩正義》（漢）毛亨傳；（漢）鄭玄箋；
　　　　（唐）孔穎達疏；龔抗雲等整理。（臺北市：台灣古籍，2001 年 10 月）（十三
　　　　經注疏·標點本）。
〔註 2〕　「關關，和聲也。雎鳩，王雎也。」《毛詩正義》，頁 25。
〔註 3〕　「水中可居者曰洲」《毛詩正義》，頁 28。
〔註 4〕　據中國學者研究，透過周原的考古發現，證明起於商周時代的鳳鳥崇拜，其

─5─

擊，又能夠容易的從河中取得食物；它們在天地間自由飛翔，為所欲為的鳴叫著。這對於必須為生存而不斷努力的人們而言，在安穩的河洲中生存著的雎鳩，實在是生存的理想狀態。

然而另一方面，人們也清楚的知道，雎鳩不是人最終的期盼。生命的存續除了要穩定生存之外，另一件必須之事，就是尋求異性以延續後代。對人而言，其需要不僅止於此。人透過婚姻而進入家庭，共體中的美善、人倫的和樂，都不僅要求對象以異性的身分出現。而正是在對自身與對對象更高的期盼中，人們明白到人自身的特殊性。於是人以自身為嚮往的對象而形構出『窈窕淑女，君子好逑』的美麗圖像。

二、好

在《詩經》中有 62 首詩〔註5〕使用「君子」這組詞彙。值得注意的是，無論是在〈國風〉中，君子多以被女性思念的對象〔註6〕出現。或者在〈雅〉〈頌〉中，君子是被人們祝福或者期盼、敬重的對象。〔註7〕《詩經》中的君子幾乎都不是作為主體，而是被動的以一個對象浮現出來。似乎在那個時代，人們對於自身的理想形象並不確定，而只能用「君子」，一個隱含著某種可能性、某種潛能的詞組，來表達對人的理想的盼望。而「窈窕淑女」同樣的也是將人們對女性的期盼，寄託在一個尚未顯露自身的詞彙「窈窕」上面。

實原初有兩類：鷹鳩類與孔雀類。從歧山周原鳳雛村遺址出土的祀鳳卜甲上的鳳形象——短尾鳥類，證明周人鳳崇拜的原形，在周原時期，即為〈關雎〉詩中的鷹鳩類鳥。直到成王時期開始排除了鷹鳩類鳥，並掀起鳳崇拜的高潮。由於鳳凰的形象日趨華麗，鳳凰的形象被高度神化，甚至脫離原形孔雀。至使人們遺忘，鷹鳩類是周人鳳崇拜的起始。何丹著，《《詩經》四言體起源探論》（北京：中國社會科學出版社，2001 年 11 月）。頁 111～149。

〔註 5〕 風 20 首，雅 41 首，頌 1 首。

〔註 6〕 如〈周南‧汝墳〉「未見君子‧惄如調飢‧……既見君子‧不我遐棄」〈召南‧草蟲〉「未見君子‧憂心忡忡‧亦既見止‧亦既覯止‧我心則降」〈鄭風‧風雨〉「風雨如晦‧雞鳴不已‧既見君子‧云胡不喜」，君子以一個被女性思念、期盼、充滿情感的對象的姿態出現。

〔註 7〕 如〈小雅‧南山有臺〉「南山有臺‧北山有萊‧樂只君子‧邦家之基‧樂只君子‧萬壽無期‧」〈小雅‧蓼蕭〉「蓼彼蕭斯‧零露湑兮‧既見君子‧我心寫兮‧燕笑語兮‧是以有譽處兮‧」等等。在此無論君子的身分是什麼，「君子」主要都是作為一個情感的對象，被動的出現的。並且當君子這個字出現時，經常都意味著詩人或者詩中的主角，對於對象（君子）人格或者德性的尊重、相信、期盼與祝福。

　　考察「窈」、「窕」這兩個字。我們發現到「窈窕」連用，不論在《詩經》或者其他《十三經》裡都沒有再出現過。〈毛傳〉將「窈窕」釋為「幽閒」，傳統多接受這個看法。但是清朝的姚際恆在《詩經通論》中提出不同的意見：『「窈窕」字從穴，與「窯」、「窩」等字同，由後世言「深閨」之意。……〈毛傳〉訓幽閒：「幽」或有之，「閒」則於窈窕何見乎。』〔註8〕同時代的方玉潤在《詩經原始》中質疑姚際恆的說法：「窈窕字，雖從穴，然與便娟等字對用，則仍是閨閣幽靜之意，非窈窕即深閨也。脫卻閨閣以是窈窕固不可，即竟以窈窕為閨閣意豈可乎？」〔註9〕在古人們的討論中，我們能夠隱約的看見淑女是「閨閣幽靜」的，且我們也從中學習到，能夠從對字形的直觀中明白字的可能涵義。故而我們可以進一步推論，窈窕淑女是在一固定地方（穴）中的「幼」與「兆」的姿態。「幼」字在先秦典籍之中，多半是用在長幼、年幼的幼，換言之，是指一個人沒有完全的成長還沒達到完全成熟的狀態，是一種成長中的姿態。「兆」在先秦典籍中主要有兩個意思，一是兆民，指萬民、百姓，後來演變為表示數目，如億兆。另一是預兆、徵兆，最初是指龜甲、獸古燒灼後的所出現的裂痕，而後演變為事情發生前所顯露的徵候、跡象。而無論是「幼」還是「兆」，都是指一個東西或人事物尚未顯露其可能性的狀態。故而「窈窕」是指人的美麗、美善尚未開顯，但又隱約透露著的狀態。

　　於是，在對「窈窕淑女，君子好逑」這個畫面的凝視中，我們看到人正透過與理想的面對面，不斷提昇自身的各種可能性。對象越是美麗，自身亦隨之開闊起來。君子與窈窕淑女的存在，讓人對美好的理想，擁有無窮無盡的夢想。而正是這夢想鼓舞了人們的情感，在與對象的面對面中，超越自身的自然之性，展現人不同於天地萬物的美麗姿態。

　　而人正是在自身的美麗當中，突然的發現到，對於雎鳩的凝視並非僅是欲求生存的安穩。跟隨著雎鳩在河洲、天地之間鳴叫飛行，也讓人同時在想像中，超越了生存給予人的種種束縛。而雎鳩正是作為一種能給予人自由的精神動物，出現在人的面前。從而我們看到，「關關雎鳩，在河之洲。窈窕淑女，君子好逑。」總合了人的所有期盼，屹立在〈周南〉之首。人的種種努力、不安，人的美麗與開顯也由此開始。

〔註8〕見〔清〕姚際恆《詩經通論》。取自《續修四庫全書62》/續修四庫全書編纂委員會編（上海市，古籍出版社，2002年），頁19。

〔註9〕見〔清〕方玉潤《詩經原始》（台北縣：藝文印書館，民國70年2月），頁171。

三、求

　　參差荇菜，〔註10〕*左右流之，窈窕淑女，寤寐*〔註11〕*求之。*

　　荇菜是一種葉子浮在水面上，根部在水底的植物。這意味著整株植物是隨著河水的高低流動而不穩定，甚至經常的被河水衝擊，而致使根部脫離河底泥土而在水面上漂流，所以用「荇」來形容。而它之所以那麼容易跟隨河水起伏，原因在於它有一個大大的葉子浮在水面上。「參差荇菜、左右流之」正意味著人的努力。努力於自身生存的安定，能夠在如河水般不斷流動的存在中，建立一個如河洲般安穩的環境。河面上漂流著的「荇菜葉」與「河洲」兩相對比，正顯示出人的努力的意圖所在。無論荇菜根部抓住河底的力量是多麼的小，在河中是多麼的不穩定，人總是期盼在河面上，佔有一個穩定的空間。故而「左右流之」正是要表達如此的努力是如何的困難，荇菜總是左右流之，人的努力不斷的持續，但總是無法真正的安定下來。

　　而另一方面，人對於窈窕淑女的種種期盼，促使人總是處在求之中，如同面對生存一樣不斷的努力。然而那個距離總是存在著，那個求總是持續著。甚至，日日夜夜的努力，日日夜夜的求，對象總是仍然保持在眼前，無法完全安定下來，無法真正的求得。換句話說，甚至人已經用了所有的能力去努力求取，但是，那個距離仍然保持著，那個理想總是在不遠的前方。「關關雎鳩，在河之洲」仍然作為理想存在著；「窈窕淑女」也總是在前方讓人期盼著。「參差荇菜，左右流之。窈窕淑女，寤寐求之。」因此正是表明了，人面對著理想與期盼，是處在如此不停的努力之中的。不論如何的「左右」努力、「寤寐」求取，在時空中的這種前進姿態總是存在著。

四、不　安

　　求之不得，寤寐思服，〔註12〕*悠哉悠哉，輾轉反側。*

　　當所有的努力都無法達到心目中的理想時，人的意識會來到一個點，即人始終是求之不得的。每一次的求之不得都有原因，人總是透過原因的探求

〔註10〕 「參差，長短不齊之貌。荇，接余也。根生水底，莖如釵股，上青下白，葉紫赤，圓徑寸餘，浮在水面。」《詩集傳》，〔宋〕朱熹（臺北縣：藝文印書館，民國 63 年），頁 6。

〔註11〕 「寤，覺。寐，寢也。」《毛詩正義》，頁 29。

〔註12〕 「服猶懷也。」《詩集傳》，頁 6。

而重新燃起希望，繼續努力。但是，面對整個人存在的最終期盼，人始終是求之不得的。那個對自由的嚮往與人倫美麗的夢想，始終保持是一個夢想。所有的努力都無法達成什麼，對夢想的期盼甚至變得更強烈。於是那個向外的努力，轉向內在；寤寐求之，轉為寤寐思服。日日夜夜的在內在思索還有什麼樣的可能性？日日夜夜的在內在思慕理想存在與人倫美麗。那個期盼求得、佔有的努力，全部轉向內在，在人的內在形成巨大的不安。

「悠哉悠哉」，表達在時間中前進的生命，因完全受阻而無法向前時的感嘆。「輾轉反側」，顯示出人在空間中，尋不到穩定的點，而無法安定下來。如此全面而深刻的不安，正相對於理想存在的美麗安穩，而越發的讓人感到悲哀無望。

五、結　語

〈關雎〉至此，將人的真實處境濃縮的表達出來。透過人面對存在的兩大期盼，描繪在面向理想的前進當中，人的處境與感受。要注意的是，詩中所描繪的三種狀態，即對理想的期盼、努力與不安，在實際的生活中，並沒有絕對的次序。人總是經常的在不安中，重新點燃對理想的期盼，在努力中又同時感受到內在的不安與對外在理想的希望。這是人的姿態，在這三者之間流動不已。努力或許隨著理想的昇華而改變，不安或許隨著努力而安心踏實，而理想也經常隱而不顯。作為一個人，如此的存在是至為平常的狀態。

然〈關雎〉作者必定對人懷著深厚情感的。他期盼處在這狀態中流動不已的人，能在現實存在中，感受生存的喜悅與人倫的美善。他期盼求之不得的不安能離開人，而僅僅作為一種提醒被保存在〈關雎〉中。換句話說，他之所以將人的處境暴露出來，是要將正在讀詩的人拉到當下，拉進文字，融入即將出現的樂音。

第二節　生命的收蓄

　　　參差荇菜，左右采之，窈窕淑女，琴瑟友之。

一、樂　音

當詩文來到這裡，在**輾轉反側**的不安之後，忽然出現一種明亮、平淡的

氛圍，〈周南〉琴瑟以泛音〔註13〕起始，在空氣中輕微的震動著。於是一切都沉澱下來，睢鳩、河洲、淑女、君子。人的理想、努力、不安在琴瑟聲中安頓著，回到自身的位置。

　　爲了直觀在此古老樂音中隱藏的道理，有幾個概念必須要先釐清。一，琴瑟樂音不是以外於當下生活的某個理想情境的姿態出現，而是直接參與在生活中，融化在人與人之間的。這個樂音是開放的，所有環境中出現的聲音都與之融化在一起而形成一個共樂。故而這個樂音所呈現的是存在整體在當下的眞實狀態。它在宴會〔註14〕、人群中彈奏，是爲了要讓人們在樂音中感受自身的獨立存在，感受自身在整體中的眞實。二，琴瑟樂音透過種種下指落弦的內勁變化，已在單一聲音中呈顯「樂」的美麗，故而並不強調任何旋律鋪衍、節奏、曲式等等的發展來呈顯音樂。〔註15〕換句話說，整個音樂的完成並不需等待情節的安排發展，而相反的是在每一發聲的當下即完整自身，並隨著在時間中前進的整體的變化，自然的呈顯出個體與整體，在每一個當下的眞實狀態。

　　故而，當人以手指碰觸琴弦而發出聲音時，這個聲音一方面表達出人在當下作爲一個個體的狀態，另一方面也表達出人面對對象的感受。這個對象可能是外在世界的任一對象，也可能是人自身的心情、想法。故爲了要能表達出眞實的感受，人必得要完全收斂自己，從對外在的種種欲求期盼中收回到單純個體。如此發出的聲音才能呈現自身與對對象的感受的眞實。換句話說，當對象呈顯在眼前，手指輕撥琴弦而發出聲音，那個聲音像某種中介物一樣的，在人與對象之間震動著。人在這個聲音中聽到自己，也聽到自己對對象的感受。而隨著時間的前進，對象不斷的出現，種種對對象的感受也接踵而至。如果每一個聲音就是一個人對著對象的感受，那麼在如此時間中斷續出現的聲音，必定讓人意識到，在種種不同的聲音中的「不動的自己」，與安置許多不同對象的「整體」的出現。

〔註13〕 琴樂中，泛音空靈，代表天；散音（空弦音）不動，代表地；按音（由人按出的音階曲調）人爲，代表人。林谷芳著，《傳統音樂概論》（台北縣汐止鎮：漢光文化，民國87年）。頁88。

〔註14〕 〈鄭風‧女曰雞鳴〉「宜言飲酒‧與子偕老‧琴瑟在御‧莫不靜好。」〈小雅‧鹿鳴〉「我有嘉賓‧鼓瑟鼓琴‧鼓瑟鼓琴‧和樂且湛‧我有旨酒‧以燕樂嘉賓之心‧」

〔註15〕 見《傳統音樂概論》，頁39。

換句話說，隨著樂音的前進，人將越來越清楚感受到自己作為一個個體的獨立存在；另一方面，人也將明白對象是被安置在什麼樣的整體之中，以什麼樣的姿態而互相關聯。更進一步的，當人在樂音中前進，在不同的關係中感受同一對象，那麼人也將同等的感受到，對象呈顯為與自己一般的一個獨立自身的存在。於是在琴瑟樂音中，每一個個體都以其自身的姿態而存在著，並且都同時的處在整體的關聯之中。

二、努力的真實

「參差荇菜，左右采之」。「采」象徵著人的持續努力。在這個努力中，有著對自身、對存在的接受。換句話說，人明白到自身的努力，像荇菜一般，只能在河面上形成龐大模樣，卻不可能真正建立永遠穩定理想的居所。整個存在處在不停的變動中，眼前安居的土地，或許在數個世代後被河流淹沒；努力的耕種，或許因天候而無法收成。理想的生存環境是無法求得的。

真實生存的安穩，來自於如此的明白。明白人不需期盼、追求理想的生存淨土，而是倒過來的，生存的安穩，來自於人自身持續的努力。換句話說，人所期盼的理想國度，實即存在於人自身的努力中，不需要等待任何客觀環境的給予，就能在當下的努力中，實現自身的期盼。人沒有翅膀，不能在天地間自由飛翔，但這不意味著人因此而失去自由。人的自由，來自於自身在大地上，一步步的行走。在如此的行走中，人以全然獨立的姿態存在於天地之間。這是人的真實，並且以此真實而能如實的感受存在整體。

於是我們看到，人從對河洲的期盼追求中，收回自身真實的存在景況而努力。「左右采之」，並非來自於對求之不得的理想的放棄，而正相反的，當人獨立於天地之間，感受到自身與整體的真實樣貌時，人明白到理想存在，不是如同想像般的集中於河洲，而是散佈於存在整體的。故而「于以采蘩、于沼于沚」〔註16〕、「于以采蘋、南澗之濱。于以采藻、于彼行潦」〔註17〕、「陟彼南山、言采其蕨」，〔註18〕理想已存在於當下現實的空間中，等待人的努力採集。無論所采的對象，是基於生存或者儀禮需要，「采」都表示著人對著理想的持續努力。如此的努力，本身已經意味著理想的實現，換句話說，

〔註16〕取自〈召南・采蘩〉。
〔註17〕取自〈召南・采蘋〉。
〔註18〕取自〈召南・草蟲〉。

人的美麗，以此在大地上一步步的行走而眞實。

三、情　感

　　綜觀整個存在在整體中的每一個體，人將發現處在關係中的人們雖然各自獨立而有種種不同的姿態，然在層層交錯複雜的關係中，卻有著一些個體與自身處在類似的關係中，以類似的姿態存在著。這種存在姿態的類似甚或相同，在初始的時候，引起了人對人的喜好。窈窕淑女與君子正透過如此的相同姿態而彼此吸引。換句話說，在整體存在中，當天地萬物對人而言顯得那麼奇異而與自身不同，當人仍然無法在其中肯定自身的存在時，一個與自身有著同樣姿態的對象，必然引起人對對象的「好」。如此的好，在彼此的互相凝視或者單方面的想望中加強，而形成一種在自身與對象間的固定聯繫，我們稱此爲兩者間的情感或者單方面的思慕。而人將很容易的透過對象肯定自身的存在姿態，並且更進一步的，在如此的肯定中，產生自身與對象合一的感受。換句話說，如此肯定的是兩者在面對面中的眞實。從而使得對此情感的期盼以「求得」作爲努力的方向。透過求得、透過對對象的佔有而在一方面肯定自身，一方面沉浸在關聯帶來的安定感受。人之所以對對象「寤寐」求之，正來自於如此美麗圖像的誘惑而變得強烈起來。

　　在琴瑟聲中，人明白自己作爲一個個體獨立存在，也同時意識到對象亦是一個獨立存在的個體。故而，正因其獨立自主而始終「求之不得」的。「琴瑟友之」因此代表著人從對對象的欲求中收斂回來，感受到自身的眞實姿態，並且同時看到自身與對象間的原始關係，是起始於兩者的共同期盼、努力、感受等等。換句話說，「友」正是這樣的一種關係，在其中，兩者各自面對自身的存在處境而努力，並忽然意識到對方亦在同樣的處境中，擁有同樣的心懷與努力。換句話說，兩個獨特個體，忽然在相會中感受到某種共通性，而產生「友」的感受。

四、友

　　這個友的感受，透過琴瑟樂音而進一步的得到加強。當人面對對象彈奏琴瑟，首先，自身與對象都在樂音中獨立的出現，並且，面對天地萬物一聲一聲的傳達心中感受，而同時感受到對象的共鳴。那麼，自身與對象將透過琴瑟樂音，自由遨遊於天地之間，共同感受生命的喜樂哀傷。人們將透過不

同的手勢、頻率、輕重衍繹豐富多變的生命經歷，在單一輕彈中收斂、釋放、安頓內在情感。人們因此從「友」的感受出發，在琴瑟樂音中賦予情感真實內容。並且如此的情感不是佔有，而相反的是對彼此個體生命自由發展的支撐，甚至透過彼此的共鳴而發現自身更多的可能性。換句話說，在「窈窕淑女，琴瑟友之」之中，我們看到對對象情感的真實，正是起始於人對自身的肯定的。從對對象的欲求中收回來的情感，才反而是讓人的情感有了真實的起點。換句話說，在關係之中，人必定要以如此獨立的姿態，才能讓所有的情感得以真實。而人倫美善的實現亦必透過如此的對自身，對對象的肯定才得以實現出來。

　　人倫的美麗，起始於在人倫共體中每一個體的全然獨立，而又能在樂音中讓所有感受融化一體的心懷。換句話說，正是以個體的姿態，在整體之中，在種種人倫關係中，人變得更為美麗。

第三節　生命的開顯

　　　　參差荇菜，左右芼〔註19〕之，窈窕淑女，鍾鼓樂之。

一、禮

　　當採收下來的荇菜被使用在儀禮中時，表示了人的努力，不僅僅以自身的生存為對象，而致力於共體的禮。換句話說，人明白到人真實安定的生存居所，更是存在於人倫共體中的。如此的穩定並非來自於河洲的存在，而來自於在人倫關係中人對人的致力。從個體這邊看來，人是單獨的面對自身的生存而努力；從共體看來，人是在努力中與種種人事物產生關聯，而成為共體的一部份。換句話說，人倫共體是透過每一個個體生命的自我開展，而形成的種種關係的總合。而如此平面的在空間上的關係，如果重疊上在過去長久時間中，所有曾經在此人倫共體中努力的個體生命，剎那間人將感受到自身的存在，在當下是同時關聯著多少在空間與時間中的個體的努力。

　　如此面對共體、面對個體生命的存在感受，只有感激，只有無限的敬。在行禮中的人，正是感受到如此無以名之的感動，而以單純的敬表達自身的

─────────────────

〔註19〕在古代荇菜經常在儀禮中使用。「芼，熟而薦之也。」《詩集傳》，頁7。故而此處的荇菜是被用來作為儀禮的祭品之一。

感激，並且反過來對個體生命產生敬意的。換句話說，個體生命是凝聚無數多人們的努力而存在的，這個對個體生命的支持，已經包含著對個體生命的信任、肯定與祝福，人之所以能夠感受到自身如此獨立於天地萬物間的存在，背後正有著如此一點一滴匯聚起來的巨大情感支撐著的。

二、樂

「窈窕淑女，鍾鼓樂之」。〔註20〕鍾鼓是非常強烈的樂器，不同於琴瑟的是，它更強烈的將聲音聚集在個體身上。當鐘聲響起，幾乎是同時的，那個鐘聲撞擊到人的身上，並且同時向內、向外擴展著。那個敲擊是點狀的，但是它卻同時向所有方向一層層的震動開來，而伴隨著鐘聲前進的，是人的所有情感、感受，人的喜悅、悲傷。它同時向外擴展人的感受，並且將那個感受帶入人心深處。當人如此的被聲音震動著，所有隱藏在內在的不安，所有對外界的不信任，所有在人性中被壓抑下來的東西，也全部跟著震動起來。並且如同大地被春雷振醒，人內在的一切亦透過被鐘聲撞擊而活躍起來。這就是為什麼鼓一直被用來在戰場上振奮人心。〔註21〕戰場上的士兵正是透過這般進入內在的強烈鼓動，爆發原始的生命力而充滿勇氣的。換句話說，生命正是透過如此的震動而甦醒。而從這個甦醒中開展的生命感受，就是「樂」。

而大大小小的編鐘，一方面意味著種種生命的不同本質，另一方面也代表了生命的種種不同層面。故而如此的「鍾」才能夠從各個層面開啟生命的內在力量。孔子聞韶樂，三月不知肉味。那麼我們可以想像韶樂一定是能夠在許多層面開啟生命、激發各個層面的生命力的，它必定是透過鍾鼓聲無窮無盡、綿綿不絕的開啟生命的。換句話說，透過鍾鼓如此的凝聚在個體生命身上的震動，使得孔子三個月都還處在樂當中，而說出：「不圖為樂之至於斯也。」

三、對生命的肯定

就個體而言，透過鍾鼓震動而開啟的生命力是安於自身的，它們一方面向外擴展，一方面向內安定下來，如同樹木向下紮根，向天空伸展。生命正

〔註20〕鐘是指編鐘，由一套大小不同的鐘所組成；鼓指皮鼓，亦可能是指一套大小不同的鼓。故而是可以發出一連串經過編排的樂音。

〔註21〕〈小雅·采芑〉「顯允方叔·伐鼓淵淵·振旅闐闐」。

是透過如此的開顯而眞實，並且如此的開顯將時時都是起點，而不斷的發展的。另一方面，當生命在如此的震動中，一層層的向外擴展，人的感受將變得更敏感、更覺知。如此的感受去到對象上面，同樣的震動將同時撞擊對象，在對象身上產生震動。如果我們將這個畫面想像成聲波的運動。當聲波去到對象，必定同樣會有聲波反彈回來。如果彈回來的感受是苦的，這就意味著自身的樂的開展受到阻撓。換言之，當人感受到對象的苦時，爲了自身生命的喜悅，人必定會努力去開啓對象，讓對象同樣也是樂的。「鍾鼓樂之」正具體的展現如此的對人的努力。換句話說，在鍾鼓樂之中，人同時開啓自己也開啓對象。「鍾鼓樂之」所相信的，是在如此「樂」的開啓中，人是努力於讓一切都成爲樂的。換句話說，生命在全然的樂之中肯定自己，並且讓這個肯定從內向外的擴散開來，而去到對象上。故而，人在鍾鼓聲中的聽到的，是對人的全然信任，對生命的完全肯定。人對人的情感的美善，正透過如此的努力而眞實。

第四節　〈關雎〉所開展的生命向度

一、結　構

在樂音的伴隨中，〈關雎〉在此表現出個體生命面對整體存在時的種種姿態。並且在我們的解讀中，隱然出現四個如此的姿態。亦即在空間中，以「生存」與「人倫」的期盼爲經，在時間中，以生命的「收蓄」與「開顯」爲緯，交織而成的領域。圖示如下：

```
                時　間
            ┌─────┴─────┐
          開顯　　　  收蓄
         （芼之）　　（采之）　　生存
                （好）　　　　　　　　　  ├ 空間
         （樂之）　　（友之）　　人倫
```

生命是在時間與空間中的存在。對於人來說，生存的安穩與人倫關係的和樂，是其最基本的嚮往，人的種種努力莫不以此爲出發點，並主要的，是透過

空間形式作為理想實現的指標。例如以物質的獲取代表生存的安穩，以與他人關係的聯繫，代表人倫關係的和樂。在空間的向度中，一切都是趨向安穩的、固定的、不變的。換句話說，無論在空間中的物質存在是如何的美好，其本身都是無生命的。真實的生命，是透過時間分分秒秒的生長開來。故而透過人在時間中的努力，物質才能帶來生存的安穩；透過人在時間中前進著的情感，才能成就人倫關係的和樂。時間本身正巧與空間相反的，是不穩定的、流動的、不停的，換句話說，時間本身即意味著生命不停的移動與生長。對人來說，空間主要呈現為影像，而時間則在聲音、樂音中表現其特徵。

　　透過〈關雎〉，我們看到生命意識的兩個基本方向，收蓄與開顯。「收蓄」是生命在時間上的回溯，讓空間中所有的物、人，在回溯中重新被意識清楚，使人對自身與整體有所明白；「開顯」則是生命在時間中的前進，在對當下所有物、人的承擔中，開展自身與對象的真實。兩者都伴隨著某種影像與樂音。故而如此在時間與空間的交織中，出現四種影像與樂音，即生命的四種姿態。此姿態在〈關雎〉中以「采之」、「友之」、「芼之」、「樂之」表現出來。並且在周南詩篇中，更進一步的以四首詩分別開展其中的道理。即生存的收蓄 ——〈葛覃〉、人倫的收蓄 ——〈卷耳〉、生存的開顯 ——〈樛木〉、人倫的開顯 ——〈螽斯〉。

二、〈周南〉的中心

　　〈關雎〉之所以能夠讓我們看到生命的這幾個領域，是因為它本身即指出此四個領域的中心。亦即，生命在時間與空間的交織中，其所有的努力與情感，都指向對生命的「好」，並以此對生命的好，換句話說，對人的喜愛為一切的中心。《詩經》以〈關雎〉為首，實即表明了人所有的努力與嚮往，也祇是對人的「好」而已。故而在君子、淑女的形象中，我們感受到全然的對人的肯定與信任；整個面對生存的努力，最終亦歸於對人的致力。

　　故而，在生命的收蓄中出現的是人的美麗，在開顯中出現的是個體生命對人對己的善。越是在如此的美善中凝視人，就對人越是喜好，而人正是在此凝視中看見自己、明白自己，進而開顯自我之美善而喜樂。如此對人的「好」所帶來的喜悅是雙方面的，即見人與自身之美善而樂。換句話說，當人作為自我所好的對象，而出現在自我之外時，眼前的人也同時成為一面鏡子。鏡中浮現的自我，無論其為正面或者負面，都映照出自我在某個片刻的生命姿

態。而自我正是在如此不斷的承擔與接受中，日漸明白自我的真實，明白人的種種現實與期盼。並且更進一步的，爲自身與對象的樂而致力。如此的致力，是善也是樂；如此所開顯的正是人的美善。

故而，君子、淑女，代表著周人對人的明白。整個〈周南〉詩篇之所以使用種種非人的生命，如〈關雎〉、〈葛覃〉、〈卷耳〉、〈樛木〉、〈螽斯〉、〈桃夭〉、〈苤苢〉、〈麟之趾〉爲提，也僅是要讓人在面對生命萬物的種種姿態中，明白自身在天地萬物間獨特的美麗。人所好與其所致力的，只是君子淑女而已；人所努力開顯的，亦爲君子淑女而已。

第二章　收蓄與開顯

第一節　收蓄——從外部世界轉入內在生命的路徑

　　「收蓄」是生命本身的自然傾向。日出而作，日落而息。這個「息」即是收蓄。所有我們透過視覺，而在空間中出現的對象，隨著日落而沉入黑夜。這意味著所有對象從空間中消失，轉而收入內在形成另一空間圖像。在此圖像中，所有對象的姿態、位置，全部為當下的我的感受所決定，並隨著我對存在整體的感受而時時的變動。如同人透過琴瑟發出的樂音一般，人在樂音聲中感受自身與對象的種種關係，感受自身與整體的種種關聯；人也透過此內在圖像，明白自身、種種對象、與整體的姿態。

　　作為一個真實的人，所有作為都是基於對人的「好」的。然而在與人的互動中，並不意味著每一作為都能使人產生好的感受，甚至可能在複雜的因果關聯中產生傷害。如此背離出發點的作為，也經常在與種種對象的互動中，不自覺的發生著。自覺的起始，即來自於在此收斂的意識中，出現的內在圖像。換句話說，當對象從現實空間中消失，而出現在自我的內在空間裏。此圖像所呈現出的種種關聯，將使自我明白，自身與對象的真實關係為何？在現實中的互動是否真的出於自身的真實情感？甚至，在內在空間中出現的對象，是能夠發出聲音與自我對話的，這個聲音或許是喜悅，或許是悲傷，或許是肯定，或許是要求。在對這個聲音的傾聽，與對這內在圖像的凝視中，人於是能夠真正的明白自身的作為，並真實的致力於對人的「好」。人的作為的真實，人對好壞對錯的明白，正是起始於如此的收蓄。

禮，或許正來自於對此內在空間的明白。在禮之中出現的種種位置、關係，如天、地、君、親、師等等的安排，正對應著在人心中的存在整體圖像。禮的空間安排，是要讓一切都能夠在人的內在有所安，並且透過樂，亦即內在聲音的發聲，指明人作為的真實之道。換句話說，禮樂的整個安排，必定是出於對人的好，而以此生命內在的整體圖像，展現生命的美麗姿態的。並且，正因如此內在的生命圖像，使得禮樂能成人之美善。故而，人的美善之道的起點，首先即來自於此收蓄的意識。這正是〈葛覃〉、〈卷耳〉的主題。

一、生存的收蓄 ——〈葛覃〉解讀

> 葛之覃兮，施於中谷，維葉萋萋。黃鳥于飛，集于灌木，其鳴喈喈。
> 葛之覃兮，施於中谷，維葉莫莫。[註1] 是刈是濩，[註2] 為絺為綌，
> [註3] 服之無斁。[註4]
> 言告師氏，言告言歸，薄汙我私，薄澣我衣，害澣害否，歸寧父母。
>
> （〈周南·葛覃〉）

（一）生存 —— 人與外在空間的關係

詩文開始即出現在空間中種種生命生長的圖像。我們看到葛藤生長，婉延到中谷，並且茂盛的生長著。黃鳥在空中飛翔，群集在灌木上，和諧的鳴叫。在此我們看到生命的伸展並不是在空無一物的空間上發展，而總是要「施於中谷」、「集于灌木」的。換句話說，生命必定要透過如此的互相依存、關聯，而伸展開來。並且從「維葉萋萋」與「其鳴喈喈」中，我們看到生命發展開來的美好與喜悅。

第二段的前半部仍然延續第一段的主題，依然是在描述葛藤生長的狀況。「維葉莫莫」，表示葛藤的生長已經到了極為成熟的狀態。故而接下來是說人們：「將如此的葉子割採下來煮過，用來做葛布，穿在身上不厭棄。」（是刈是濩，為絺為綌，服之無斁）。這裡一方面表示出人與物的關係，一方面更觸及人的生存問題。換句話說，食飽穿暖是生命的基本需求，與它種生命型

〔註1〕 「莫莫，成就之貌。箋云：成就者，其可采用之時。」《毛詩正義》，頁38。
〔註2〕 「濩，煮之也。」《毛詩正義》，頁38。
〔註3〕 「精曰絺，麤曰綌。」《毛詩正義》，頁38。「葛布細者曰絺，粗者曰綌。」糜文開·裴普賢著《詩經欣賞與研究》（台北市，三民書局，民國80年），頁10。
〔註4〕 「斁，厭也。」《毛詩正義》，頁38。

態如葛藤、黃鳥相較，人的生存所需甚至更為複雜。故而人在生存的經驗中觀察種種自然現象，累積足夠的知識，讓人能利用自然物來支持自身的生存。換句話說，人在此生存活動的努力中，與自然緊密的聯繫在一起，並且更進一步的與人群形成緊密的關係。於是透過對生存的努力，使得生命的發展如同葛藤一般「維葉萋萋」。並且人們在彼此互助的努力當中，和樂的相處在一起，而同黃鳥一樣「其鳴喈喈」。

第三段，「師氏」是教導人們如何使用自然物來幫助自身生存的傳授者。由於自然物的種類是如此的多，故而必定有許多不同的老師。而每個老師所教導的內容，就意味著人將會以什麼樣的方式，來為自身的生存而努力。換句話說，不同的老師，正意味著不同的生存姿態。

（二）姿　態

故而在〈葛覃〉中，衣服代表著人以特定的方式在社會上為生存而努力的姿態，並且這個姿態並非人天生的，而是當人在伸展其自身的生命，與整體在種種互動中出現的姿態。換句話說，當人「施於中谷」或者「集於灌木」的時候，人必定會隨著環境的改變而形變其自身。更進一步的，人經過特定的學習訓練（是刈是濩）之後，具備特殊的能力（為絺為綌），還能夠對共體產生更大的作用的（服之無斁）。但是，生命在如此開展的過程中，是否時時的真實行作，而不隨波逐流呢？從「言告言歸」到「歸寧父母」，意味著人從對如此生存姿態的努力學習中收回來，回到自身的出發點，反省自身作為的真實。故而，在詩的第三段中，出現兩個「歸」字，正相對著「覃」。換句話說，人的意識在此生命的開展中收斂回來。「薄汙我私，薄澣我衣」，是人有意識的整理其所學。「洗衣」的意象意味著，人反省自身在社會中開展的生命姿態。「害澣害否」，是在反省中更進一步的選擇，去除掉自身在如此開展中的不真實。

「歸寧父母」，這是人的生命最原初的起點。「歸寧」意味著人從種種向著生存的努力中收斂回來，回歸到一個能夠完全寧靜的點。在這個點上，能夠看到所有自身的發展，看清楚自身所有發展的脈絡。如同回到葛藤的最根部，才能夠明白整個葛藤延伸出來的整體面貌，人的歸寧，亦同樣的是回到自身最原初的點，重新反省自己所有的努力。唯有如此的「歸」，生命才能有所「安」。而「父母」一方面代表著每個人生命的起點所在，一方面也提醒著人，自身的存在是透過父母的努力而來的。換句話說，自身的存在，實

即來自於父母對子女的好，父母的種種面對生存的努力，也往往只是要養育兒女。故而，在生存的努力背後，隱藏的是人與人之間的情感，與人對人的好而已。

而人正是在這個收斂反省中，浮現自身與所有對象的內在關係，而漸漸對整個內在圖像有所明白，並以此修正自身的作爲與方向。中國人之所以如此重視祭祖，即在於，要每日的回到原初的點，省察內在圖像的眞實，反省自身的種種努力。人的種種不安，也總是在社會中過度的形變自己而不安。但是當人能夠時時的在意識上收回來，觀照自身在社會上的種種姿態，那麼人必定能夠在如此的反省中，明白如何讓自己「寧」的。而是如此的歸寧能夠眞正的安定自己，也才能眞正的讓父母安心的。

（三）過

人面對生存的努力，其實正如同葛藤的伸展一樣，經常是隨著環境來形成自身的姿態。特別因爲生存的需求是迫切的，人經常是在生存的壓迫中前進，而不一定能夠全部基於自身所學之眞實與對人的好而爲。換句話說，人經常在如此的前進中犯錯，而沒有實現自身之眞實。然如此的犯錯其實是至爲平常的。〈葛覃〉要人明白的是，在如此的前進中的人的姿態，就如同穿在身上的衣服一樣，也只是人一時的姿態。人的犯錯也僅是一時的沾汙，而不是某種永遠印在人身上的印記。故而如同人每日澣洗自身的衣物，人亦同樣的每日反省自身之作爲。「害澣害否」，是說人如意識到自己的錯誤，能夠改正的就改正，能夠彌補的就努力把它洗乾淨。如果某種作爲形成的錯誤與傷害過大，那麼就要全然的停止往那個方向發展。人在生存中的努力，是如此在一步步的前進與反省中，一步步的眞實的。

「歸寧父母」故而是讓人在種種自覺與不自覺的前進中收斂回來，觀照自身整體的狀態。並且，父母原本就代表著在人自身之外的這種觀照的意識。換句話說，父母原本就先人自身的如此觀照人的整體發展。人從出生開始，就在父母如此的觀照中日漸成長。在人還沒意識到自身的作爲之前，父母就已經在如此的觀照中，護持著人的成長的。而人的所有對錯好壞，其實也正需要透過如此的觀照才能夠明白的。每個人都有其自身獨特的成長方式，甚且如此的獨特性，也部分的來自父母的生存姿態。人必定要有意識的回到這個點上，才能夠全面的反省自身發展的種種眞實。

故而，〈葛覃〉所教導的，一方面是要人學習人在整個自然界中的位置，

明白人如何在自然中生存，另一方面更是要人在明白自身生命的整體發展中反省自身之作為，使人在面對生存的前進中，能夠眞實的安定下來。人為了生存需要不停的努力，這是人的眞實狀態。故而關於生存眞正的問題反而是，人是在如此的努力中，如何才是眞實的？這是人自身能夠決定的，是人在歸寧父母的反省中的自我明白。

二、人倫的收蓄——〈卷耳〉解讀

> 采采卷耳，不盈頃筐。嗟我懷人，寘彼周行。
> 陟彼崔嵬，我馬虺隤。我姑酌彼金罍，維以不永懷。
> 陟彼高岡，我馬玄黃。我姑酌彼兕觥，維以不永傷。
> 陟彼砠矣，我馬瘏矣，我僕痡矣，云何吁矣。

（〈周南·葛覃〉）

（一）懷

人對人的「懷」，是所有的情感之所以眞實的基礎。人在對種種對象的懷想中，具體的在內在形成一個空間圖像，來容納這所有的「懷」。它與記憶有著類似的作用，只是所懷的不是對象在空間中的種種細節，而純粹是對對象的「情感」一種溫暖的、滋潤的、喜悅的感受。這個情感感受在生活中時時的變形，有時反倒成為痛苦的來源。但是人之所以要堅持的懷著，即使痛苦也不願放棄，是因為順著這個情感感受向內走，人接觸到自己的眞實。

面對種種存在的對象，唯有「人」最是讓人心懷。而人之所面對各種對象，特別是面對各種人的共體而出現不同的面貌、不同的姿態，是因為人過於讓人心懷，以致於人不願意放棄從他人得到的任何情感，而自願的維持某個特定的姿態，某個自我的面貌。故而，人如果眞的無情的話，是不需要在人面前形變自己的。正是因為人對人太有情感，人太喜愛人，才致使人出現不同的自我，以不同的網、不同的面具，抓住情感。

然而讓人不安的是，這個面向情感的自我經常感到失落，對象的情感似乎是無法抓住的。在生命的發展過程中，人與人雖然發生種種關聯而產生情感，然而這種關連經常只是一種人們在各自面向生存的努力中偶然的組合，甚至只是基於共同生存的需要而形成。而每一個生命發展的速度不同，節奏也不同，故如此的組合形式隨時變形，個體之間的聯繫也隨時可能終止。換

句話說，情感的聯繫隨時消失，自我的期盼經常落空。從外觀看來一個龐大的人的共體，事實上只是眾多的個體孤獨的努力著，沒有一個實質的連結存在著。換句話說，越是在共體裡面，人越是感到單獨。

故而當「我願意」的承諾在人與人之間產生，那個「懷」將變得無比的強烈。「我願意」的意思是，無論對方去到那裡，無論對方以什麼姿態存在，兩者都願意互相「懷」著，互相支持著、接受著、跟隨著。故而如此的「懷」能夠穿透空間，甚至穿透自我，直接進入人內在的真實。人與人的情感，人倫的喜樂，正是在這個點上面變得真實。

（二）詩文解

「采采卷耳，〔註 5〕不盈頃筐〔註 6〕」。採集易得的卷耳，又不採滿易滿的頃筐，已經暗示對人而言，有著比生存問題更真實之事。情感反而是在人心中，最緊要的事。「嗟我懷人，寘彼周行」，思念心懷裡的人，心跟隨著對象去到那遙遠的地方。這個「懷」讓人聯繫在一起，形成真實的情感共體。

「陟彼崔嵬〔註 7〕、我馬虺隤。〔註 8〕我姑酌彼金罍〔註 9〕、維以不永懷。」這段話都是這個在采卷耳的人，在思念中感受著懷人時的自言自語，〔註 10〕並透過這個自言自語，表達心中的不安。詩文在「彼」與「我」之間的轉換，表明如此在想像中，時而去到對象上面，時而收回到我的感受中。於是我們就看到這個采卷耳的人，「想像自己去到懷人所在的山石高大的地方，我的馬走到那裡也極度勞累。我喝著在那邊金罍裡的酒，期盼懷人你能快點回來，

〔註 5〕 「采采，非一采也。卷耳，苓耳，葉如鼠耳，叢生如盤。」《詩集傳》，頁 13。
〔註 6〕 「頃筐，畚屬，易盈之器也。」《毛詩正義》，頁 44。
〔註 7〕 「崔嵬，〈毛傳〉云：土山之戴石者。〈爾雅〉云：石山之載土者，相互異。愚以為皆不可通。崔嵬字皆不從石，安得謂之石戴土，土載石耶？按：〈說文〉：崔，高大也；嵬，高不平也。只言其高，于義為當。」《詩經原始》，頁 180。崔嵬主要是指山石高大的意思。
〔註 8〕 「虺隤，病也。」《毛詩正義》，頁 45。「虺隤：馬罷不能升高之病。」《詩集傳》，頁 14。
〔註 9〕 「罍，酒器，刻為雲雷之象以黃金飾之，求長也。」《詩集傳》，頁 14。
〔註 10〕 在詩經中有許多「陟彼」的用法，在後面接著的都是思念中的感受。如〈魏風・陟岵〉「陟彼岵兮・瞻望父兮・父曰嗟予子行役・夙夜無已・上慎旃哉・猶來無止・陟彼屺兮・瞻望母兮・母曰嗟予季行役・夙夜無寐・上慎旃哉・猶來無棄・陟彼岡兮・瞻望兄兮・兄曰嗟予弟行役・夙夜必偕・上慎旃哉・猶來無死。」詩文中父母與兄說的話都是在思念中的想像之語，此語反映了思念者對存在的不安。

而不用讓我如此永遠的懷想著」。「陟彼高岡〔註11〕、我馬玄黃。〔註12〕我姑酌彼兕觥〔註13〕、維以不永傷。」想像著自己去到那山脊之地，我的馬病了，我喝著酒，期盼如此的苦不會讓人永遠的傷痛。「陟彼砠矣〔註14〕、我馬瘏矣、我僕痡矣〔註15〕、云何吁〔註16〕矣。」想像自己去到石山，我的馬病的無法前進，我的僕人也累倒的，如此的絕望真的是憂傷啊！

（三）情　感

詩文明顯的以三個字來表達三種對生命情感的感受，即「懷」、「傷」與「吁」。「懷」這個字已經在一開始就指明著，人與人真實的連結，正是在彼此的懷。故而不論對方去到多遠的地方（陟彼崔嵬、我馬虺隤），都還是彼此心懷著的。不永懷，只是希望對方快點回來，而不用如此一直在心懷中思念著。換句話說，不永懷所表達的，正是人與人之間因分離而產生的苦感。分離之所以如此的苦，正是相對於人與人一起時的樂。故而「酒」一方面是苦的，一方面又似乎甘甜無比，喝酒正意味著兩者的融和，我與彼、苦與樂。在這個融和中出現的，已經是人對情感的期盼。

從「懷」到「傷」，意味著思念越來越強烈，情感越來越深，因而那個苦也越來越強。「陟彼高岡、我馬玄黃」意味著在「彼高岡」上，孤獨的感受強烈的侵蝕著人，人因過度的思念而生病了。，喝酒仍然是一種盼望，盼望對方能回到身邊。在這裡人仍然相信的，即便如此的痛苦，也仍然相信。相信情感的真實，相信愛。

「吁」是人在真正絕望時的嘆息。在這裡一切都絕望了，「自我」已經無法再前進半分了。「陟彼砠矣、我馬瘏矣、我僕痡矣」，所有前進的力量都停止了，「自我」到此全然的絕望。然而正是在這共同的嘆息聲中，在這個「自我」的無能為力之中，我們同時也看到這個情感、這個相信仍然繼續前進著、甚至進入的更深。情感能如此的伴隨著人，甚至去到「自我」已經絕望、無路可走的時候，仍然把人連在一起。換句話說，情感能如此的深入生命而無處不在，它將人們永遠的連在一起。在如此情感中，人永遠都不是孤獨的。

〔註11〕 「山脊曰岡」《毛詩正義》，頁 47。
〔註12〕 「玄馬病則黃」《毛詩正義》，頁 47。
〔註13〕 「兕觥，角爵也。」《毛詩正義》，頁 47。
〔註14〕 「石山戴土曰砠」《毛詩正義》，頁 49。
〔註15〕 「瘏，馬病不能進也。痡，人病不能行也。」《詩集傳》，頁 15。
〔註16〕 「吁，憂也。」《毛詩正義》，頁 49。

（四）人倫的基礎

　　情感的意思是，「對象」以一個外於我的「自我」出現，並且與我的「自我」面對面。當對象成爲自我的倒影，人看到自己，那就意味著人看不到對象。換句話說，「自我」總是對著對象而形成自身的，一旦對象消失，「自我」要以什麼姿態出現？如果「自我」無法反映對象來呈現自身，那麼，「自我」必定會在某個片刻無法繼續維持下去。「自我」的暫時崩解，就意味著內在眞實的「我」的出現。

　　這本身即意味著人與人的互相溶解。故而「彼」與「我」越來越是不分，而能共同懷、傷與吁。此一溶解的感受，即是情感的感受。並且在自我與自我的相互溶解中，換句話說，在愛之中，當某個片刻來臨，自我短暫的消失，而掉入生命內在的眞實，掉入純粹的愛裡面。這是情感之所以如此吸引人的地方，它促使人從外往內，收回到生命的根源。而人倫情感的建立，其實正來自於當這個眞實的「我」被看見，當兩個眞實的「我」願意互相伴隨，如此的情感關係必定將人與人連在一起，無論如何也無法分開。

　　故而人倫關係，特別是家庭關係，就是如此而能聯繫著人。無論子女去到哪裡，無論子女戴上什麼樣的「自我」，那個情感的伴隨都無視於空間，而無所不在的。於是我們就看到，在這個人倫的聯繫之中，人們以「自我」底下的「我」而連在一起。在這裡，甚至連意識到「我」都是不需要的，而直接的以「我們」自稱。這個「我們」的感受，正是所有人倫關係的眞實基礎。

第二節　開顯——生命進入世界的開展

　　生長是生命的本質。當生命停止任何形式的生長，我們就不再以生命形容這個對象。另一方面，生長本身，意味著不停的動，如同人的呼吸一般，所有生命都以其自身的韻律不停的脈動著。如果把我們的聽覺能力無限度放大，我們將意識到，所有的動都產生聲音。或者倒過來說，所有的聲音都來自於移動。聲音因此意味著生命的韻動，並且同時意味著時間。

　　明顯的，當任何聲音都消失，那就表示了沒有任何生命存在。在此狀態中，時間沒有意義，一天、一年、一世紀之間沒有任何差別。換言之，時間不存在了。故而如果我們強烈的意識到時間的存在，那就意味著我們的生命是如何強烈的蓬勃發展，並且能夠產生如何的聲音了。作爲一個生命的意識，

我們的問題因此僅僅在於，如何讓生命以其自身的韻律生長開來？如何聽見美麗的樂音？在與種種對象、生命的關聯中，如何開展才能發出悅樂之音？

在這裡，「開顯」是生命的開顯，也是樂的開顯。「樂」因此同時意味著生命的開展、喜悅的感受、動人的樂音與時間的前進。故而，我們從對時間與空間的感受中，看到禮樂是如此的一種安排。「禮」是在空間中，對存在整體的重新安排，讓人明白自身與整體的關係圖像；「樂」是在時間中，生命在美善中的開展自身。當禮樂在眾人面前呈現開來時，人們透過禮所呈現出來的共同圖像明白彼此，並在對圖像的凝視與對樂音的傾聽中，明白自身開顯的道路而喜樂不已。對於禮樂開啟人的盛況，我們只能想像。但禮樂所涵蘊的情感，與其開顯的生命樣貌，同時被保留在《詩經》中。接下來的〈樛木〉、〈螽斯〉，即為我們展示生命開顯的兩種姿態。

一、生存的開顯 ——〈樛木〉解讀

> 南有樛木，葛藟纍之。樂只君子，福履綏之。
> 南有樛木，葛藟荒之。樂只君子，福履將之。
> 南有樛木，葛藟縈之。樂只君子，福履成之。

（〈周南・樛木〉）

（一）現　實

個體生命必定要在現實生活中開展。然而，現實卻經常給人無法為所欲為的感受。因為人並非在空無一物的環境中開展其生命的，現實裡面似乎總是有某種東西阻礙人的發展，致使人無法完全依循自身的理想而努力。換句話說，生命的開展的第一個問題，似乎就是如何面對現實累加在生命上面的種種重擔。

在現代，人們依其能力的強弱而可以分成二種類型。第一種，以對現實的對抗，實現自身的理想。這種對抗被肯定為一種力量上的強大，並進一步的透過對現實的否定，來肯定自身理想的真實。第二種，接受現實的種種規則，讓現實塑造自身的生存姿態。這個類型以另一種方式否定現實，他們選擇將現實視為痛苦的來源，而在現實之外建立一種娛樂生活。換句話說，透過娛樂的存在，而使得現實能夠被暫時的忍受。這兩種類型，事實上都努力在現實之外建立某種東西，作為理想生活的實現。換句話說，現實是不被真

正的接受的,現實成為生活中,一種必須要抵抗或者躲避的部分。

　　〈樛木〉正是在這個問題上,形構另一種不同於此的圖像。它歌唱著,「生命來自現實,在現實中生長開來。接受如此的存在,在當下喜悅和樂的承擔一切,在承擔中發展自身的真實。那福祿將隨之而來!」這是對存在完全的接受與信任。它相信無論什麼在我們身上發生,都是好的,都是我們可以承受的;它相信人是有足夠的力量能夠承擔一切的,並且能夠在這承擔中喜悅的開展自身。如此的祝福並非保證的給予,而僅僅是相信。相信無論什麼來到人身上,都是福履,都是讓人喜悅的。而正是在這種承擔中,我們看到生命開展的真實。換句話說,柔軟的樛木,已經是強大的象徵;僅僅是承擔,已經是生命力的展現。人的喜樂與開展全部在現實中實現。換句話說,生活不需要被分成理想與現實兩個部分,而是在人的承擔中,以綜合的姿態呈顯出來。

(二)承　擔

　　南有樛木,〔註17〕葛藟纍〔註18〕之。樂只君子,福履〔註19〕綏〔註20〕之。

　　「南」是草木茂盛的地方,〔註21〕並且經常意味著生活富足之所。〔註22〕

〔註17〕「木下曲曰樛。」《毛詩正義》,頁 49。
〔註18〕「纍,音雷,上附也。」《詩經欣賞與研究》,頁 19。
〔註19〕傳統對此篇的「履」字,多從《毛傳》而解釋為「祿」,然福祿兩字的意思略有重複。觀察詩經中「履」字的使用,多指踩、踏之意,如〈齊風‧東風之日〉「在我室兮,履我即兮。」〈魏風‧葛屨〉「糾糾葛屨、可以履霜。」〈小雅‧小旻〉「戰戰兢兢、如臨深淵、如履薄冰。」〈小雅‧大東〉「君子所履、小人所視。」等等,順著這個用法,福履就意指著福的跟隨。如此用法賦予「福」一種靈活的意象,並使詩意更為豐富,故本文仍將「履」解釋為採、踏之意。
〔註20〕「綏,安也。」《毛詩正義》,頁 51。
〔註21〕「南,南土也。」《毛詩正義》,頁 50。「南者陽方,草木就陽則榮茂,故毛以南土釋之。」〔日本〕‧竹添光鴻《毛詩會箋》(一)(台北市,大通書局,民國 59 年 9 月),頁 69。
〔註22〕〈小雅‧南有嘉魚〉「南有嘉魚、烝然汕汕。君子有酒、嘉賓式燕以衎。南有樛木、甘瓠纍之。君子有酒、嘉賓式燕綏之。」表示南方物資的豐富。〈小雅‧大田〉「既備乃事、以我覃耜、俶載南畝、播厥百穀。」〈周頌‧良耜〉「畟畟良耜、俶載南畝。播厥百穀、實函斯活。」等,屢次出現的南畝的用法,也表達南是百穀容易生長的地方。〈小雅‧天保〉「如月之恒、如日之升。如南山之壽、不騫不崩。」〈小雅‧斯干〉「秩秩斯干、幽幽南山。如竹苞矣、如松茂矣。」。「南山」一方面表達出長壽之意,也同時意味著草木生長的繁茂。

〈樛木〉從「南有……」開始，將溫暖的感受引入詩中。在這裡，萬物充滿生機，沒有能否存活的問題，一切只是聚焦在生命要如何開展。換句話說，南已經是生存至理想的場所，當現實已經如此的理想，生命究以何種姿態開展自身呢？

「南有樛木，葛藟虆之」。〈樛木〉作者以這個奇異的圖像令人眩惑。樹木自然是向天空伸展的，特別是在富饒的南土，樹木必定得到更多的滋養，而能夠生長的更高更大，更能自由自在的向天空開展。然而樛木卻相反的，是枝幹下曲的樹木，其之所以如此的向下彎曲，原因在於被許多葛藟纏繞著。在這個圖像裡面，我們看不到樛木與葛藟之間的對抗，而相反的是在兩者的關係之中，出現生命在默默承擔中，生氣蓬勃的美麗景象。

樛木一定是很柔軟、很敏感的樹木。它感受到葛藟的纏繞，感受葛藟的重量，而改變其生長的方向，從向天空伸展轉而向下發展。換句話說，它並沒有停止生長，而只是接受葛藟依靠自身的枝幹生長，將向上的空間讓給葛藟，而在這承擔中，讓自身與葛藟同等的伸展著。樛木生長的越大越廣，葛藟也隨著伸展開來。樛木的溫柔，展現出一種不同於對抗的，非強悍的力量。然而這種溫柔的力量，卻反而促使萬物得以伸展開來。換句話說，在樛木身上，我們看到真正的生命力，是一種在當下承擔一切，而默默開展的力量。

「樂只君子，福履綏之」。所以真實的人也是如此的，是在如此對當下的承擔中，開展自身而樂的生命。並且在此對存在的承擔中，福也隨之安定下來。換句話說，福來自於如此的承擔。

（三）福

南有樛木，葛藟荒〔註23〕之。樂只君子，福履將〔註24〕之。

詩人以「樛木——葛藟」與「君子——福履」作對比，意味著君子對存在的承擔，就像樛木承擔葛藟一樣，所以，承擔就成為福的來源。但什麼是「福」呢？回到《詩經》中對「福」這個字作考察。〔註25〕首先我們可以看

〔註23〕「荒，奄。」《毛詩正義》，頁51。
〔註24〕「將，大也。……將，猶扶助也。」《毛詩正義》，頁51。
〔註25〕《詩經》中共有二十九首使用到「福」這個字。分別是〈風〉一首〈周南‧樛木〉；〈小雅〉十二首〈鹿鳴之什‧天保〉〈南有嘉魚之什‧蓼蕭〉〈谷風之什‧小明/楚茨/信南山〉〈甫田之什‧甫田/大田/瞻彼洛矣/桑扈/鴛鴦/賓之初筵〉〈魚藻之什‧采菽〉；〈大雅〉七首〈文王之什‧文王/大明/旱麓〉〈生民之什‧行葦/既醉/鳧鷖/假樂〉；〈周頌〉六首〈清廟之什‧烈文/執競〉〈臣公之什‧豐

到，「福」在〈風〉裏面僅在本詩出現，其餘多分布在〈雅〉〈頌〉。並且，「福」主要使用在兩方面：一是在對天的儀禮中使用，如〈小雅・楚茨〉「我倉既盈・我庾維億・以爲酒食・以享以祀・以妥以侑・以介景福」。福代表共體的福，並主要是指農作的豐收、生活的安定等等；〔註26〕另一是用來表達對君子的期盼與祝福。如〈小雅・小明〉「嗟爾君子・無恒安處・靖共爾位・正直是與・神之聽之・式穀以女・嗟爾君子・無恒安息・靖共爾位・好是正直・神之聽之・介爾景福・」。福降臨在君子身上，是因爲君子能夠「無恆安處、正直是與」的爲共體的美善努力。甚至更進一步的以「君子萬年」，〔註27〕表達期盼世世代代都有君子的存在，如此的期盼故仍是基於共體的福。因此，「福」不是單指個人的福，而是用來表達共體的幸福。

故而，「福」一方面來自於天，一方面來自於君子。從「神之聽之，介爾景福」〔註28〕或者在祭禮中的詞語如「以享以祀，以介景福」等等看來，似乎表達「福」來自於天，祭神是爲了求福。然而仔細考察〈小雅・楚茨〉、〈周頌・豐年〉等說明祭祀的篇章，我們可以看到，對天的祭祀是在農事或者豐收之後進行，其姿態是「感謝」而非「求」。換句話說，無論收成如何，人面對天就只是感謝。人因此不是對天有所欲求，而更多的是默默的承受。另一方面，人對於共體的幸福確實可以有所努力，而不是無力的任由天來決定的。所以《詩經》裏的福，更多的是與人的努力相關的。如〈小雅・信南山〉「信彼南山・維禹甸之・畇畇原隰・曾孫田之。……祀事孔明・先祖是皇・報以介福・萬壽無疆」，說明先祖的努力帶來後代的福。並且進一步的將「福」的出現，歸之於君子的努力。如〈大雅・大明〉「維此文王・小心翼翼・昭事上帝・聿懷多福・」〈大雅・既醉〉「既醉以酒，既飽以德，君子萬年，介爾景福。」〈大雅・假樂〉「假樂君子・顯顯令德・宜民宜人・受祿于天・保右命之・自天申之・干祿百福・子孫千億・」。

故而在《詩經》中，種種對周人先祖的歌頌，就是對君子的肯定。「周」正是透過許多君子世世代代以來的努力，累積了種種的福，而成爲人心嚮往

年/潛/載見/有客〉；〈魯頌・閟宮〉一首；〈商頌・烈祖/殷武〉兩首。

〔註26〕另還有〈小雅・甫田〉〈小雅・大田〉等等，福都代表著共體的幸福。

〔註27〕如〈大雅・既醉〉「既醉以酒，既飽以德，君子萬年，介爾景福。」〈小雅・瞻彼洛矣〉「君子萬年・保其家室。」〈小雅・鴛鴦〉「君子萬年・福祿宜之。」等。

〔註28〕取自〈小雅・小明〉。

的所在。故而在〈樛木〉中出現的君子形象，實即就是周人君子的原型。

（四）君子的誕生

> 南有樛木，葛藟縈之。樂只君子，福履成之。

讓我們將想像力收回到本詩中，僅僅在詩文裏想像君子的誕生。我們將看到，君子來自於這樣的一個面對整體存在的態度──「接受」。在接受中深深的崁入存在，經驗存在，從存在的根部開展生命力，分分秒秒的致力於人的美善，感受人的美善而樂，見幸福的笑容而喜悅。

人面對存在，就如同樛木面對葛藟一樣，最基本的態度，就只是「接受」或者「拒絕」。存在緊緊的貼著我們，不論我們要或不要。環境、關係、人圍繞著我們，攀附在我們身上開展它們自身。煩的感受，顯示出我們不願接受存在，但又無力擺脫的窘境。無論如何的拒絕，無論我們在拒絕之後努力於什麼樣的理想淨土，拒絕總是失敗的。人的幸福喜悅，從來沒有透過拒絕而真正的實現。不是因為人創造不了理想國，而是因為單純的沉醉在幸福中的悅樂，無法透過拒絕、透過不信任而湧出。

人選擇了接受，而開始邁向君子之道。存在如同葛藟般糾纏著人，「纍之」、「荒之」、「縈之」，人都只是接受。接受並非僅是被動的承擔，而是要全然的經驗存在，深入存在的根。在如此的深入生命中，人必然看見自身的樂，與存在的樂是一致的。如此的一致性，使得人在美善中的幸福神情，如此讓人喜好而願意致力於其實現。人對人的好，只是來自於人對樂的好而已。如此的努力，因此同時是開顯自身，也開顯對象的。換個角度說，樂的感受是無對象與我的分別的，對象的喜樂與我的喜樂互相融合而無分別。因此，整個生命的開顯、時間的前進、福的實現與樂的感受，是一致的。故而君子的「樂」，是如此在對存在的深入、關係的深入中，伴隨著福履而「綏之」、「將之」、「成之」的。

故而君子是如此致力於「樂」的人。什麼來到生命中，就努力開顯其美善，他對存在是純然接受的。故而如此存在的明白，孔子也只是以「知天命」來形容。這個接受的態度，因此是開顯的前提。並且如果我們的理解是正確的話，那麼，這個生命的開顯，正是生命在當下的開顯，在每一個「現在」崁入現實，努力在眼前、在當下開顯生命的美善，致力存在的悅樂，分分秒秒。

二、人倫的開顯 ——〈螽斯〉解讀

> 螽斯〔註29〕羽，詵詵兮。宜爾子孫，振振兮。
>
> 螽斯羽，薨薨兮。宜爾子孫，繩繩兮。
>
> 螽斯羽，揖揖兮。宜爾子孫，蟄蟄兮。

（〈周南‧螽斯〉）

（一）聲音與生命力

　　歷史上對於詩中的螽斯，究指何種昆蟲有許多不同看法。但是螽斯多子，且以翅膀發出聲音，則是被公認的主要特徵。從本詩中我們可以看到，螽斯最突出的特點就是善於鳴叫。其發音的位置來自於翅膀，也就是「螽斯羽」。上下翅的互相摩擦就像提琴一樣，能夠發出各種的聲音。翅的薄厚和振動速度決定了鳴聲的節奏和高低。而三段詩文都從螽斯羽起始，表示接下來的「詵詵」、「薨薨」、「揖揖」都是對螽斯叫聲的形容。我們雖然無法確定詩人聽到的螽斯叫聲是如何，但只是想像那連續以各種姿態開展的蟲鳴聲，就讓人感受到某種旺盛的生命力，在詩文中躍動。

　　在聲音之後出現的，是人對人的祝福。奇異的是，這個祝福是對人（爾）的子孫，而不直接對著人（爾）。仔細凝視這個圖像，我們發現到，在這個祝福之中，已經包含著對人全然的肯定與信任。信任人自身生命的開展是美善的，其子孫，作為個體生命的延續，也全部是美善的。對於個體生命而言，這個圖像，這個聲音，已經是生命最大的樂；一代代子孫的持續開展，已經意味著個體生命透過共體而綿綿不絕的開顯下去。這是對人的生命的歌頌，對生命力的全然肯定。

　　「振振」、「繩繩」、「蟄蟄」正意味著生命力的三個狀態。「振振」是生命力最初的開展，如同清晨的第一道光，喚醒整個大地；「繩繩」是持續、接續。接續著振振而起的生命力，在白日中持續滋養萬物；「蟄蟄」是生命伏蟄休養的狀態。它不是昏沉的，不是動彈不得，而是寧靜的醞釀。如同萬物在夜晚沉寂下來，等待時機的來臨。生命力在此一步步的前進，一層層的開顯。這是樂的開顯之道，指向人種種致力最大的期盼 —— 無窮無盡的樂。

（二）無窮無盡的樂

〔註29〕 「螽斯，蚣蝑也」《毛詩正義》，頁 52。「螽斯，蝗屬，長而青角，長股，能以股相切作聲，一生九十九子。」《詩集傳》，頁 17。

子孫出現在這裡，並非偶然。生命力的開顯，生命的樂與子孫相關聯，意味著生命力透過繁殖而開展。換句話說，性能量在最初就等同於生命力。只要稍微想像兩性性能量的結合，能創造出如何美麗的新生命，人就能意識到，這個蘊藏在生命內在的繁殖力量，是多麼的巨大與神秘。從而我們看到，生命力的開顯，首先是性衝動的，一種創造生命的強烈驅力。

「振振」是生命的創造能量勃發時的狀態。人是在性衝動中，首次強烈的感受到「我」：「這是我！這麼的鮮活！這麼的充滿！這麼的喜悅！」。這個從內在湧現的神秘力量，使人強烈的感受到自身生命。無可否定，無可取代。人首度在內在感受自身生命，彷彿每一個細胞都燃燒起來，整個生命從內在發出震動，帶來對自身生命的全然肯定。這是之所以人那麼的偏好性。因為光是性衝動本身，已經足以讓人肯定自我，感受內在強烈的生命律動。人的樂，因此從性開始生長，同樣的能量，漸漸轉變為愛。

自我的性衝動，無可避免的把人引向異性，引向神秘的創造活動。換句話說，在作愛當中，兩股巨大的生命力如海浪衝向海岸般的互相衝擊。在海水衝上岸的剎那，人首次嘗到另一個外於我的生命。或者說，從強烈的感受到「我」開始，人一次次的感受到「你」的生命，並且最終在性高潮中感受到「我們」。新生命在「我們」中誕生，伴隨著狂喜、滿足與幸福的感受。生命來自於極度的喜悅，以致於我們能夠確定，樂是自我生命開顯的唯一感受。

在高潮中經驗到「我們」，是性能量成熟的標誌，性能量在此進一步開展，從「我」成長到「我們」。換句話說，這個能量不僅僅停留在「我」的個體生命裡面，而是衝出「我」之外，脫離開肉體而以純粹生命力的形式，在兩個人之外融合。於是我們看到，對生命的肯定從雙方的內在湧出，創造出外於兩人的另一個新生命。這個新生命在「我們」之中誕生，使得「我們」的出現不需依賴性而漸漸真實化，並使性能量往上移入心，成為愛，成為對生命持續滋養的能量。

至此，生命力從「振振」走向「繩繩」。「繩繩」意味溫柔的滋養生命的能量狀態。生命在愛之中誕生，並且持續被愛支持、滋養。另一方面來說，生命力也如此的透過愛而持續開顯。「我們」的領域透過子孫的繁衍而持續擴大，最終將是「我」的消失，只有愛瀰漫整個存在。

（三）振振、繩繩、蟄蟄

生命的開展，從性移向愛，從「我」到「我們」的誕生，整個歷程越來

越是走向神秘的、不可知的，越來越接近純粹的創造性的能量。全然的開顯帶來了全然的寧靜；在樂的最高點，澎勃開展著的生命力忽然間停止下來。一切都靜止了，呼吸從亢奮掉入和緩的韻律，聲音從高亢沒入沉寂，生命力從枝頂回到根部，沒入大地。神秘的力量在此接管一切，承受一切。使用「神秘」來形容這個力量，是因為它沒有眼睛可見的形式，甚至無法想像。但如果沒有這個力量，生命的種種豐富的姿態就不可能。

這是純粹創造性的能量，整個地球的生命就是在這個能量中創造出來。人一直與這個能量聯繫著，未曾切斷過。就如同在父母與子女之間有一條無形的繩，永遠聯繫著「我們」，人仍然持續的被這個創造性的能量所滋養。「蟄蟄」或者「伏蟄」正是形容生命在此時的狀態。回到大地，回到原始的創造性能量中，與整體在一起。「我」消失，融入存在，生命在此重新被充滿、被滋養。當時間來臨，生命再次「振振」而起，「我」從存在整體中湧出來，邁向全新的開顯歷程。

「蟄蟄」確然是神秘的。不論生命在開顯中受到什麼傷害，不論生命以什麼姿態開顯，不論人的種種作為是如何，只要回到存在的根源，就能得到全然的滋養，沒有選擇，沒有審判，就如同睡眠一樣，生命在其中神秘的被滋養著。生命的自然傾向是朝向樂的，是朝向生命力的開顯的。然而人可能為了種種原因，而選擇了種種或苦或樂的生命狀態。這對於原始的創造性能量而言，或者對於人類的父母而言，人的種種作為是無所謂好壞的。人選擇讓生命力不斷向上開顯而樂，或者選擇生命力要停滯在某個點上面而苦，這只是「我」的選擇。「蟄蟄」代表著創造性能量對人、對生命的愛與無限的耐心。因此我們也在「蟄蟄」之中，看到那原始的創造性能量是愛，是對生命無限的肯定。

整個生命是如此不斷的「振振、繩繩、蟄蟄」的歷程。人的開顯，正是透過這個不斷向前的圓，而越來越是充滿創造力的，越來越充滿愛的，越來越像是那個純粹的能量，越來越是純粹的喜樂。枝葉越是伸向天空，根部就越是深入大地；開顯越是美麗豐富，生命就越是被滋養。周人選擇了將如此的明白，以一層層子孫的開顯表達出來，這意味著，周人選擇將生命力的開顯指向人，指向為人的幸福喜悅而努力。這是對存在的正面回應，是對生命的絕對肯定；人透過禮樂回應了天，感謝天對人的創造。從而我們看到，愛瀰漫著整個存在。

第三章　人在共體中的生命韻律

第一節　家庭──〈桃夭〉解讀

> 桃之夭夭，灼灼其華。之子于歸，宜其室家。
>
> 桃之夭夭，有蕡其實。之子于歸，宜其家室。
>
> 桃之夭夭，其葉蓁蓁。之子于歸，宜其家人。

（〈周南·桃夭〉）

一、室家與家室

　　「灼灼其華」、「有蕡其實」、「其葉蓁蓁」是指桃樹在時間上的三個狀態，從開花到結果到採果後剩下葉子。〔註1〕而「之子于歸」〔註2〕指女性的出嫁，所以從「宜其室家」到「宜其家室」到「宜其家人」，必然是詩人要我們明白的，女性嫁入夫家後在時間上的三個狀態了。換句話說，他是要藉著結婚，來展示人融入家庭的歷程。我們的分析將從研究「室家」、「家室」的意涵開始。

─────────────

〔註1〕桃樹三月開花，有花無葉，滿株桃紅。六、七月結子採收，秋天剩下葉子，冬天無葉。

〔註2〕〈北風·燕燕〉「燕燕于飛、差池其羽。之子于歸、遠送于野。瞻望弗及、泣涕如雨。燕燕于飛、頡之頏之。之子于歸、遠于將之。瞻望弗及、佇立以泣。燕燕于飛、下上其音。之子于歸、遠送于南。」歸是回歸的意思。如果傳統將「之子于歸」認定為女性的出嫁，那麼歸的意義就在於，那是新娘子的一生的「歸宿」。換句話說，歸是相對於說一個人一生真正的歸宿而用歸的。而之子為「是子」或「這個人」的意思；「於」是「往」的意思。故而「之子于歸」是說這個人往她的歸宿而去。

「室家」：《論語・子張》「叔孫武叔語大夫於朝曰：『子貢賢於仲尼。』子服景伯以告子貢。子貢曰：『譬之宮牆：賜之牆也及肩，窺見室家之好；夫子之牆數仞，不得其門而入，不見宗廟之美，百官之富。得其門者或寡矣！夫子之云，不亦宜乎！』」。文中以「室家之好」相對於「宗廟之美」與「百官之富」，明確的顯示「室家」是用整體來說家庭，包括了家庭的物質與家人們的狀態。又如《詩經》中的〈豳風・鴟鴞〉「予手拮据、予所捋荼、予所蓄租、予口卒瘏、曰予未有室家。」〈小雅・常棣〉「宜爾室家、樂爾妻帑。是究是圖、亶其然乎。」〈小雅・無羊〉「旐維旟矣、室家溱溱。」〈小雅・雨無正〉「謂爾遷于王都、曰予未有室家。」〈大雅・綿〉「乃召司空、乃召司徒、俾立室家。」等，「室家」多用來形容整個家庭的狀態。

「家室」：〈鄭風・東門之墠〉「東門之栗、有踐家室。」〈小雅・瞻彼洛矣〉「君子萬年、保其家室。」〈大雅・綿〉「民之初生、自土沮漆。古公亶父、陶父陶穴、未有家室。」「家室」則著重在描寫家庭的物質狀態，如家產，家業的用法等等。

故而「室家」的描寫重點在於「家」，而「家室」描寫重點反而在於「室」。故〈檜風・隰有萇楚〉「隰有萇楚、猗儺其枝。夭之沃沃、樂子之無知。隰有萇楚、猗儺其華。夭之沃沃、樂子之無家。隰有萇楚、猗儺其實。夭之沃沃、樂子之無室。」，這首詩的用法與〈桃夭〉是一致的。都是用「華——花」對應「室家」或者「家」，用「實——果」對應「家室」或者「室」。明白「室家」與「家室」的差別，有助於我們釐清詩意。

二、家——人倫

「桃之夭夭〔註3〕，灼灼〔註4〕其華。〔註5〕之子于歸，宜其室家。」。以「灼灼其華」表達生命在進入婚姻時的狀態，表明了婚姻是生命的開花狀態。新娘的美麗一方面來自內在喜悅的開顯，而顯露出的幸福光彩。另一方面，也來自新娘與整個家庭之間，彼此的信任與接受。信任進入家庭是生命的幸福，相信新娘的到來是整個家庭的喜悅。人們在對彼此的肯定中，感受生命

〔註3〕 「夭夭，其少壯也。」《毛詩正義》，頁56。
〔註4〕 「灼灼，華之盛也。」《毛詩正義》，頁56。
〔註5〕 華是花朵的意思。在先秦兩漢時期，都沒有「花」字。「花」是「華」的後起俗字。

的喜樂，而越發的看到對方的美麗。換句話說，不僅僅新娘是美麗的，在新娘眼中，家庭也同樣是「灼灼其華」的。融入家庭，始於如此美好的圖像，人們因此家庭中充滿美麗的光彩。

「桃之夭夭、有蕡其實。〔註6〕之子于歸、宜其家室。」以「有蕡其實」對比「宜其家室」，意味著新娘為家庭提供果實，這個「實」代表了新娘能為「家室」有所貢獻。換句話說，新娘不只是美麗，而能夠對家庭的生存問題而努力。此努力不一定是指賺錢。種菜、整理、操持家務等等，都是家庭的生存問題。而新娘正是在如此的努力中，開展心中對人的愛。家庭的幸福不僅僅是一種感受，而是在一步步具體的致力中出現的。如此的幸福，不論家庭的物質狀況如何，都是可以努力達成的。換句話說，即使家庭在物質上是貧窮的，新娘對家庭種種操持，仍然能夠讓人感受到幸福的。

「桃之夭夭、其葉蓁蓁。之子于歸、宜其家人。」以「其葉蓁蓁」相應「宜其家人」，是說新娘能以平淡的姿態與家人和樂相處。面對家人，不再是一種花朵般的光芒四射的美麗，不再是操持家務而展現的能力，而歸於葉子般的平靜姿態。人倫的建立，反而是在種種美麗的期盼與生存需要之後，還能互相關懷，互相支持，而單純互相的以人，作為一個生命的平淡姿態，接受彼此而形成的。換句話說，人單純的面對人，接受人在種種生命歷程中的姿態，不是因為對方的美麗，不是因為對方的能力，而只是因為對方是人而仍願意在一起。這樣的接受與信任，這樣平淡的心懷，才能融入人倫，融入家庭共體。

三、我　們

家庭是個巨大的共體，一個在長遠的時間中不斷開顯的生命歷程，其中蘊含著從久遠的過去開顯出來的情感與樂音。人們在這共同的氛圍與震動裏呼吸著，生活著，從而使得同一個家庭的人們，顯現出相似的生命姿態。換句話說，家庭如同一個大池子，每一個個體的喜悅都為共體帶來喜悅。相反的，每一個個體的痛苦，也同時成為共體的痛苦。家庭因此是如此融合了一切的生命之池，就如同存在一般，許許多多的「我」在其中互相溶解著。從「我」到「我們」，然後又從「我們」重新生出「我」。

結婚是「我」從「我們」之中的重新誕生，是生命的第二次誕生。第一

〔註6〕「有」是「極」、「甚」的意思。「有蕡」相對於灼灼與蓁蓁都是「重言」，都是要加強對對象的形容。「有蕡其實」是要形容桃樹結出果實的豐碩狀態。

次是個體從父母的結合中誕生，並孕育在「我們」之中，悄悄開始生命的歷程。當個體生命越來越成熟，當「我」的生命力漸漸開展，當「我們」已被消融，而「我」內在的生命力仍然蓬勃震動著。新的「我們」在「我」之中醞釀，並透過結婚而開顯出來。「桃之夭夭、灼灼其華。之子于歸、宜其室家。」開花（華）是「我」的出生，並同時的開顯出「我們」（室家）。對個體生命而言，這是生命力的「振振」，個體生命開始以「我」的姿態存在。

「桃之夭夭、有蕡其實。之子于歸、宜其家室。」。「我」成熟而結出了果實。我吸收了整個「我們」的養料，接受「我們」的意識，不論好壞的，從我的創造之中，換句話說，從我的愛之中，重新生出果實。「我們」因此而開始不一樣了，一個新生命、新意識的誕生，使得「我們」變得不一樣了。在「我」的果實的分享中，家室開始以不同的姿態出現。不同的震動、不同的氛圍。「我」的新生，也同時帶來「我們」的新生。家庭，就是如此在不斷的新生中前進的共體。這是生命力的「繩繩」，在創造中的重新開展。

「桃之夭夭、其葉蓁蓁。之子于歸、宜其家人。」。「我」重新回到平凡的姿態，回到我原始的姿態，重新融入「我們」，在「我們」之中以同樣的韻律呼吸著、休養著。讓生命寧靜下來，重新融入共體的在之中。以人的平凡姿態，在家庭中安然存在著。家庭的幸福，在於能夠如此平淡的休養生息，也就是在這「蟄蟄」的狀態，重新孕育新的生命力。

家庭，因此是個體生命不斷開顯的所在。「我」的樂，就是家庭的樂，毫無分別。並且正是因爲家庭這個共體的存在，「樂」才能夠無窮無盡的開展，而不是停止在我的個體上面。換句話說，無窮無盡的樂，起於「我」的開顯，而透過「我們」實現出來。於是我們看到，人在對共體的創造中，變得越來越美、越來越幸福。

第二節　公 ——〈兔罝〉解讀

> 肅肅兔罝，椓之丁丁。赳赳武夫，公侯干城。
> 肅肅兔罝，施于中逵。赳赳武夫，公侯好仇。
> 肅肅兔罝，施於中林。赳赳武夫，公侯腹心。
>
> （〈周南・兔罝〉）

一、可能意涵的分析

　　對這首詩的解釋，有許多不同的看法。在第一段的詩文裏，「肅肅兔罝，椓之丁丁」是說有個人在設置捕兔網，「赳赳武夫，公侯干城」，是說武夫是公侯的干城。分開來解釋時意思很清楚。但是兩組合起來看，詩人的意圖就讓人費解。這個困難在於，設置兔罝的人是誰？傳統多認爲是武夫。但一個捕兔者的形象，似乎很難與赳赳武夫劃上等號。所以傳統要在「肅肅」上面下工夫，將「肅肅」視爲是捕兔者在設置兔罝時的恭敬整飭的姿態，以形成武夫的形象。但是，如同清朝的學者〔註7〕所指出的，肅肅是對兔罝的形容，如同赳赳是對武夫的形容一樣。肅肅並不是捕兔者的姿態。

　　所以從民國開始，就有學者將兔訓爲虎，〔註8〕讓武夫以捕虎者的姿態出現，使詩義在這個脈絡下變得合理。但是，「虎」這個字在《詩經》中已多次使用，〔註9〕如果詩人的原義是虎而不是兔，那麼在《詩經》成書之時，必定能夠發現這個可能的誤解而即時修改。且詩人使用兔罝作爲篇名，已表明詩人是有意識的使用這個字的。故而，如果設置兔罝的人不是武夫，那麼就只有一個可能，詩人要影射的設置兔罝的人是「公侯」。換句話說，應該是「肅肅兔罝」比喻「赳赳武夫」，「椓之丁丁」比喻「公侯干城」。

　　重新考察詩義，我們可以看到在「肅肅兔罝，椓之丁丁」裡面，有個人在「椓」乃至「施」兔罝。在農業社會，捕兔是農夫的工作，因爲兔子會破壞田稼，故而這是確保收成的必要手段。且設陷阱捕兔，而非主動獵殺，也

〔註7〕「肅肅蓋縮縮之假借，通俗文物不申曰縮。兔罝本結繩爲之，言結繩之狀則爲縮縮。縮縮爲兔罝結繩之狀，猶赳赳爲武夫勇武之貌也。」〔清〕馬瑞辰撰，《毛詩傳箋通釋》（台北市：藝文印書館，民國47年），頁97。

〔註8〕見聞一多《詩經新義》云：「〈釋文〉作菟，云，又作兔。案：古本毛詩疑當作菟，菟及於菟，謂虎也。《左傳》宣四年曰：楚人⋯謂虎於菟。」而其訓兔爲虎的主要看法來自於「夫以此赳赳然偉丈夫，後身當「公侯干城」之任，意其人必烏獲，憤育之流，深具兼人之勇。今方椓戈林中，張罝捕虎，是以詩人見其人，美其事，忻慕之情油然而生，發爲歌詠。誠如箋說，直一尋常獵夫，施罝林中，待兔而捕之耳。斯人也，斯事也，而譽之爲「赳赳武夫，公侯干城，」毋其不類乎？」取自林明德著《詩經·周南詩學》（臺北市：國立編譯館，民國85年），頁427～430。

〔註9〕〈邶風·簡兮〉「碩人俁俁·公庭萬舞·有力如虎·執轡如組·」〈鄭風·大叔于田〉「叔在藪·火烈具舉·襢裼暴虎·獻于公所·」〈小雅·巷伯〉「彼譖人者·誰適與謀·取彼譖人·投畀豺虎·豺虎不食·投畀有北·」。「虎」字在〈風〉〈雅〉中已經普遍的被使用，且意思也很明確。

表示捕兔的姿態不是攻擊而是防衛，其用意僅在「驅獸毋害五穀」。〔註10〕故而，透過這個比喻，我們可以看到在周人的心目中，公侯意味著農夫。「公」，這批人的存在，是要讓田裏所有的植物都能夠開花結果。在這裡，「公」並不是一種統治的力量。其差別在於，在「照顧」之中，人民是成為自身想要成為的人，結自己的果實；在「統治」之下，人民是成為統治者需要的人，結出統治者需要的果實。而明顯的，農夫是共體的照顧者，而非統治者。

二、公

「肅肅兔罝，椓之丁丁。赳赳武夫，公侯干城。」公侯，或者說「公」的力量，首先出現在「干城」，也就是一般所謂的軍事。「肅肅兔罝，施于中逵。〔註11〕赳赳武夫，公侯好仇」。中逵是指交通要道。引申的意思是要津，或者「必爭之地」。「仇」這個字，在詩經中，比方〈大雅‧皇矣〉「帝謂文王、詢爾仇方、同爾兄弟、以爾鉤援、與爾臨衝、以我崇墉。」仇方是友邦或者對方的意思。《說文》「仇，讎也。」「讎，猶應也。」。所以，仇的原始意義，是指對應、對手、對方之義，特別可能是指做同樣的事的對方。仇是雙方剛好都要同一個東西的時候，才出現的感覺。雙方都欲求同一個東西時，比方說同時欲求勝利，同時欲求獎賞，或者共同爭奪水源的鄰居，或者互相以對立的姿態出現的對象，都可以稱做「仇」。但是，從仇到敵，是有距離的。故而，「好仇」的意思應該是用「好」的態度去面對「仇」。換言之，是人面對「爭」的時候的態度。而「公侯好仇」，因此說明了「公」也是一種外交衝折的力量。

「肅肅兔罝，施於中林。赳赳武夫，公侯腹心。」考察「林」在《詩經》中的用法，單一個「林」字通常用來表示樹林、森林。但是林前面加一個形容詞，就多加很多意思。特別是「中林」的使用。在〈小雅‧正月〉與〈大雅‧桑柔〉〔註12〕裡面，「中林」都暗指著「公」的力量的中心所在。故而「公侯腹心」，是說公的力量也同時是面對其自身的，類似於現代所謂的內政。至此，我

〔註10〕《禮記‧月令》「是月也‧驅獸毋害五穀‧毋大田獵‧農乃登麥‧」。《十三經注疏‧禮記》（台北縣，藝文印書館，民國82年9月），頁307。

〔註11〕「逵，九達之道也。」。《毛詩正義》，頁59。

〔註12〕在《詩經》中，「中林」一共出現三次。除了本詩之外，還有〈小雅‧正月〉「瞻彼中林，侯薪侯蒸。民今方殆，視天夢夢。」〈大雅‧桑柔〉「瞻彼中林，甡甡其鹿。朋友已譖，不胥以穀。」。從詩義的脈絡中考察，可以看到「中林」都是在暗喻上位者所在的地方。

們可以看到整個「公」，主要表現在共體的「軍事」、「外交」與「內政」三方面。故而在〈大雅・文王之什〉裡面，從〈文王〉到〈文王有聲〉，對周人歷代祖先種種作為的描述，除了說明其種族的繁衍歷程外，經常是表現在這三個方面。比方在軍事上，對密、崇的討伐乃至「肆伐大商」。〔註13〕在外交上，調解虞芮兩國的糾紛，〔註14〕還有在內政上修建家室、宗廟〔註15〕等等。

　　這個「公」，不是如同現代一般的，以龐大國家的姿態出現，而相反的是以一個個體生命的姿態——「公侯」來表示。這意味著「公」，無論其所展現的力量是多麼龐大，其本質或者其真實，也只是一個個的個體生命的努力而已。在〈詩經・大雅〉中，表面上不斷的在歌頌「公」的家族世系，從太王、王季、公劉一直到文王、武王，實際上是要使得「共體」，表現為一種個體對個體的跟隨。人面對的只是個體生命而已，並沒有一個巨大的共體放置在人之上。故而對「公」的歷代族人的種種作為的形容，也只是要讓人能夠出於對個體生命的「好」而願意跟隨而已。是這樣的出於「好」的跟隨，而形成共體。故而人面對文王、武王，就如同人面對一個在自己眼前的個體生命一樣，能夠以自身對對象的感受來判斷，自己決定自己是否要跟隨如此的生命個體的。而如果一個「公」的族，能夠不斷的讓人喜好而願意跟隨，那確實這批人一定是非常非常美善的個體生命的。共體因此必然是出於對個體生命的全然肯定，在跟隨美善的個體生命中形成的。

三、兔罝

　　武夫的「武」，在《詩經》中最初的意涵是「足跡、腳印」，〔註16〕作為動詞就演變為「繼承、跟隨」的意思。故而「武夫」已經意味著人對「公侯」的跟隨。然而特別的是，在人開始為「公」作事情的時候，其姿態卻是「肅肅兔罝」。在《詩經》裡面，「肅肅」用在人身上，多有收斂的意思。比方說，〈大雅・思齊〉「雝雝在宮、肅肅在廟。」這裡的肅肅是指人面對宗廟、面對

〔註13〕見〈大雅・皇矣〉「帝謂文王・詢爾仇方・同爾兄弟・以爾鉤援・與爾臨衝・以伐崇墉・」

〔註14〕見〈大雅・綿〉「虞芮質厥成・文王蹶厥生」。

〔註15〕見〈大雅・綿〉「乃召司空・乃召司徒・俾立室家・其繩則直・縮版以載・作廟翼翼」。

〔註16〕見簡良如著〈共體文明的創見與理想—《詩經・大雅》之文〉，頁16。亦見向熹編《詩經辭典》（四川：四川人民出版社，1997年7月），頁686。

祖宗時，收斂回來的狀態。又如〈小雅·鴻雁〉「鴻雁于飛、肅肅其羽。」，肅肅也是收斂的意思。或者〈豳風·七月〉「九月肅霜」，肅也有凝結收斂的意思。換句話說，人成為一種力量的自我節制的狀態。且「兔罝」本身甚至不是真實生命，而只是一個工具。故而，詩文不斷的以「肅肅」為起始，相對於〈桃夭〉的「夭夭」，與〈茉苢〉的「采采」。我們可以明確的感受到，個體在「公」裡面的努力，不是生命力的開顯，而反而是一種自我節制，甚至節制到凝固成為器——「兔罝」。

「兔罝」是捉兔子的網，它束縛住兔子使之無法自由發展。這意味兔罝是一種非傷害性的束縛力量。這個力量，被用在干城、好仇與腹心，表示這個力量不會真正傷害生命（干城、好仇），並且最終的，這個力量表示了公侯對自己的束縛（腹心）。在這個圖像裡面，我們看到對於「公」一層層的節制。從「公」施展出來的力量，到這個力量的執行者，到「公」對其自身的約束，「肅肅兔罝」的意象貫穿整個「公」。這意味著周人必然清楚的意識到，整個出於對人的「好」而形成的共體，必須要在節制的狀態中才能真實。共體的出現，來自從個體生命歷程中開顯出來的愛。這個情感期盼著共體中的每一個體都能夠因全然的開顯而喜悅幸福。在共體的圖像中，每一個個體都獨立自身的存在著。並且，是許多的個體出於對人的喜好而形成共體。

四、共體可能產生的幻覺與其真實

從「公」這邊來看，在「公」這邊的「自我」，作為許多「自我」的追隨對象，很容易產生一個幻覺，就是這些追隨者因為我而幸福，因為我而開顯，故而，這些追隨者的「自我」，也是我的一部份。共體的美麗成為我的美麗，共體的圖像變成「大我」。當「大我」出現的時候，個體生命越來越不被看到，越來越不是作為一個個體生命而被感受。個體生命不是開顯自身，而是讓「大我」來開顯自身。就如同忽然之間，整個森林變成只有一顆大樹的意志，全部的樹都要長出蘋果。這個滑稽的圖像將一點都不是個體生命的幸福，而僅僅成為「大我」的快樂。縱使產出豐盛的果實，但卻無法為生命帶來喜悅。

從另一方面來說，這個幻覺的產生也只來自一個原因，就是人無法肯定自己。在「公」之中的人，如果無法肯定自己。那麼，這個內在的「黑洞」，將需要不斷的吸取外界對自己的肯定來肯定自己。然而如同黑洞無法被滿足一般，人對自己的否定，也無法透過吸納而滿足。從而，對外界的肯定的吸

收，漸漸演變成對外界的控制，因為「我」需要透過「你」來看到「我」。這個過程將一直延伸，一直去到所有追隨「我」的人都是「我」。然而只要內在的黑洞存在，「我」將永遠都無法不滿足。內在的不安將永遠的存在著，「大我」總是不斷的擴張。故而周幽王必然是一個非常否定自己的人。他無法相肯定己，無法在褒姒臉上看到笑容，故而，他唯有透過外在對他的肯定來證明自己。換句話說，「烽火戲諸侯」之所以可能，即來自於諸侯對周王的信任與周王對自己的不信任，這兩個極端的力量而形成的鬧劇。故而史家以「幽」來形成這個周王，即意味著在這個王的內心有個巨大的黑洞，並因此造成了西周的瓦解。

所以，「公」對自己的節制，還不如說是對自己生命的肯定與明白。整個「公」不斷的強調敬、慎、肅穆，是在對存在、對所有的追隨者、對自己說：「我就是我，你就是你。我有我自己獨立的生命，就如同你一樣。我肯定自己的生命，也如同你一樣。個體的意義，在讓個體生命開顯自身的真實；共體的出現，是個體對存在的分享，讓每一個體生命在美麗的氛圍中開顯自身，讓存在充滿生命開顯的喜悅與芳香。」在禮樂裡面出現的，正是這樣的一幅圖像。在其中，人們肯定自身的個體生命，而開顯自身的喜樂。周人是如此強烈的肯定自己、接受自己，如此而致使「我們」的出現。於是在禮樂聲中，「我們」沉浸在一體的感受中，也同時感受個體生命的歡愉。這是為什麼，在《詩經》中的每一個體都如此的獨立，從〈周南〉詩篇的篇名中出現的每一個體，〈關雎〉、〈葛覃〉、〈卷耳〉、〈樛木〉、〈螽斯〉、〈桃夭〉、〈兔罝〉、〈芣苢〉，到詩中的每一個對象都以獨立自身的姿態出現，擁有自身無窮無盡的意義，而不是被收納在人的感受中出現。生命的盛況，來自天地萬物都能獨立自身的，以其生命的真實而開顯。因此我們看到，人對自己的肯定，在周人身上來到歷史的高峰。

第三節　存在整體──〈芣苢〉解讀

> 采采芣苢，薄言采之。采采芣苢，薄言有之。
> 采采芣苢，薄言掇之。采采芣苢，薄言捋之。
> 采采芣苢，薄言袺之。采采芣苢，薄言襭之。
>
> （〈周南·芣苢〉）

一、芣 苢

「芣苢」是宜子〔註 17〕的植物，它本身即意味著純粹的生命力。詩文單純的描述著對芣苢的熱烈採集，表現出對生命的熱情。換句話說，如此熱衷於「生子」，必然是來自於人強烈的感受到生命的喜悅與歡愉。就是因為生命如此的值得，如此的喜悅，而讓人如此想要延續下去。如此的生命感受，必然是美麗的，必然是充滿喜悅的，以致於人那麼衝動的想要活，想要經歷。喜悅、快樂，如海浪般的到來。從作愛到懷孕到新生命的來臨，全部都是那麼的喜悅，那麼的幸福！生命是這麼的美妙，無法想像竟然如此的美好！「多子多孫多福氣」像個印記一般，標誌著人感受到的生命的狂喜。

如果生命是痛苦的，那麼，繁殖就必須被阻止。如果生命是不斷的痛苦感受，為什麼要延續這樣的生命？為什麼要讓痛苦不斷的進入存在？周人必定是全然的感受到生命的喜悅的。不論存在如何的來臨，他們都是接受的，都是肯定的，他們一定覺得生命是如此的值得經歷，生命經驗是如此的讓人開顯自身，人是如此的值得以人的姿態生活。這麼的美麗、這麼的幸福！若非如此的喜悅，若非如此的肯定，人這種生命如何需要繼續存在？

「芣苢」代表著生命，代表著存在的給予，它已經是創造性能量的表徵，故而詩人以「采采」〔註 18〕來形容。並且以它表示存在，意味著整個存在都是如此的創造性能量，它表徵存在的本質。而這個本質是什麼呢？人作為一種存在物，是在巨大的幸福與喜悅中、在性高潮的狂喜中誕生的。人以其自身的生命，其自身每一個細胞都能夠證明說，生命的本質，是被愛所充滿著的狂喜。人如此的被生下來，並在喜悅中創造生命；人從創造性能量中誕生，並且越來越融入那創造性能量。生命的歷程，在周人身上展現為只是純粹的喜樂的歷程。個體生命力在其中不斷開顯，並最終的融入整體存在，融入神，融入純粹的狂喜。

二、存在的感受

〈芣苢〉所歌唱的，是人面對存在時的三步驟。首先，「采之」、「有之」是意識到對象的出現。其次，「掇之」「捋之」是我與對象的互動。最後的「袺

〔註 17〕 「芣苢，馬舄。馬舄，車前也。宜懷任焉。」《毛詩正義》，頁 62。
〔註 18〕 采采是茂盛、鮮明的意思。如〈秦風・蒹葭〉「蒹葭采采，白露未已」與〈曹風・蜉蝣〉「蜉蝣之翼，采采衣服」。參見向熹編，《詩經辭典》，頁 42。

之」、「襯之」。是我對對象的接受，或者我與與對象的互融。

第一個狀態。我看到對象、意識到對象，我打開我自己。我的世界出現一個新的東西。我對它一無所知。它是什麼，我完全都不知道。我完全的好奇，完全的充滿著期盼，它的形狀，它的顏色，它的氣味，它的芬芳，對於我來說是全然新鮮的東西。它引起我的好奇，我一看到就想要采它，它一出現，就進入我的心中。我意識到它，感受到它，聞到它，它忽然的跳進我的世界裡面。我充滿著期待、充滿著喜悅的開始經驗著它。

第二個狀態。我開始采它，開始用它，從各種方向接觸它，看它的反應。我仔細的拾取它，小心地分析它，整理它。它是那麼的美，從每一個角度都出現新的美，新的芬芳，新的聲響。我經驗著我與它的互動，我全然的感覺著它的存在。全然的經驗它，享受它，充分的與它互動。在這裡，我呼吸著，全然的經驗它。它是那麼的美，我分享了它的美，它的芬芳，分享了隱藏在它身上的存在的喜悅。

第三個狀態。我把它收起來，或者它融入了我。我全然的經驗了它、全然的接受了它。我把它收起來，收進我的身體裡面，融入我的心懷，它融入我，或者我融入它。我更全然的品嚐了它，接受了它。它進入我的生命，我與它無分。我感受到它就是我，我就是它。我們在這裡互相融化了。我接受了這個存在所給予的禮物，並且在與這個禮物的接受中、融化中，我感受到越來越多的存在的喜悅，感受到生命的甜美。我感受到存在的美。當它進入我，我已經不是同一個人，我的生命增加了這個新的喜悅，整個生命變得不一樣。

然後，又一個新的禮物來臨，來到我的眼前，我又意識到一個新對象出現在我的世界中……。這是生命之所以能夠變得更美、更鮮活、更充滿的唯一理由。存在不斷的來臨，不斷的來到。如同一杯杯的美酒。我不斷的經驗著，在其中不斷的感受到生命的喜悅與幸福。我一邊歌唱，一邊感受著；一邊工作，一邊經驗著；一邊接受，一邊被融化著。在我面對存在的時候，我不是開顯自身，而是不斷的接受著，接受存在的給予。喜悅如此的一個接著一個來臨，它們全部都進入我的生命，滋養我內在的種子。所有融入我的，都將化為我的生命力，而慢慢的開顯出來。在存在面前，我只是一直的接受，一直的接受，感受愛如雨水般降臨大地。除非我封閉我的感官，除非我不願接觸，除非我不敢讓存在融入我的內在，否則，存在是如此不斷的將禮物灑落在我身上。在面對存在整體的時候，我是如此的喜樂；在面對存在的時候，我是如此的不斷變得

更活、更被愛所充滿。生命是如此的喜悅，如此的值得。只要「我」打開，存在會不斷的給予。在存在面前，我就只是接受、接受、接受。

第四章　理想存在

第一節　自我的嚮往——〈漢廣〉解讀

　　南有喬木，不可休息。漢有游女，不可求思。
　　漢之廣矣，不可泳思。江之永矣，不可方思。
　　翹翹錯薪，言刈其楚。之子于歸，言秣其馬。
　　漢之廣矣，不可泳思。江之永矣，不可方思。
　　翹翹錯薪，言刈其蔞。之子于歸，言秣其駒。
　　漢之廣矣，不可泳思。江之永矣，不可方思。

（〈周南・漢廣〉）

一、人對理想的期盼

　　南有喬木，不可休息。漢有游女，不可求思。

　　周朝在開國之後，首要之事就是向「南」的開拓。這意味著他們透過新領域的開拓來實現周的理想。所以，「南」字在詩經中，經常都伴隨著一種對理想的存在狀態的期盼。〔註1〕「喬木」是高大的樹木，意指著一個較好的生存空間。〈小雅・伐木〉「出自幽谷、遷于喬木」〈孟子・滕文公〉「吾聞出於

〔註1〕在《詩經》中，「南山」是長壽的象徵，如〈小雅・天保〉「如月之恒、如日之升。如南山之壽、不騫不崩。」，「南畝」指新開墾的土地，如〈小雅・大田〉「大田多稼、既種既戒。既備乃事、以我覃耜、俶載南畝、播厥百穀。」，種種意向都顯示了南的特殊性。

幽谷·遷于喬木者·未聞下喬木而入于幽谷者」，文中的「出於幽谷、遷于喬木」是說鳥類從幽谷遷居到更高大、更安全的喬木上。以喬木相對於幽谷，這個意思到後代，轉化成為「良禽擇木而棲」。所以喬木明顯的是在說一個較好的生存環境。甚至在三國演義裡面，有「良禽擇木而棲，賢臣擇主而事。」在比喻裡面明顯可以看到，「木」直接用來比喻「賢主」。所以在《詩經》〈小雅·小宛〉「溫溫恭人，如集于木。惴惴小心，如臨于谷。」中的這個「木」，其實就在隱喻君主了。但無論如何，「喬木」作為一個理想的生存場所的意象是明顯的。〔註2〕然而詩人卻是說「南有喬木，不可休〔註3〕息」，指明人是無法達到這個理想存在的。

「漢有游女，不可求思」。「漢」〔註4〕是廣闊、浩瀚的意思，在此是描述在廣闊的漢水中有個游泳的女子。漢水是不停流動的。「游」意味著這個女性即使在不穩定中仍能優游自在的存在著，這個字本身已有夢幻的味道。試著想像「游女」，她不是一個在陸地上，清楚明確的讓人看得到的對象，而是若隱若現的、可以附加各種想像在其上的對象。所以「游女」這個字已經表明其本身是人們心中理想對象的影像，一個想像中的夢幻對象。後面接著「不可求思」，亦同樣的在表明，如此理想的對象，是無法求得的。

「南有喬木」表徵著理想的生存場所；「漢有游女」表徵著理想的情感對象。將這兩個理想安排在「南」與「漢」之後，其實表明了人總是期盼某種外於當下的理想存在。人越是拒絕眼前的真實，就越是強烈的期盼某種遠方的理想。詩人必然聽到了人的要求，而出於愛心的回應著：「不可休息！不可求思！」。換句話說，如果將理想存在構想在遠方的某處，那麼將永遠無法達

〔註2〕 〈孟子·梁惠王下〉「所謂故國者·非謂有喬木之謂也·有世臣之謂也·」是說，一個長久的國家，不是因為有充足的生存資源，而是因為有世世代代的賢臣，國家才能長久安定的。這個喬木也是相關著理想的生存狀態的。

〔註3〕 「休」這個字，是人在木旁邊，意味著人的休息總是與「木」連在一起的。古人對「木」的認識是極為豐富的，在〈爾雅·釋木〉中共列的108條目，裡面對各種木的名稱、型態、用途有具體的說明。從裡面我們能夠看到，「木」確實能夠提供給人各種生存上的需要。

〔註4〕 「漢」在《詩經》裡面主要有兩個用法。一是「雲漢」，指天上的銀河。〈小雅·大東〉「維天有漢，監亦有光」〈大雅·棫樸〉「倬彼雲漢·為章于天」〈大雅·雲漢〉「倬彼雲漢·昭回于天」；一是「河流」。如〈小雅·四月〉「滔滔江漢·南國之紀」〈大雅·江漢〉「江漢浮浮、武夫滔滔。江漢湯湯，武夫洸洸」〈大雅·常武〉「王旅嘽嘽·如飛如翰·如江如漢」它們都意味著廣大的、浩瀚的狀態，並給予人一種廣闊無邊的感覺。

成的，那個距離將會是永恆的。

二、空間與時間

　　漢之廣矣，不可泳思。江之永矣，不可方思。

　　漢是指漢水，「漢之廣矣」，依循傳統的說法，是指兩岸間距離的「廣」。所以「不可泳思」是說因為如此的寬廣，你不可能游的過去，漢水的廣是超過你的能力的。換句話說，一個理想的生存場所，不是你個體的努力能夠達成的。這個解釋有點勉強，在現實生活中，連海洋都可以橫渡，可況只是一條河？且古代人的體能不可能比現代人還差，所以這個解釋需要保留。〔註5〕故而應該從「漢」的廣大浩瀚的意象來解釋的。「漢」是如此的廣大，你用個人的力量努力的去尋找（泳思），你是找不遍的。那個你理想中「南有喬木」的所在，你理想中的對象「漢有游女」，因為空間是如此無限廣大，如天上的銀河般的浩瀚，你僅憑一己之力的尋找（泳思），是無法窮盡的，你將永遠都會覺得「南有喬木、漢有游女」的。這是第一個理由，在空間上，你的渺小與空間的龐大浩瀚是不成比例的，空間是你無法窮盡的。

　　「江之永矣，不可方思」。從〈大雅・常武〉「王旅嘽嘽・如飛如翰・如江如漢。」可以看到「江」是用來比喻河水的流動，「漢」如前所述，是用來比喻河水的廣大浩瀚。所以，「江之永矣」是要說，河水不停的流動著，你即使依靠竹筏（方），也無法找到你的對象。換句話說，「方」相對於「泳」，是說，即使你依靠著某個工具，以為利用它們，就可以有無窮無盡的能力，在廣大浩瀚的漢水中，尋找你的「南有喬木」與「漢有游女」，都無法找到的。因為漢水不只是廣大，存在不只是廣大，而且它還不停的流動著，你所要找的東西，不停的變動著，你不可能找的到。所以第二個，理想不可能被尋找到的理由就在於，「江之永矣，不可方思」。一切在時間中不停的流動，所有你想要找的狀態，在時間中一下子的改變、消失了。

　　空間上的浩瀚寬廣與時間上的不停流變，使得你所以為的理想是永遠都達不到、得不到的。在如此的對理想的期盼中，你將永遠會覺得不安。詩人到此已經說明了如此的理想存在是不可得的，是不可追求的。但是人對理想

〔註5〕故而〈衛風・河廣〉「誰謂河廣、一葦杭之。誰謂宋遠、跂予望之。誰謂河廣、曾不容刀。誰謂宋遠、曾不崇朝。」，即已經表明人的努力，是可以克服空間的距離的。

的期盼仍然是基本的，人總是期盼處在美善的生存環境與人倫關係之中的。所以接下來詩人必定要說明，如果如此的面對理想的方式是錯誤的，甚至是讓人變得不安的來源，那麼人的努力應該是如何呢？

三、面對理想的眞實

　　翹翹錯薪，言刈其楚。之子于歸，言秣其馬。

　　翹翹錯薪，言刈其簍。之子于歸，言秣其駒。

　　「翹翹錯薪」〔註6〕是交錯堆疊著的一堆薪柴。詩人以此來對比「南有喬木」，意味著我們眼前的存在景況，反而都不是如同「南有喬木」般的單純高大，而是種種生存努力的可能性，堆疊交錯的陳列在眼前的。「言刈其楚」是說，面對此存在景況，我們只要選擇性的割取「楚」來作爲生存之所需。「楚」是指荊。「束薪」與「束楚」〔註7〕在詩經中經常出現，表明這是古人經常採集的木。〔註8〕換句話說，人對於生存的努力，其實不需要期盼「南有喬木」的，面對眼前的環境，謹愼的選擇自己所需要的就可以。換句話說，當詩人使用「南有喬木，不可休息」，即暗指人不接受現實，而以爲找到完美的生存環境中，就可以完全的休息，完全的不用再爲生存而努力。換句話說，你期盼有巨大的喬木來安穩你的生存，或者期盼有取之不盡的物資來供給你的生存，這樣的期盼是不可能達到的。生存或者說生命，只是在面對眼前種種複雜的狀況中不停的選擇、不停的努力而已。「不停」正是生命的本質。生命的存在狀態，是透過不停的努力而越來越美善的在時間與空間中不停開展，永無止境。如此生活的幸福將不僅只停留在「喬木」上面，眞實的生活將會是無法想像的幸福美麗。

　　「之子于歸，言秣其馬」，是說這個人將要離去，我餵「其馬」吃草。

〔註6〕　「翹翹」是突起貌。在〈豳風·鴟鴞〉中「于室翹翹」是說高而危險貌都是對某種東西堆疊起來的狀態的形容。而且用翹翹來形容這些東西，意味著這些東西堆放的很明顯，但是又有點不穩定的味道。「錯薪」是交錯著的柴木、柴草。故而「翹翹錯薪」是交錯堆疊著的一堆薪柴。

〔註7〕　〈王風·揚之水〉「揚之水·不流束薪·彼其之子·不與我戍申…揚之水·不流束楚·彼其之子·不與我戍甫」〈唐風·綢繆〉「綢繆束薪·三星在天·今夕何夕·見此良人……綢繆束楚·三星在戶·今夕何夕·見此粲者。」

〔註8〕　「荊」的支條可供刑杖之用，古代婦人以荊做首飾，即所謂「荊釵」。荊的支條嫩者可編筐簍，老者爲薪。換句話說，「楚」的用途很廣，是人們的採集對象。

與「漢有游女」一起解釋，就是，想像中漢水的游女，是你不可能求得的，因為「漢之廣矣、不可泳思，江之永矣，不可方思」。理想的情感對象，只是一個幻象。真正的情感對象只是在身邊的人身上，在每一個你所接觸的人上面。你對對象的情感的真實，就在於甚至當她要離去的時候，你也能夠為她的離去而努力的。換句話說，你對情感對象的努力是沒有條件的，並不是為了「求」得，才有努力。換句話說，人對於「漢有游女」的「求」，其實是不真實的。如此的「求」，努力於一個想像的對象，而以為這是真實的情感，這樣的追求也明顯的是不真實的。詩人透過對人對於「之子于歸」的努力，而明顯的表示出人倫的努力，全部都只是在為身邊的人，接觸到的人而努力而已。即使這個人已經要離去，也意味著這個人「現在」是在身邊的。相對於遙遠的、若隱若現的游女，如此的對著情感對象的努力，與人倫的和樂才是真實的。

「翹翹薪錯，言割其蔞。之子于歸，言秣其駒」。「蔞」指蔞蒿，[註9] 是可口的野菜。老化的蔞也可以當作薪柴。因為這個地方用割，而不是用采，所以這裡的用途應該也是作為薪材。且接下來的「之子于歸，言秣其駒」，與第二段相比，都只是換了兩個字。所以，而這兩個換了的東西，從「楚」到「蔞」，是從硬的到軟的，從像木頭的薪柴到像草的薪柴；從「馬」到「駒」，從大一點的馬到年輕一點的馬。這其中要多說的道理是，蔞是四處可見的，甚至你只要稍稍的注意，就能夠滿足你的生存所需的。換句話說，滿足生存所需並不是困難的，甚至平凡日常所見之物，就能夠滿足的。而從「馬」到「駒」，明顯的是要說，「之子」不是同一個人。換言之，無論那個對象是誰，你都要為她們努力的。

故而存在的理想與人倫情感的美善，是沒有特定形式的，是人在一次次的努力中，一次次的實現，而充滿無窮無盡的可能的。美麗與幸福沒有固定的形式，而只是人透過不同的時空，以不同的姿態實現出來的。故而人其實不需要追求「南有喬木」與「漢有游女」的，因為生命自身已經包含了所有神秘的種子，等待開顯的到來。

四、自我旅程的停止與生命的真實

〔註9〕 「馬云：「蔞，蒿也」郭云：「似艾」。」《毛詩正義》，頁67。

　　在人內在的空間圖像中，充滿了各種對象。真實的、想像的與理想的對象。人從各個地方學習到知識，增加了人對各種對象的知道。故而在人的內在，存在著種種美好的「南有喬木」與「漢有游女」。透過這內在的空間圖像，「自我」經常被描述為一個從這裡到「南有喬木」、到「漢有游女」的歷程。如同〈漢廣〉所指出的，這個追求注定要失敗，自我永遠都無法達成。這個「不可休息」、「不可求思」的確認是有力的。它使得自我在意識到如此追求的無望中，慢慢停止無謂的虛耗。

　　在整體的內在圖像中，我們看到所謂自我的旅程，其實是人對自己的不信任而已。因不信任自己，而期盼成為某人，以某人的姿態被肯定；因不信任自己，而期盼某種外在的對象給予自我某種美善。故而自我總是需要被肯定，自我總是不斷的需要「愛」。在這個意識底下的真實聲音是「我是不完美的！我是不值得的！」。故而人不接受「翹翹錯薪」而期盼「南有喬木」；不接受「之子于歸」而求「漢有游女」，其根源是自我否定的。倒過來說，人真的肯定自己的話，就不需要去遙遠的地方尋找幸福，不需要透過對象的愛來肯定自己。換句話說，眼前的「翹翹錯薪」，當下就能形變為「喬木」，「之子于歸」立刻會充滿愛的。

　　事實上，在內在空間中出現的整體就已經是對自我的肯定了。當人閉上眼睛，看入內在，整個整體都在內在繁茂的開展著，所有的對象，包含自身，都在其中擁有自身的位置。而這個自己的出現，就已經是自我肯定了。故而這個自我其實只需要安於自身當下的姿態，安於自身的有限而努力，如此已經是自我的真實了。〈漢廣〉反覆出現的「漢之廣矣，不可泳思。江之永矣，不可方思。」，指出人須要意識到自身，相對於空間的寬廣與時間的綿延不絕，是一個有限的存在。這在人對內在圖像的省察中就已經是自明的。而人將自身置於對理想的無限追求，不斷的遠離自己，反而是因為人以為世界的範圍就只是像「井」一樣的大小，完全是人可以單純掌握的。人在此追求「喬木」、求取「游女」，以為它們被尋找到時，一切就將會達成了。

　　〈漢廣〉明白的指出這個幻覺，展現整個存在的無限寬廣與持續不停的流動特性，讓人安於自我的有限而努力。如此人才出現一種謙卑的，面對存在整體，而自我節制、安於自身，並且在這個姿態裡面，充滿了自信與接受。生命的開展，正是從此開始而一步步的真實。

第二節　生命的根源——〈汝墳〉解讀

遵彼汝墳、伐其條枚。未見君子、惄如調飢。
遵彼汝墳、伐其條肄。既見君子、不我遐棄。
魴魚赬尾、王室如燬。雖則如燬、父母孔邇。

（〈周南・汝墳〉）

一、自我的毀滅

人並非出生於全然的空無中，而相反的，一進入這個世界，就已經身處共體之中。「自我」透過共體來明白自己，透過種種對象，「自我」的意識才隨之出現。換句話說，相對於對象的存在，「自我」才需要被標誌出來。因此，對象似乎總是在「自我」之前的。「自我」總是必須依循對象的位置，跟隨對象的作為來看到「自我」。因而「對象」對「自我」而言似乎總是一種壓迫。因為「自我」不得不跟隨「對象」。

所以詩文「遵彼汝墳、伐其條枚。〔註10〕未見君子、惄如調飢。」正是說明人處在這種狀態裡面。「遵彼汝墳」是指人依循著汝水堤岸而走，「伐其條枚」意味著一種選擇性的伐，甚至是很細微的伐。從「遵彼汝墳，伐其條枚」這幾個字的安排中，可以感受到詩中人是以一種無法隨心所欲的姿態出現。換句話說，從「遵彼」到「伐其」都是人在共體存在中的特定姿態。「未見君子、惄如調飢」則是人在面對自己的情感對象時，無法隨心所欲的感受。換句話說，無論是在生存或者情感中，人都無法是自由的，無法如其所求的，而必須在現實中被壓抑著。下一句「遵彼汝墳、伐其條肄。既見君子、不我遐棄。」，人在生存中仍然毫無選擇的只能「伐其條肄」，甚至面對情感對象，也只是無力的感受著自己沒有被拋棄。

在這樣的氛圍中，讓人不禁懷疑起自身的真實性。「我是誰？」「『我們』是什麼？」「我就是在我們中的一小部份，而應該默默的遵循一切嗎？」生命在此追尋著我，直到「魴魚赬尾，王室如燬。」「赬尾」是發情的象徵，且「赬」這個字是赤、貞，表示了如此的性衝動是針對特定對象的。換句話說，在面

〔註10〕枚是一種可以含在嘴裏的木頭，也就是「銜枚疾走」的枚。在〈幽風・東山〉有「勿士行枚」，在《左傳》中也有記載。

對我所好的情感對象時，性衝動從生命內在勃發起來，而使得「我」爆發出來。這個「我」是無法被否定，無法被壓抑，而以絕對的姿態肯定我自己的。然而同樣的能量能在刹那間轉變性質，原本作爲創造性能量的性衝動，在感覺到被壓抑而無法開展的狀態下，轉化成對整體的否定。「王室如燬」正是說，在這個強烈的力量面前，生命全部被毀去。龐大到連王室般的共體，也無法阻擋如此毀滅的力量。

當「對象」消失，「自我」也隨之消失。這個強烈的否定力量，以絕對之姿轉而壓迫在「對象」之上。「王室如燬」已經意味著整體存在的毀滅，生命力展現了它的強大。在這裡，「對象」與「自我」都被否定了，一切都沒有價值，一切都沒有存在的必要。

二、對「我」的絕對肯定

「雖則如燬」。「雖則」的用法在《詩經》中出現五次，在本詩之外，其餘的四首詩都是透過「雖則」在講表象與表象底下眞實的不同。如〈衛風‧芄蘭〉「芄蘭之支、童子佩觿。雖則佩觿、能不我知。」〈鄭風‧出其東門〉「出其東門，有女如雲。雖則如雲，匪我思存。」等等，〔註11〕故而「雖則如燬」只是一個表象而已，但透過這個表象，最眞實的將會呈現出來。

當整個世界都被毀去的時候，還有什麼東西留下？當強烈的力量燒毀所有的一切，所有對象全部都被毀去，甚至「自我」也在其中毀滅自己的時候，還有什麼能夠留下來？當生命力形變爲毀滅一切的「黑洞」，有什麼還能存在？當人心出現一個如此的「黑洞」而否定一切，甚至否定自己的時候，有什麼還能信任？有什麼還能夠存在？人的根本基點是什麼？

「父母孔邇」。當所有對象都被毀滅的時候，父母卻存在著，而且還很近的站在這個力量的面前。試著想像這個充滿隱喻性的畫面，當這個毀滅性的力量面對自身的父母時，當人面對自己的創造者時，發生了什麼事？

在黑洞底下，永遠有一個光明的點。那個「點」先「黑洞」而存在了。換句話說，這是這個「黑洞」反轉自身面對自身內在，面對自己的創造。父母的存在，即保證了人是在絕對的愛與信任中誕生的。最低限度，在「我」

〔註11〕還有〈小雅‧鴻雁〉「之子于垣、百堵皆作。雖則劬勞、其究安宅。」〈小雅‧大東〉「跂彼織女、終日七襄。雖則七襄、不成報章。」。「雖則」都是用來表示表面與實際感受的不同。

被誕生的片刻，在那個性高潮的片刻，在全然歡愉喜悅之中，創造者是充滿著對生命的愛與對存在的信任的。透過這個全然的接受，「我」誕生了。父母的存在，提供了一個先驗的保證──「我」是以光明、以愛的姿態來到世界的。這一個小小的光明與愛，已經充滿了對存在的接受與信任，已經蘊藏了所有的神秘在裡面。這個點是「我」。換句話說，「我」是從這個小小的種子中，神秘的開展出來的。「我」的誕生，已經是對存在的肯定，對生命的肯定了。在一切外來的不信任還沒來到之前，在「自我」形成之前，「我」的誕生已經是對一切的絕對信任了。故而這個光明同時照亮了人與其父母，以至一個人無論如何的被否定，都一定會被父母接受的。即便在誕生之後，父母的自我變得脆弱而無法開顯出愛，但是，這個愛的印記，將印在子女與父母之間，永遠無法消失。因為這個信任是絕對的，這個愛是純粹的，即便只是在生命的一小片刻發光，都將照亮整個生命歷程。

三、絕對的自由

由於這個點的存在，人對存在的拒絕或者接受才變得可能。換句話說，即使在對生命、對存在的拒絕之中，人都必須要有這個點的存在的。人的追求「南有喬木」、「漢有游女」，也必須要有這個點的存在，有著對「我」的絕對信任，那麼這個追求才能發生的。這個絕對的基點，使得「自我」可以選擇黑暗或者光明。拒絕與接受，全部都是在這個小小的愛上面浮現的。即便「自我」對一切的不信任到了極點，即便人的生命力，想要熄去全體，但是，這個毀滅的力量，仍然來自人對自己的信任與接受，如果沒有一點點的對自己的信任與接受，這個毀滅的力量是不可能的；如果沒有愛，黑洞也不可能。

〈汝墳〉正是意識到這個點，世界因此是可以隨「我」創造的。我要毀滅或者創造都是我的決定。如果我拒絕，我可以熄去一切；如果我愛，我可以創造一切。我是可以隨心所欲的，因為我對自己是絕對肯定的。換句話說，我擁有全部的自由，沒有什麼對象可以真正壓迫我，沒有什麼可以真正否定我。如果我要的話，我可以抓住所有外界對生命、對存在的不信任，形成黑洞來讓「自我」覺得痛苦的。「我」絕對擁有這個「基礎」可以這麼做的。

我也可以保持這個內在的點，一直是一個種子。我可以讓這個種子以種子的型態歸還存在的。這個是「我」的自由！「我」可以保持是一個種子，可以保持內在永遠有著純淨無染的光明，這是毫無疑問的。然而，這個內在

的種子總是在呼喚著，幸福總是在等待的。黑洞隨時可以消失，而開始種子的伸展。開花，成為千辦蓮花，這是種子內在的衝動，是種子的呼喚，這個種子本身已經隱藏著無窮無盡的喜樂、無窮無盡的開展的。它正是「我」的生命本身。

　　生命的開展意味著進入存在，進入光明也進入黑暗。故而「如燬」是需要的，如此才能明白什麼是創造；「求之不得」是需要的，如此才能明白什麼是喜悅與幸福；「自我」是需要的，如此才能夠讓「我」變得更覺知、更有力量。就如同「哭」是為了要讓「笑」變得更深入、更放鬆一樣，當兩者都被接受，純粹的愛才能夠呼吸，才能夠伸展。所有在存在中灑落的，都只是要讓人越來越鮮活，讓愛越來越甜美，讓生命越來越幸福。人會越來越意識到，「我」的喜悅，也是「存在」的歡愉。因為這內在的光明已經保證，「我」就是「存在」，「我」就是「愛」。

四、君　子

　　君子是一個真實的人，一個意識到內在真實的「我」，並且以「我」進入真實存在的人。從生命誕生的那個片刻開始，換句話說，從「我」誕生的片刻起始，存在一刻也不停息的迫近著，生存的需要迫使「我」必須大量的與存在接觸。面對龐大的空間與不停流動的時間，「我」需要退一步的在「我」與「存在」之間形成某種東西，以安定從外而來的壓迫。這個東西慢慢的累積了種種外來的圖像，累積種種對象的姿態，而形成了存在的整體圖像。我不僅可以透過這個圖像明白世界，也可以透過這個圖像來形成我的姿態。而這個我可以隨意更換的姿態，就是「自我」。

　　故而「我」可以成為這個，成為那個，我對那個角色認同的越多，我就越習慣形成什麼姿態。然而無論如何，這個「自我」是無法離開這整個存在圖像的。因為「自我」是來自於那個暫時的存在圖像，它只是「我」的一個選擇，在整體圖像中的選擇。故而，人可以同時扮演許多種自我的。在不同的共體中，人可以以不同的身份、姿態、價值觀與感受而出現。故而「自我」就像衣服一樣，是穿在「我」身上的保護層。

　　君子的意義，正在「我」對於「自我」的統治上面。人經常因為過度的認同「自我」，而遺忘內在的「我」。這或許來自於，當「我」面對存在向內縮，而以「自我」之姿面向存在時，這已經意味著「我」對自己的不信任。

「我」覺得自己無法面對存在,「我」害怕「我」無法生存下去!這個恐懼塞住「我」與「自我」之間的通道,而使得人無意間遺忘「我」的存在。也因此在「自我」裡面,總是存在著對自己的不信任,像是個印記般的刻劃在每個自我裡面。當人在所有的自我中意識到這個不信任,那麼自我將轉而在內在形成巨大的黑洞。這個黑洞將毀滅一切,毀滅整個存在圖像。這是為什麼一個人可以有那麼巨大的毀壞力量。因為人對存在發出聲音說:「一切都不值得存在!」

君子是個接受的人。他明白「自我」是「我」的衣服。只要時時的清洗,衣服是能夠為「我」提供適當保護的。我可以擁有許多件衣服,穿載在身上感覺仍是舒適的。「自我」也可以很美,甚至也可以形成君子的姿態。「我」與「自我」的差別,僅僅在於「自我」需要「非自我」的存在。自我的真實需要非真實才能呈現出來。換句話說,「自我」無法獨立存在。因為它是人內在存在整體圖像的一部分,它無法完全的獨立自身,它無法不透過非我來呈現自己,明白自己。

君子的獨立,因此來自於「我」的開展純粹來自內在。在自己對自己的肯定中,讓內在的愛與光明,在存在的滋養下一天天的伸展。君子的真實,來自於從真實的、完整的、原初的「我」出發,有意識的使用「自我」,覺知的接受存在的滋養,而開顯出來的生命之光。周人禮樂的使用,不僅僅在於要展現君子的真實姿態。他甚至期盼能讓人在對整體的空間圖像與個體特定姿態的凝視中,意識到「我」與那個「自我」的存在。換句話說,在禮樂面前,整個「自我」被搬到「我」之外,使得「我」看到「自我」們的演出。在這凝視與傾聽中,「我」面對整體存在,並且透過樂音的鼓動,開顯生命的真實光芒。從而我們看到,在周人身上,人如此的成為君子,成為真實的人。

第三節　理想的開顯——〈麟之趾〉解讀

> 麟之趾,振振公子。于嗟麟兮。
> 麟之定,振振公姓。于嗟麟兮。
> 麟之角,振振公族。于嗟麟兮。

(〈周南·麟之趾〉)

一、理想的腳印

「麟」明顯的意味著一種理想的生命存在。在《孟子·公孫丑上》「有若曰·豈惟民哉·麒麟之於走獸·鳳凰之於飛鳥·泰山之於丘垤·河海之於行潦·類也·聖人之於民·亦類也·出於其類·拔乎其萃·自生民以來·未有盛於孔子也·」，麒麟作為理想的存在，這個理想的存在是能夠讓人跟隨的，如同「聖人之於民」一般。在本詩中依序出現「麟之趾」、「麟之定」、「麟之角」。趾與角的意義是明確的。「定」，傳統將它解釋為額頭，是為了要同等於趾與角，以表示麟的某一部位。但是回到《詩經》中考查「定」〔註12〕的用法，我們可以看到，「定」主要的意思就是「安定」、「穩定」、「定下來」的意思。所以，從「麟之趾」到「麟之定」到「麟之角」，事實上是我們從追蹤某物的腳印到看到那個被追蹤的對象時，從「腳印」到「腳」到對象「定」下來，到最後對象的「角」被看清楚的順序。

什麼是理想呢？〈漢廣〉指出它不在「南有喬木」或者「漢有游女」上面，而是在生命當下的努力中實現。〈汝墳〉進一步指明生命真實的基點所在。但是，從這個種子出發，生命將開顯為什麼樣態呢？人曾經開出如何美麗的花朵？生命可能開顯成什麼呢？這不僅僅是個好奇而已。這是整個生命對存在的探詢。「我」可以有什麼真實的希望？當眼前存在顯得混雜不明，當生命自身難以開顯的時候，有什麼可以讓「我」感到鼓舞呢？對於這個問題，〈麟之趾〉以「麟」代表理想本身，意味著理想不是一個空間中的場所，也不是某個可獲取的固定對象。理想像是生命，一種活生生的狀態。

「麟」曾經存在過，它曾經留下痕跡。對於孔子來說，周公是「麟」，對於中國人來說，孔子是「麟」。但是，要到哪裡尋找麟？麟的生存姿態是如何？麟如何生活？麟如何面對種種生存的困難？麟如何讓這個世界變得更美？《詩經》不是麟本身，《論語》不是麟本身，它們是麟的腳印。所以我們的探詢，從追蹤「麟」的腳印開始的。這個追蹤對我們而言，意味著「學」。

在經過長久的學習後，人從各種複雜的腳印中，開始辨認出什麼是麟的腳印。他看出這個腳印與其他腳印的不同，他能夠聞到某種特別的香味隱藏

〔註12〕〈鄘風·定之方中〉「定之方中·作于楚宮。」〈小雅·天保〉「天保定爾，亦孔之固。俾爾單厚，何福不除。」〈小雅·采薇〉「君子之車·戎車既駕·四牡業業·豈敢定居。」〈大雅·江漢〉「經營四方·告成于王·四方既平·王國庶定。」定，主要是安定、穩定的意思。

在裡面。這個理想的存在不是現成的任何東西，不是人們習慣看到的東西，不是人們從書本上，從畫作上看到的東西，它顯得更美更善。人辨認出那是某種特別的存在，那是麒麟的腳印。他開始追蹤，追蹤，終於，他看到那個創造腳印的腳，他看到「麟之趾」。

二、理想自身

「振振公子」。當理想存在被具體的被看見，當麒麟被如此的看到，這個公子，這個生命個體立刻的跟隨著它，他的整個存在被這個麒麟所振奮，他的整個生命隨著振振起來。不是因為他得到什麼，而是他的內在被麒麟的存在姿態所喚醒，而真正的振作起來。在還沒看到麒麟之前，人還不明白自己的可能性，還在猶豫要如何振作？要振作往哪個方向？在看到麒麟之後，人怎麼可能不振作？當麒麟被看到，即使只是看到腳指，都引發公子的振振，而這個振振也讓公子成為像麒麟一樣的理想存在。

「于嗟麟兮！」。這是極度狂喜時的嘆詞。當人看到那真實的，看到理型、看到理想，當人看到真正的禮樂之治，當人看到孔子，所有的形容詞將不足以形容心中的感受，他就只能夠說「那就是麒麟！」。發出這個聲音的，是公姓，〔註13〕他們在公子的振振中明白，這真的是麒麟。公子看到麒麟，公姓看到公子。於是，所有在公子身邊的公姓，如此互相跟隨著，一個個在對麒麟的跟隨中，開顯自身生命。透過眾人的跟隨，麒麟無法消失而安定下來。換句話說，理想是如此的在現實中實現。

這個定下來不是透過別的，而是透過眾人的振振而定下來。換句話說，當每個生命如此跟隨著理想，從自身生命的真實出發，從不同的層面經驗著理想、開顯理想，如此理想的整體才變得越來越完整。換句話說，理想不僅僅是一個個體而已，理想必然是整體存在；理想不是一座森林的實現而已，理想同時是整個地球。

另一方面，透過「振振公姓」，麒麟開始可以被眾人辨識出來，否則我們要怎麼看到麒麟？麒麟其實一直都在，我們經常的在某些片刻可以感覺到它的存在，但是，我們看不到它定下來，我們看不到「理想」就停在哪裡。我們看不到一個「美」自身就在哪裡。透過許多人一起實現這個美，我們才能

〔註13〕 「公姓，公同姓。……正義曰：言同姓，疎於同祖。……傳云『公族，公同祖』，則為與公同高祖，有廟屬之親。」《毛詩正義》，頁73。

夠說我們開始看到美。然後在振振公姓之後,整個公族〔註14〕都看到麒麟。那個喜悅變得更龐大。那是麒麟!那是麒麟!於是,理想存在透過「振振公族」而開顯出自身的精華。換句話說,公族,這個更大範圍、更多層面的人們都看到麒麟,都開始跟隨。當這個跟隨越來越多,層面越來越廣,「麟之角」才真正的被看見。在此之前,在「麟之角」還沒被辨認之前,麒麟還不完全是麒麟,麒麟的精隨,麒麟之所以是麒麟的根底還沒出現。但是一旦整個公族追隨它,剎那間,人們藉著這些公族的努力,而真正的看到理想,看到理想之所以成為理想的本質。

理想是如此而實現的。換句話說,理想不只是個體的美善,而是透過許許多多個體生命的開顯,而呈現出來的共體的美善。個體有其自身的喜悅,但是那個從一個個獨特生命的共鳴所開顯出來的美善,是更為全面與豐富的。換句話說,麒麟不是一個個體,而是存在整體。

三、理想的開顯

「公」這個字的運用,表明在人的存在中,「公」是讓人們追隨的。換句話說,上位者與麒麟的作用是一樣的,都是如此讓人們跟隨的。當上位者以麟的姿態出現,自然將引起人們的喜好而跟隨。故而,在周人身上,正是從對文王一層層的跟隨中,而形成了「周」。換句話說,整個「周」是以對上位者一層層的喜好追隨而形成,而非如後代的「秦」一般,以「法」從上到下一層層的控制整個王朝。「周」不是後代意義下的王朝,而是出於如此一層層的,從下到上的跟隨而形成的。故而,「周」的崩解,必然來自於上位者不再讓人喜好,不再讓人願意追隨,而自然的瓦解。所謂的禮壞樂崩,崩解的不是控制權的喪失,而是失去了這種「好」的。

這種「好」的心情,在《詩經》中經常被表述為「未見君子,憂心忡忡。既見君子,我心則降。」〔註15〕換句話說,這是人面對幸福充滿期待的感受。而這個感受在後代中,只出現在男女間的戀愛。換句話說,確實這種人對人的愛好與跟隨的心情,在「周」之後喪失了,以致於人們只能透過戀愛來明

〔註14〕「公族,公同祖也。」毛詩正義》,頁74。
〔註15〕出自〈小雅‧出車〉「喓喓草蟲‧趯趯阜螽‧未見君子‧憂心忡忡‧既見君子‧我心則降‧」。類似的句法還有〈召南‧草蟲〉「未見君子‧憂心忡忡‧亦既見止‧亦既覯止‧我心則降‧」〈秦風‧晨風〉「未見君子‧憂心欽欽‧如何如何‧忘我實多。」等等。

白。然而，透過〈麟之趾〉，我們確實可以看到這樣的理想是可能的，人對人是可以有如此美麗的期盼的。

　　而整個跟隨現象的基礎，換句話說，麟的基礎，來自於所有生命內在那個無法被否定的基點。那個真實的「我」，那個在創造頂峰中誕生的愛與光明，是所有生命的共同印記。以至於當某個種子開展開來，綻放光明與愛的氛圍時，任何周圍的生命都會開始感受到同樣的氣味與震動。那個「振振」不可能僅只是停止在個體身上，而必然一層層的擴散開來。生命的本質是愛，是純粹的愛、純粹的創造性能量。愛是不斷的創造，不斷的分享存在的喜悅。愛無法封閉自我的，愛是全然的對生命的肯定。故而同樣的能量，黑洞是不斷的毀滅，愛與光明是不斷的創造與開展。

　　愛不可能只是一個愛，君子不可能只是一個君子。他的本質就已經是創造生命的喜悅與幸福。故而這個樂必然是不斷擴散的，君子必然是致力於讓人們同樣的震動起來，同樣的成為君子的。整個存在不可能只是滿足於一座漂亮的花園，祂必然要讓整個存在都變得充滿花朵與芬芳的。這個存在的內在驅力，正是要將整個存在實現為麒麟的。並且這個麒麟也只是一個新生的開始，理想將是無法想像的、無窮無盡的開顯。

　　中國人稱新生兒為「麟兒」，或許正來自於人們清楚的意識到，每一個新生的生命，都帶著無限的光明來到這個世界，並且這個生命終將會開顯為麒麟的。縱使生活中充滿了挫敗，充滿了對生命的不信任，但是人必定將透過這些經歷，而變得更光明、更美麗。〈周南〉的作者們以種種奇異的構思，留下麒麟的腳印，正是要讓人們明白，你已經是理想存在了，只要你打開來看，所有你要的禮物，所有你所期盼的喜悅幸福，都已經在你身上了。事實上，你就是你所要的一切了！

結　論

一、「自我」——禮

　　在〈汝墳〉裡面被揭開的那個「我」，是整個人的中心。生命從「我」開始，在種種共體存在中形成各種「自我」的外衣，一直到越來越以「自我」來肯定自身生命的眞實，甚至去到追求更龐大的「大我」來肯定自己。這是人不斷的向外走，而遺忘內在眞實的過程。

　　所謂「收蓄」是相對於人向外求的姿態而彰顯出來的。〈周南〉以〈葛覃〉、〈卷耳〉兩首詩來講這個收蓄，很精準卻又驚人的平凡。她不需要人去形成某種特定道理的明白，而只是要人在自身生活的兩個方面更覺知些，更有意識些。第一，是在自己的生存活動中，時時反省自己發展的狀態。並指出父母的在，提醒人回到自己的原初點而安。這個平凡的意識，已經能讓人不過度的發展自我，不過分的遠離內在的眞實。第二，透過人與人之間的思念，讓人感受到內在的「我」。人對人不斷的思念，意味著這個思念本身，是穿透種種「自我」，而來自內在的「我」的。即便人在情感中感到失去自我所具有的獨立的假象，但是正是在這個自我的瓦解與崩壞中，在這個與他人融而爲一的思念中，我們從自我所展現的種種姿態裏重新返回自身、返回我。這是一種人回歸自身的方式，我們稱之爲收蓄。

　　在這裡我們看到，「自我」只是人面對種種共體時的姿態。並且透過「自我」的現象，我們在內在組合出一個整體的圖像。人的種種「自我」依照這個圖像而成形，並因此而能快速的轉換出不同的「自我」面貌，但也一方面使得「自我」無法獨立存在。然而，對於人的生存與情感而言，適當的「自

我」表演是需要的，就如同人可以在不同場合穿著不同的衣服一樣。只要「我」是主人，「自我」也是可以對我有益的。

故而，我們認爲，「禮」正是在這個層面上，透過對共體乃至存在整體的圖像的安排與演繹，讓人們在「禮」的進行中，一次次的意識自身內在的圖像，讓人意識清楚自身在共體中的「自我」面貌。如此而出現的「自我」是美麗的，並且也使得共體以「禮」的面貌出現。

二、生命的韻律 —— 樂

「樂」不具有空間形式，而是以時間形式與我融合在一起。所以它能夠直接穿透「自我」，讓「我」聆聽到。也因此「樂」是能夠直接的演繹生命的真實韻律的。而生命的韻律，正是在〈螽斯〉中的「振振、繩繩、蟄蟄」。換句話說，透過這個韻律，我們看到生命循環的歷程，從「我」的「振振」，到「繩繩」中「我」對於「自我」的使用，最後到「蟄蟄」—— 放下「自我」，回到「我」，回到「我們」，最後沒入存在整體。

這個「我們」是在「我」之下的，是「我」來的地方，是「我」的出處。當我們從「自我」收到「我」之後，確實「我」是獨立存了。「我」是真實的我，原生的我。這個「我」不需要反映任何的對象而只是以「我」來感受自身。在這個感受裡面，只是純粹的生命力，只是創造性的能量，只是愛。而這個感受也是不停收蓄的，或者也可以說是不停的消融。「我」消失，而融入「我們」，這個「我們」是父母與「我」的共在，是回到那個「我」誕生時的家。然後這個消融甚至能夠繼續，直到「我們」消失，直到融入整體存在。這個循環就在我們的生命當中，如是不斷的重複著。

故而，這個生命的韻律，在論文第三章裡面清楚的展示出來。人首先進入家庭〈桃夭〉，再進入公〈兔罝〉，再回到存在整體〈芣苢〉。並且在每一個共體中，其韻律也是一樣的振振、繩繩、蟄蟄的。換句話說，都是從「我」到「自我」再回到「我們」。故而，已經沒有更高的東西凌駕在「自我」之上，公侯最多也只是表現爲「自我」而已。而人與人透過「自我」與「自我」的連結，也僅是形成共體。在這個共體裡面，每個「自我」都是獨立的，都是節制自身的。換句話說，這個共體的圖像，透過禮樂而展示出來的。故而「禮樂」無論如何，都不是一種強大的控制力的。因爲它面對的也只是一個個的個體，一個個的「自我」而已。

三、「我」的開顯──君子

固然生命可以在共體中以「自我」的姿態出現。然而,〈周南〉所期盼人的,仍然是這個眞實的「我」的開顯。故而我們看到,在〈樛木〉之中,人以眞實的「我」直接承擔存在,接受存在。整個「我」的開顯之所以可能,即來自於「我」不害怕存在,不再以「自我」的姿態出現,而接受一切。事實上,當人接受一切不再抗拒,那麼,一切都將融入生命,成為喜樂的生命感受。正是生命的樂如此的確定,詩人才能夠以「樂只君子」來形容人的狀態,並且〈螽斯〉也因此才能成為對人的肯定與祝福。

當人以內在眞實生命的姿態出現。這意味著,這個「樂只君子」,這個眞實的人,將越來越是純粹的愛、純粹的創造性能量。而如同我們在前面所說,生命的韻律是回到創造性能量的,因為那是生命的來源。這兩個自然的傾向,必然的導致人們期盼君子的存在,期盼接近君子的在。並且在〈麟之趾〉中我們看到,這樣的接近,必然導致越來越多君子的誕生,換句話說,越是接近創造性能量,人內在的光明就越是被喚醒,越是發光。

整個周南的努力,從外在空間轉向內在空間的收蓄,最終實現的,是由「自我」到「我」最終到達「我們」的旅程。這個旅程是一個朝向眞實的回返,在這個愛的旅程中,人以內在的眞實開顯出來。整個周南的嚮往,於是在於期盼人人都能成為君子,期盼整個人類都能以其自身生命的歡愉,在大地上自由的奔馳。

參考書目

一、詩經類

1. 漢・毛亨傳；漢・鄭玄箋；唐・孔穎達疏；龔抗雲等整理。《毛詩正義》（臺北市：台灣古籍，2001 年 10 月）（十三經注疏・標點本）。
2. 宋・朱熹，《詩集傳》（臺北縣：藝文印書館，民國 63 年）。
3. 清・姚際恆，《詩經通論》。取自《續修四庫全書62》，續修四庫全書編纂委員會編（上海：古籍出版社，2002 年）
4. 清・馬瑞辰，《毛詩傳箋通釋》（台北市：藝文印書館，民國 47 年）。
5. 清・方玉潤，《詩經原始》（台北市：藝文印書館，民國 70 年）。
6. 清・陳奐，《詩毛氏傳疏》（台北市：台灣學生出版社，民國 70 年）。
7. 高本漢著；董同龢譯，《詩經注釋》（台北市：中華叢書編審委員會印行，民國 49 年）。
8. 竹添光鴻，《毛詩會箋》（台北市：大通書局，民國 59 年）。
9. 糜文開・裴普賢，《詩經欣賞與研究》（台北市：三民書局，民國 80 年）。
10. 屈萬里，《詩經詮釋》（台灣：聯經出版社，1998 年）。
11. 吳宏一，《白話詩經》（台北市：聯經，民國 82 年）。
12. 沈澤宜，《詩經新解》（上海：學林出版社，2000 年 6 月）。
13. 雒江生，《詩經通詁》（西安：三秦出版社，2000 年 5 月）。
14. 劉敏慶，《詩經圖注（國風）》（高雄市：麗文文化，2000 年）。
15. 滕志賢，《新譯詩經讀本》（台北市：三民，民國 89 年）。
16. 楊任之，《詩經探源》（青島：青島出版社，2001 年 7 月）。
17. 葉舒憲，《詩經的文化闡釋——中國詩歌的發生研究》（湖北：湖北人民出版社，1994 年 6 月）

18. 林明德，《詩經‧周南詩學》（臺北市：國立編譯館，民國 85 年）。

19. 白川靜，《詩經的世界》（台北市：東大，民國 90 年）。

20. 夏傳才，《詩經研究史概要》（台北：萬卷樓圖書公司，1993 年）。

21. 向熹，《詩經詞典》（四川：四川人民出版社，1997 年 7 月）。

22. 夏傳才，《詩經語言藝術新編》（北京：語文出版社，1998 年 1 月）。

23. 陳元勝，《詩經辨讀》（合肥市：安徽大學出版社，1998 年 12 月）。

24. 袁長江，《先秦兩漢詩經研究論稿》（北京：學苑出版社，1999 年 8 月）。

25. 揚之水，《詩經名物新證》（北京：北京古籍出版社，1999 年）。

26. 陳桐生，《史記與詩經》（北京：人民文學出版社，2000 年 2 月）。

27. 夏傳才，《思無邪齋詩經論稿》（北京：學苑出版社，2000 年 9 月）。

28. 《詩經研究叢刊》（第一輯）／中國詩經學會編（北京：學苑出般社，2001 年 7 月）。

29. 何丹，《《詩經》四言體起源探論》（北京：中國社會科學出版社，2001 年 11 月）。

30. 洪東流，《詩經疑難新解》（上海：上海人民出版社，2001 年）。

31. 劉敏慶、貫培俊、張儒，《《詩經》百家別解考，國風》（山西：山西古籍出版社，2001 年）。

32. 劉敏慶，《從經學到文學——明代《詩經》學史論》（北京：商務印書館，2001 年）。

33. 趙帆聲，《詩經異讀》（開封：河南大學出版社，2002 年 1 月）。

34. 《詩經研究叢刊》（第二輯），中國詩經學會編（北京：學苑出般社，2002 年 1 月）。

35. 《詩經研究叢刊》（第一輯），中國詩經學會編（北京：學苑出般社，2002 年 7 月）。

36. 《第五屆詩經國際學術研討會論文集》/中國詩經學會編（北京：學苑出版社，2002 年 7 月）。

37. 冈元風【日本】，《毛詩品物圖考》（山東：山東畫報出版社，2002 年 8 月）。

38. 雒啓坤，《《詩經》散論》（北京：商務印書館，2002 年）。

39. 洪湛侯，《詩經學史》（北京：中華書局，2002 年）。

40. 張啓成，《詩經風雅頌研究論稿》（北京：學苑出版社，2003 年 1 月）。

二、相關書籍

1. 譚家哲，《論語研究》（三冊），影印本。

2. 王德培，《西周封建制度考實》（北京：光明日報出版社，1998 年 8 月）。

3. 林谷芳，《傳統音樂概論》（台北縣汐止鎮：漢光文化，民國 87 年）。

4. 葛兆光，《七世紀前中國的知識、思想與信仰世界》〈中國思想史　第一卷〉（上海：復旦大學出版社，1999 年 1 月）。

5. 《古代漢語虛詞詞典》／中國社會科學院語言研究所古代漢語研究室（北京：商務印書館，2000 年 10 月）。

6. 潘富俊著、呂勝由攝影，《詩經植物圖鑑》（台北市：貓頭鷹初版：城邦文化，2001 年）

7. 葛兆光，《七世紀前中國的知識、思想與信仰世界》〈中國思想史　第二卷〉（上海：復旦大學出版社，2001 年 8 月）。

8. 《上博館藏戰國楚竹書研究》，上海大學古代文明研究中心，清華大學思想文化研究所編（上海：上海書店出版社，2002 年 4 月）。

9. 揚之水，《先秦詩文史》（瀋陽：遼寧教育出版社，2002 年 4 月）。

三、學位論文、期刊論文

1. 譚家哲，〈人不知而不慍〉，《哲學雜誌》，第 6 期，1993 年。

2. 譚家哲，〈西方古文明之性格略論〉，《哲學雜誌》，第 8 期，1994 年。

3. 譚家哲，〈論「藝」與「文」之根源意義〉，《哲學雜誌》，第 11 期，1995 年。

4. 譚家哲，〈論《論語》之「學」〉，《東海哲學研究集刊》，1995 年。

5. 譚家哲，〈西方倫理學之根源：古希臘與希臘〉，《哲學雜誌》，第二十一期，1997 年。

6. 譚家哲，〈存有與仁〉，東海大學第一次中西哲學比較：反省與創新研討會，2000 年。

7. 譚家哲，〈懿美與美〉，東海大學第二次中西哲學比較：反省與創新研討會，2002 年。

8. 簡良如，〈共體文明的創建與理想：《詩經・大雅》之文〉，《中國文化研究所學報》（香港：香港中文大學中國文化研究所，2001 年），新第十一期，頁 299～326。

9. 趙明媛，《姚際恆《詩經通論》研究》（中央大學中國文學研究所博士論文，2000 年）。

10. 吉田文子，《《詩經》疊詠體研究——字詞改換與意義變化的關係》（成功大學中文研究所碩士論文，2000 年）。

11. 張政偉，《戴震、段玉裁、陳奐〈周南〉、〈召南〉論述辨異》（暨南國際大學中國語文學系碩士論文，2000 年）。

跋：感想與感謝

整個論文工作，從開始寫作到完成審查，本身是個強烈的生命歷程。種種喜怒哀樂、肯定、否定、豐盈、枯竭，乃至人事物的遷移變動，全部參與在這些文字裡面，甚至經常化為某種不知名的力量，主宰著寫作。這個如同著魔般的寫作感受，並非特別的，而僅是我們平日生活的狀態。只是在平常，我們不如此集中的觀察自己，感受內在的變動。但無論如何，我們總是在寫作的，用筆、用電腦，或者用身體，我們在存在整體中，著魔般的寫作著。

作品的完成，意味著短暫的清醒。在這光明的片刻，我們瞥見那如夢般的自我，明白存在的給予與自我的遮蔽，而後進入另一個寫作。這個光明照耀的時間有多長，仍是被我們自身所決定的。即便有時外頭沒有明亮的光，我們也應該為內在的光而開啟。清醒是痛苦也是喜悅，並與寫作一起，使我們越來越真實。

幸運的是，有許多明亮的光照耀著我。有的溫暖我的心，有的始終陪伴著我，有的照亮了我的盲點。特別是我的指導教授譚家哲，實如北辰般，寂然不動的為學生開啟寫作的歷程，並以其自身之真實，開顯生命的無限開闊。……還記得當年聽譚老師講《論語》時，課堂上的神秘氛圍，我們相信老師的在，將能照亮好幾個世代的人。現在論文寫完了，我更是如此的確信。

當光照在身上，我們能說什麼來表達心中的感激呢？

努力的實現生命的美善吧！

這是光的期盼，我猜。